JN256741

L'apocalypse selon Proust
À la recherche du temps perdu et la Première Guerre mondiale

プルーストの黙示録

『失われた時を求めて』と第一次世界大戦

坂本浩也

慶應義塾大学出版会

はじめに

戦争文学としての『失われた時を求めて』

社会の前提を根底から覆す危機が生じたとき、その危機をフィクションに取り込もうとする作家は少なくない。戦争、テロ、災害、事故……、いずれの場合も、暴力と破壊の現場である「前線」から遠く離れ、「銃後」で無力感や罪悪感に苛まれる作家は、みずからの——さらには文学という営みそのものの——存在意義を証明する手段として、独自の物語の構築を試みずにはいられないのだろう。

しかし、終息の見えない破局を虚構化するという着想は、かならずしも結実しない。一九一四年八月二十五日、第一次世界大戦の勃発後まもないフランスで、アンドレ・ジッドは日記にこう綴っている。「今夜は、計画していた戦記のことをずいぶん考えた。小説のなかに位置づけられて、もしかすると結論になるかもしれない」[(1)]。ところが、このとき準備されていたと思われる小説『贋金つくり』（一九二五年刊）のなかには、けっきょく大戦への言及は見当たらない。

それにたいし、マルセル・プルーストは、開戦に先立つ一九一三年に第一篇のみを刊行していたライフワーク『失われた時を求めて』の最終篇『見出された時』に、予定外の大戦のエピソードを組み込んだ。この達成にはおそらく類例がない。

最初に確認しておこう。『失われた時を求めて』は七篇からなる長大かつ細密な小説で、文学を志す「私」の半生の回想という形式をとりながら、最終的に作者の芸術観を提示する一種のマニフエストとして構成されている。母への思慕、初恋、大貴族への憧憬と幻滅、文学だけでなく美術、音楽、演劇、建築にいたる芸術全般の魅惑、同性愛者やユダヤ人といったマイノリティへの関心など、テーマは多彩だが、紅茶に浸した菓子の風味と匂いで幼年時代の想い出がよみがえる有名な場面に象徴されるとおり、社会の大事件を時系列順に記録するよりも、日常のささやかな印象の回帰を繊細に描くのが特徴だと言える。つまりタイトルにある「時」は、大文字の歴史ではなく、個人の感覚と記憶の領域を指し、ほとんど物語の年代は明記されない。だからこそ、『見出された時』にたどりついた読者は、同棲中だった恋人を喪い、作家になる望みを諦め、療養所で暮らしていた「私」が「一九一四年八月」と「一九一六年初頭」に変貌した戦時下の首都パリを訪れる挿話を発見して、いっそう衝撃を受けることになる。

「私」はパリ社交界の軽薄さを諷刺したあと、親友サン゠ルーの前線志願の事情を語る。その妻で「私」の初恋の相手だったジルベルトは、今や戦場となった幼年時代の想い出の土地から手紙を寄せる。驚くべきことに、プルーストは、戦前の設定では父方の故郷イリエ（シャルトル近郊）をおもなモデルとしていたコンブレーの村を、大戦中にドイツ国境近くへと移動させただけでなく、村の教会が爆撃によって破壊されたことにしたのである。一九一六年夏、空襲の翌日「私」は黄昏時にパリの街を歩きながら、シャルリュス男爵の辛辣な新聞批判とドイツ礼賛に耳を傾ける。愛国心や対独感情の分析をへて、男性同性愛の主題に焦点が移行。いかがわしいホテルの一室で男爵が鞭打たれる倒錯趣味の場面でクライマックスを迎え、サン＝ルーの戦死の報が挿話を締めくくる。そして戦後しばらくののち、ゲルマント大公夫人邸で「私」は無意志的記憶の体験によって美学的な啓示を受けたあと、あらためて戦時中に見られた芸術の政治化への批判を語りながら、自身の――作者の――文学観を表明することになる。こうしてみると、戦争は、諷刺的描写、劇的展開、理論的主張という、小説の主要な側面のすべてに見事に組み込まれている。

教会の破壊とパリの空爆と友の死。想い出の土地も生活圏も、ひとの命も、すべては滅び去り、失われるかに見える。プルーストは、「時」の回復不可能性を示唆する歴史的な断絶として第一次世界大戦を活用し、主人公の「失われた時」――芸術による救済の啓示に先立つ無為な日々――の最終章とすることに成功した。それはまた、作者独自の美学理論の証明として構想されたはずの作品が、予期せざる偶然をフィクションに同化することによって、特異な戦争文学になったことを意味する。

進行中の戦争を小説に書き込むことは、文学だけでなく政治にもかかわる決断である。なぜならば、「現実の（読者も体験を共有する）戦争を、どのように作中で活用するのか」という問題は、「戦時社会に特有の抑圧や葛藤を解消したり、それに抵抗したりする手段として、どのように小説を用いるのか」という問題と交錯するからだ。プルーストは、小説のなかで戦争を使っただけでなく、戦争にたいして小説を使った。物語のしかけ（舞台装置）として戦争を小説に導入するだけでなく、戦時社会の言論や風俗にたいする間接的な発言の手段として小説を用いること。それは、戦前から準備してきた自作を擁護し、その意義が失われていないことを示すための選択でもあった。『見出された時』は戦時社会へのすぐれた批評として読めるが、端的に「反戦文学」と呼ぶのは性急である。[2] プルーストは、一九一六年五月のガストン・ガリマール宛の手紙で作中への戦争の導入を説明する際、物語上の必要性を主張したあと、こう表現する。「反軍国主義的なところはいっさいありません。まったくその反対です。しかし新聞はどれもきわめて愚かです（それゆえ私の本では手ひどくあしらわれています）。新聞が文句をいうかもしれません[3]」。

戦時中の私信で表明されるプルーストの立場には、戦時ジャーナリズム批判と戦争への「愛国的賛同」というアンビヴァレントな要素が含まれる。作品の展開もまた、単純な政治的メッセージには回収されない。作家プルーストにとって、大戦は何を意味したのか。この素朴な問いに答えるために、本書では、書簡集と小説を精読するだけでなく、草稿と同時代の新聞雑誌にまで調査の範囲を拡大する。

文化史の観点からプルーストを読む――「戦争文化」とは何か

戦時下のパリを描くエピソードは、現在流通している諸版では第七篇『見出された時』のほぼ前半部分を占めているが、そもそも小説の第五篇以降は死後出版である。最終稿の「清書ノート」は名ばかりで、膨大な加筆と修正ゆえの不整合も見られ、未完の要素を残していることは否定しがたい。[4]それゆえ、草稿資料の検討（いわゆる生成批評）なしに、大戦の章を論じることはできない。草稿研究をふまえつつ、文化史の観点から、プルーストの作品と同時代の言論界の関係を探ること。それが本書のおもな方法論である。[5]ここで文化史的アプローチについて整理しておきたい。

紹介が進んでいるとおり、フランスの歴史学における第一次世界大戦研究は「文化」、「表象」の観点によって刷新された分野の代表例である。[6]図式的にまとめると、大戦を考えるにあたり、軍事外交の責任者の決定（両大戦間期の歴史学のパラダイム）や、社会階級間の力関係（第二次世界大戦後のマルクス主義的パラダイム）よりもむしろ、表象の総体としての文化が行動におよぼす影響を理解することが主要な課題とされた。[7]

この動きを牽引してきたのは、一九九二年に設立された北仏ソンム県ペロンヌの大戦歴史博物館を研究拠点とする歴史家たちである。歴史博物館は、戦時の日常生活を物語るささいな品々に注意をひきつけた（絵葉書、写真、玩具、兵士手作りのオブジェ、さらには記念碑など）。兵士を中心に、老若男女の手記や書簡が数多く再発見され、刊行が続いていることからもわかるとおり、関心は、当事者の主観的な感覚とその表現、すなわち表象に集中する。この研究傾向は「記憶の義務」を謳う現在の社会状況と連動している。

それでは同時代人は大戦をどのように受けとめ、表現したのか。この問題系を集約するのが「戦争文化 culture de guerre」という概念である。激しい論争を招いたこの新概念は、広義には「国際紛争という非常事態のさまざまな側面をめぐって同時代人がつくりあげ、共有した表象の総体」を指す。しかし強調されたのは、戦争の暴力性を正当化または隠蔽し、国民による容認と協力、いわゆる「愛国的賛同」を可能にするような言説である。[8] その結果、前線の兵士の行動を銃後のエリートが表現した支配的な表象体系に依拠して説明することの是非が問われることになった。しかし防衛戦争の正当性への確信を軸として、国民を戦時体制に動員していくための強力な表象体系(たとえば仏独の対立を文明と野蛮の対立と見なす図式など)と同時代人の行動との相互作用を、明確に問題としてとりあげた意義は大きい。文学研究にとっては、表象文化史によるステレオタイプ・紋切型の調査と分析によって、それぞれの作品の偏差を測るための座標とモデルが与えられたと言える。

文化史的観点から見ると、戦争は国民国家の領土だけでなくその文化的な正統性とアイデンティティを賭けた象徴的な闘いでもある。文学界は政治や社会にたいする相対的な自律性を喪失し、多数の作家、知識人が好戦的な態度をとり、一兵卒として、あるいはプロパガンダの担い手として参戦した。モーリス・バレスのように愛国心を鼓舞する場合であれ、ロマン・ロランのように平和を訴える場合であれ、戦争を表象すること(戦争について語ること)は、表象をめぐる戦争(戦争の意味と価値をめぐる論争)にくわわることであった。プルーストは健康上の理由で兵役免除の資格を維持し、戦時中ずっと銃後にとどまったが、直接的に一般読者を説得しようとするタイプの言説を大衆メディアに発表するのではなく、彼独自の小説形式により、戦後の言論界に介入しようとしていたと考えられる。

プルーストのつくりだした戦時社会の文学的表象、その最大の特徴はおそらく、表象を表象するという二重性にある。つまり語り手の目を通してパリの生活を描写するだけでなく、新聞記事・戦争文学・前線からの手紙・銃後の会話といった多様なジャンルの言説を模倣・引用・参照し、語り手や作中人物に批評させる点である。ただし、特定の理想化された人物が作者の政治的主張を代弁するイデオロギー小説の構造とは異なり、多様な見解や評価、肯定的なアイデンティティや否定的なレッテル（愛国者、敗北主義者、ドイツびいき、ドイツ嫌いなど）を複雑に割り振ることで、支配的な「戦争文化」を揺るがす仕組みになっている。[9]

このような作品の構造が確立した過程の一部は、すでに草稿研究によって明らかになっている。[10]本書の狙いはむしろ、私信を含めたプルーストの執筆行為と「戦争文化」の関係、すなわち戦時中の言論界にたいする反応をできるだけ正確に描き出すことにある。当時の新聞雑誌・出版物を調査しながら、プルーストが暗示的に言及し、模倣・参照している対象を同定する作業をおこなうことで、銃後の作家がどのような問題意識を抱え、どのような解決を模索したのか考えてみたい。

ここで本書の構成をアナウンスしておこう。

序章では、一九一四年八月の総動員令から一九一八年十一月の休戦協定までの戦局の変化を一年ごとに簡潔に整理しながら、戦時中のプルーストのおもな手紙を順番に読み解き、なぜ、どのように大戦が小説にとりこまれることになったのかを推理する。評伝形式を採用したのは、プルーストの生涯や第一次世界大戦の展開になじみの薄い読者を作品分析に導くためである。

作品分析に移り、最初の二章では、美的側面が強調されがちな描写に潜む政治的な意味を探る。第一章では、パリ空襲の表象に着目し、爆撃をワーグナー音楽と関連づける紋切型の射程を明らかにする。第二章では、灯火管制下のパリを異国情緒あふれるオリエントの都市として表現する一連の描写と戦局とのつながりを検討する。

第三章以降は、戦時下の芸術家の愛国心と動員をめぐるジレンマを論じる。まず、作中の語り手「私」が、バレス流の「愛国芸術」を批判する一方で、私信で作者が示す態度よりも無難で多数派的な態度(反独感情と愛国心)を標榜しているという微妙なずれのなかに、保身的な自己検閲ではなく、銃後の作家のジレンマと批評的な創造性を探ることが、第三章の課題となる。プルーストにとって愛国心とは何か。フィクションの枠組みを逸脱した祖国礼賛と「戦争の心理学化」と呼ぶべき現象を手がかりに考察する。

第四章では、戦争の暴力性が直接的に描写されないことをとりあげ、「文化的復員」すなわち心理的動員からの離脱という問題への読み替えを試みる。「復員文学」という概念や、前線の兵士の書簡という戦時中の出版界における流行ジャンルを参照しながら、芸術や文学と暴力との意外な関係について論じる。

第五章では、「私」とサン゠ルーの戦略談義で語られる機動性の問題と、国民の動員の表象(とくに男娼館に集う若い兵士の愛国心）をとりあげ、プルーストが比喩的なレベルでいかに自作擁護と戦時社会批判をおこなっているのかを分析する。

最後に、第六章では、『戦争と平和』と『見出された時』を比較する。プルーストがどのようにトルストイを受容したのかを歴史的に整理したうえで、戦略の科学性と軍事的天才の問題を考察したあと、文学理論家シクロフスキーが提唱し、歴史家ギンズブルグが再検討した「異化」の観点から、プルースト独自の戦争文学におけるトルストイの遺産を見きわめたい。

プルースト研究の蓄積は膨大であり、たいていの主要なテーマについては浩瀚な博士論文や著書が発表されているにもかかわらず、これまで第一次世界大戦との関係は散発的な論文のかたちでしか扱われてこなかった。[11] ところが今日、開戦から百年を迎えるにあたり、この問題にようやく関心が集まりつつある。[12] 本書は、表象文化史の発展に示唆を受け、「戦争文化」の観点から、銃後の作家プルーストの肖像を描き出すささやかな試みである。もとより『失われた時を求めて』の戦争文学としての射程を一冊の小さな書物で網羅的に論じることは不可能である。戦時中の出版物との具体的な比較をとおして、小説に潜む「戦争文化」批評の可能性と困難の一端を明らかにできれば、本書は一定の役割を果たしたことになるだろう。さらにかなうならば行間から、百年後の日本でプルーストを読む意味を浮かび上がらせること。それが著者のひそかな願いである。

プルーストの黙示録――『失われた時を求めて』と第一次世界大戦　目次

凡例

一、『失われた時を求めて』の引用は、ジャン＝イヴ・タディエ監修のプレイヤッド版（Marcel Proust, *À la recherche du temps perdu*, éd. Jean-Yves Tadié *et al.*, Gallimard, « Bibliothèque de la Pléiade », 1987-1989, 4 vol.）に依った。『見出された時』を収録した第四巻を本文中で引用する場合は、頁番号のみを直後の（　）内に記した。それ以外の場合は、略号 *RTP* を用い、巻と頁を明記した。

一、プルーストの書簡と評論を引用する場合は、原則として以下の版を使用し、略号で記した。

Corr.　*Correspondance*, éd. Philip Kolb, Plon, 1970-1993, 21 vol.

CSB　*Contre Sainte-Beuve*, précédé de *Pastiches et mélanges* et suivi de *Essais et articles*, édition établie par Pierre Clarac avec la collaboration d'Yves Sandre, « Bibliothèque de la Pléiade », Gallimard, 1971.

一、引用は、原則として、筆者が訳出したものである。現在流通している唯一の『見出された時』の邦訳（鈴木道彦訳、集英社文庫ヘリテージシリーズ、二〇〇七年）を筆頭に、既訳がある場合は参照したが、『失われた時を求めて』の引用には、場合に応じて岩波文庫から刊行中の吉川一義訳の対応箇所（巻と頁）を付記するにとどめた。

一、引用文において、［　］は筆者による補足説明を示す。

一、巻末の索引には、本文に出てくる人名、作品名、新聞・雑誌名のみを収録し、註にしか出てこないものは省いた。

プルーストの黙示録——『失われた時を求めて』と第一次世界大戦

序章　戦時中のプルースト氏

なぜ私信を読むのか

小説の分析に先立って、戦時中のプルーストの手紙を読み解いてみよう。前線で軍務につくのでもなく、銃後でプロパガンダや慈善奉仕活動に従事するのでもなく、ましてや反戦運動をおこなうのでもなく、かといって戦前の追憶に逃避するわけでもなく、とめどなく続く破局に取り憑かれたかのように七つの新聞に目を通すかたわら、ライフワークの執筆に賭ける「戦中派不戦作家」の姿が浮かびあがるだろう。

一年ごとに戦況の変化を簡潔に整理したあと、プルーストが私信で表明した意見や態度を確認することによって、小説には書かれていない銃後の作家の複雑な胸中が見えてくるはずだ。順を追って、小説につながる要素（着想や論点）を拾いあげ、進行中の戦争を自作に描く意志が、いつどのような状況で生じたのかを推理していこう。手紙にはっきり書かれていることだけでなく、「書かれてもよさそうなのに書かれていないこと」について考察し、第一章以降で論じる問題を予告する機会にもしたい。だが何よりも本章の狙いは、プルーストが戦争を文学の問題として、つまり作家が解決すべき言語の問題として捉えるようになったいくつかの契機を確定することにある。

手紙を読むと、プルーストが大戦を小説に取り込むべき問題とみなした最大の理由は、時局に応じた紋切型が量産されたからではないかと推測できる。終戦を待たず、刊行途中の大作に戦時下のパリを描く挿話を導入したこと。それはまず、戦時ジャーナリズムにたいする批判的な視座を――たとえ戦後の読者に向けてであれ――提供するためではないか。さらには、出版界にあふれる陳腐で同質的な「戦争文学」とは異なる方法で、みずからの美学と倫理に忠実な視点から、独自の虚構として銃後の日々を語らずにはいられなかったからではないか。

この推測を検討するために、プルーストの関心をひいた大戦下のおもなトポス（話題、論点）を抽出しなくてはならない。とりわけ友人でもあった作家たちの発言や活動への反応に着目してみると、プルースト自身の作家としての立場がおのずから鮮明になるだろう。[1]

一九一四年

平和を望む――アゴスチネリの死と「全面殺戮機械」の始動

開戦に先立つ数ヶ月のあいだに、プルーストの作家活動と私生活は転換点を迎えた。一九一三年晩秋に『スワン家のほうへ』を自費出版すると、かつて原稿を拒否した新フランス評論（ＮＲＦ）

のアンドレ・ジッドが、判断の誤りを悔いて謝罪し、続篇の出版を提案。戦後『NRF』誌の編集長となるジャック・リヴィエールは、小説の隠れた構成に気づいて絶賛した。[2] ところが、まさにその時期に、感情生活は崩壊の危機に瀕する。住み込みの秘書アルフレッド・アゴスチネリが、突然パリを去り、一九一四年五月三十一日、飛行訓練中に地中海で墜落死をとげたのである。

まもなくプルーストは、最愛の存在を失った悲嘆を、自作の語り手「私」の体験として――アルフレッドではなく女主人公アルベルチーヌをめぐる喪の作業として――、物語世界に取り込みはじめる。フィクションと自伝の境界を乱すこの選択が可能になったのは、もともと語り手「私」の体験が作者の過去（半生の記憶）を素材としていたからだ。しかし、作品は今や作者の現在すら吸収して膨張していくことになった。これは未完の小説世界がすでに現実世界に匹敵する強固な自律性をそなえていた証拠ではないだろうか。

こうして、無数の偶然からなる生の日々を、なんらかの必然性を帯びたひとつの物語へ変換する回路が確立したことにより、作家がいま書いている小説は、作家がいま生きている現実を解釈し、統合する力を発揮していく。そしてこの、破局的体験を文学によって再解釈する試みは、おなじ年に勃発したもうひとつの予期せぬ悲劇、第一次世界大戦についてもあてはまるのである。

ヨーロッパ全土を揺るがす危機が訪れたのは、アゴスチネリの死からわずか二ヶ月後のこと。サラエヴォ事件をきっかけに回転しはじめた同盟関係の歯車に巻き込まれ、フランスでは八月一日に総動員令が公布された。翌日プルーストは、歳の近い親戚であり資産運用の助言者でもあった株式仲買人リオネル・オゼールに宛てた手紙で危惧を語る。

数百万の人間が、ウェルズが描いたものに匹敵する世界間戦争で虐殺されようとしている。(3)

「世界間戦争」とは、火星人襲来を描いた有名な作品（邦題『宇宙戦争』）の原題およびフランス語版の題名である。開戦当時は軍部も世論も短期決戦を疑っていなかった以上、この「数百万」の死者という数字は、具体的な予測ではなく、悲観的な終末論のレトリック、誇張法として理解するのが自然だろう。しかし最終的には、この予言をさらに超えて、死者・行方不明者の数は約一千万人に達し、フランス軍だけで百三十七万人を上回ることになる。(4)

プルーストの眼に映る「世界間戦争」の勃発は、どんなポジティヴな意味も与えられてはいない。普仏戦争で失ったアルザス・ロレーヌ地方の奪還（対独復讐）というナショナリストの悲願や、頽廃した国民を流血の試練によって「再生」するといった正当化の入りこむ余地はまるでない。このとき、弟のロベールが軍医として前線勤務を志願し、要衝の地ヴェルダンに旅立つのを見送ったばかりのプルーストは、「信者ではないけれど、今でもまだ最後の奇蹟が起こり、全面殺戮機械の始動を寸前で停めてくれるのを願う」。これは反戦思想と呼べる政治的な信条ではなく、無力な一市民の祈りである。行動に直結しない祈り、無力な焦燥を鎮めるための祈りは空しく、またたくまに戦火は広がる。

ドイツ軍は、東でロシアの動員が完了する前に西のフランスに勝利するというシュリーフェン・プランにもとづいて中立国ベルギーに侵攻し、非正規軍兵士への報復を名目に六千五百人の市民の命を奪ったうえ、ルーヴァン大学をはじめとする文化遺産を破壊した（九月にはランスの大聖堂も爆撃される）。仏英はこれらの「蛮行」を糾弾するも、シャルルロワで四万の犠牲を出して潰走、早くもパリに危険が迫る。九月二日、フランス政府は南西部ボルドーに撤退。プルーストも家政婦セレストと従僕フォルスグレンを連れ、満員の鉄道でノルマンディーの避暑地カブールに疎開した。しかし、まさに「奇蹟」と形容されたマルヌの戦いにより、フランス軍はドイツ軍を食い止め、戦争はあらたな局面に入る。両軍の築いた塹壕が南北にのび、やがてスイスから北海沿岸をつないだ結果、移動戦による短期決着は不可能となり、先の見えない未曾有の陣地戦が始まるのである。

プルーストは四十三歳。すでに兵役を免除されていたが、免除取り消しの可能性を危惧する一方、安全な銃後の生活に「屈辱感」をおぼえていた。亡き母の友人、カチュス夫人に宛てた十月十七日の手紙によると、危険が去ったパリに帰る途中、車内で激しい喘息の発作に見舞われたものの、その苦痛に「感謝して」いた。「ほかの人のように危険を冒していない屈辱感が少し和らぐし、幸福でもないから」である。夫人の息子シャルルが前線で負傷したあと、早期の軍務復帰を希望していると聞いたプルーストは、夫人の不安を想い、もっと息子を休ませるべきだと強く勧める。

こんな助言はかなり平和的に思われるかもしれませんが、卑しい根性からの言葉と思わないでください。私は他人の負担でじぶんが英雄を気どることに納得できたためしがありません。かなりしがない比較ですが、じぶんが決闘するときは、証人が私の代わりに調停してくれるのを一度も望まず、証人を頼まれたときは、いつも依頼者が決闘をせずにすむようにしてきたのです。[5]

この「平和的」な「助言」は、政治的な反戦主義の表明とはことなり、あくまで私的な領域で、銃後の（女性をはじめとする非戦闘員の）感情を重視するものだ。しかもそれは、「他人の負担でじぶんが英雄を気どること」への拒否と倫理的に結びついている。じぶんの名誉がかかれば、当事者として命を賭けるが、他人の命を危険にさらすこと（それによって英雄を気どること）は避ける。これがプルーストの平和的なヒロイズムである。この信条は、平時の決闘にも、戦時の市民生活にも適用される。さけがたい「屈辱感」をひきうけつつ、名誉ある決闘の倫理を固持することに、ささやかな誇りを見出す作家の姿がここにある。[6]

ドイツ音楽を愛し続ける——バレスとベートーヴェン

決闘との「しがない比較」に読みとれるのは、戦争そのものへの反対ではなく、銃後の好戦主義への皮肉である。プルーストより年長の世代の知識人は、軍への動員を免れたかわりに新聞各紙で戦意昂揚に尽くした。その筆頭、愛国者同盟総裁にして対独復讐を唱え続けてきたモーリス・バレスは、連日「エコー・ド・パリ」紙で国民を鼓舞した。十一月頃、プルーストはバレスへの「敬意と愛情」を伝える手紙を書く。「フランスは集団として、貴兄の思想が示す方向に展開し続けてきたと、数年前にお送りした手紙で申し上げたと思います［中略］。当時はここまで完全に実現するとは思っていませんでした」(7)。この文章は一見、バレスのナショナリズムと戦時下フランスの集団的な一致、党派を超えた「神聖なる団結」という名の挙国一致を讃えているように見える。右翼の好戦主義に完全に同調しているとも解釈されかねない。しかし、内実はそれほど単純ではない。続く文章の括弧のなかには、ささやかな挑発とも見なせるような比喩が挿入されているからだ。

貴兄の荘重で澄んだ（まるでベートーヴェンの「悲歌」のような）歌声に世界中の大砲が一斉にこたえるとは、これこそ知的誠実の報償にほかなりません。

バレスのナショナリストとしての一貫性（「知的誠実」）を讃えながら、その雄弁をほかでもない敵国の音楽家ベートーヴェンの「悲歌」にあえて喩えるプルースト。この比喩の射程を理解するには、当時の文脈を想起しなくてはならない。前線で領土をめぐる軍事的な衝突が繰り返されるあいだ、銃後では自国と敵国の文化をめぐる象徴的な闘争がおこなわれた。戦意昂揚は、敵国文化の蔑視と表裏一体であり、敵国の芸術家は敵国を象徴する存在として罵倒の対象となった。フランスで特に攻撃されたのはワーグナーである。ワーグナー音楽の価値を否定することでドイツの文化的正統性を否定し、それによって戦争におけるドイツの主張の正当性を否定する言説が紙面にあふれた。バレスもまた、ワーグナー愛好をフランスにたいする背信と見なしたひとりである。[3] そうした風潮にたいしプルーストは、複数の友人宛の手紙で、ドイツ音楽の擁護を繰り返した。「私は今でもベートーヴェンの礼賛者であり、ワーグナーの礼賛者です[9]」。

ただし厳密には、ドイツ音楽のすべてが排斥されたのではなく、ベートーヴェンの普遍的価値を認める者は珍しくなかった。[10] バレスもベートーヴェンとの同一視は受け入れる余地があったと思われる。当時の文脈を再構成してみよう。プルーストが手紙を書く一ヶ月ほど前の十月四日、ドイツの知識人九十三名が「文明世界への声明」を発表していた。「ドイツの野蛮行為」とは連合国側のプロパガンダにすぎないと主張して自国の戦争を正当化し、「ゲーテ、ベートーヴェン、カントの遺産を家庭や国土に等しく神聖視する文明化された民として、最後まで戦う」と宣言するものだった。[11] この声明にたいし、バレスは今のドイツ軍の「おぞましき兵士たち」を「かつてのドイツの高貴な思想家たち」の直系にするものだと非難した。[12] こうした状況で手紙を書いたプルーストは、文化的反独主義（バレスもその一翼を担った）を正面から論難するのではなく、フランスを代表するナショナリスト作家バレスを、ドイツ文化のうんだ普遍的芸術家ベートーヴェンと同一視しながら賛美した。これはドイツとフランスの対立の構図を和らげ、排他的愛国主義を骨抜きにする高度に間接的なレトリックにほかならない。

文化的排外主義への違和感をおぼえていたのはプルーストだけではない。たとえば翌年一月、大手日刊紙「タン」の文芸批評家ポール・スーデーは、ワーグナー排撃の論陣を張るサン＝サーンスが「国籍の問題と芸術の問題を混同するという論点先取りの誤り」を犯していると批判する。プルーストは、スーデーに称賛の手紙を書くが、自身は論壇における発言を控え、沈黙を守り続けた⑬。彼の行動には、戦時体制の「神聖なる団結」を問いに付すラディカルな批判性——ロマン・ロランが体現した断固たる離反と孤立——は見られない。政治的な論争への直接的な介入をさけるかわりに、ドイツ音楽をめぐる論争は、小説のなかに間接的に組み込まれるだろう（おもに第一章を参照）。プルーストは、「知識人」ではなく、あくまで小説家として、『失われた時を求めて』のなかで、戦時ジャーナリズムと対決することを選ぶのである。

図１　「ローエングリンとザリガニ、パリへの進軍」　コクトーとイリブの諷刺新聞「モ」（1914年12月7日号）の一面を飾った。

この年の終わり、愛国心と前衛芸術の融合を企図する諷刺新聞「モ」（十二月七日号）の一面を「ローエングリンとザリガニ、パリへの進軍」と題するカリカチュアが飾る。敵軍の将ヴィルヘルム二世をワーグナーのオペラの主人公ローエングリンに見立てつつ、白鳥にひかれた小舟のかわりに、後ずさりするだけの「ザリガニ」に乗せることで、パリ入城を果たすどころか、退却を余儀なくされた相手を揶揄する絵である（図1）。

プルーストは、同紙の中心であったコクトーに宛てた翌年一月二十三日の手紙で、賛辞を連ねつつも、やんわりと批評をくわえる。「あの有名なザリガニについていえば、ぼくもしかるべく感嘆はしていたが、ニコライ大公にすればもっと滑稽なのに、と思ったものだ（その滑稽さは、われわれにとっては苦痛に変わっただろうが）[14]」。「愚かなジャーナリストたち」が、ニコライ大公率いるロシア軍の早期ベルリン攻略を予言していたことをすっかり忘却してしまっている以上、敵国を揶揄するよりもむしろ、自国のジャーナリズムを批判する「苦痛」に耐えるべきだというのが、プルーストの立場だった。しかし、ロシア軍ではなくフランス軍をカリカチュアにすることまでは進言できなかった。それが、私人プルーストの「愛国的賛同」とその限界を示している。

「最初の戦争文学」――ダニエル・アレヴィ「三本の十字架」

開戦以来のジャーナリズムの愚かしさを、プルーストは「知性の武装解除[15]」と呼び、その有害性を嘆いた。敵国への憎悪という情念に支配され、批評的な知性という警戒心が「解除」された結果、理性的な吟味に耐えない愚かな言説が蔓延する状況。深刻なのは言語の陳腐化であり、その影響は文学の世界にも波及する。マルヌの戦いから二ヶ月が過ぎた十一月半ば、プルーストは旧友ダニエル・アレヴィがイギリス兵の物語にもとづくという註記付きで「三本の十字架」と題する記事を「ジュルナル・デ・デバ」紙に発表したのを読み、こんな絶賛の手紙を書いている。

手短にいうと、ぼくは泣きながら「三本の十字架」を読んだ。これほど［兵士の］行動が崇高なのに、あまりに発言と文章が崇高さに乏しい昨今、戦争が精神のあり方を変えてしまったと皆が口々に告げるのに、それを告げる文体を見れば、戦争が何も変えなかったのは明々白々な昨今、いつもおなじ愚かな言葉、いつもおなじ陳腐な言葉が繰り返され、あるいはもっとひどくなり、あるいはそんな表現で言い表したつもりの一大事と比べればもっとひどく見える昨今、新聞を読むと必ず不愉快になる昨今、もしかすると一行たりとも、まともな文章が戦争について書かれていない昨今、「三本の十字架」は、ぼくが読んだ最初の戦争文学の一篇だと思う（文学という語に気を悪くしないでほしい。わかってくれるのを願うが、ぼくの使う意味では、きわめて高貴な語なのだ）。[16]

国家の有事にともない、「文学」が好事家の遊戯と見なされて軽蔑され、新聞雑誌に空疎な紋切型があふれるとき、「愚か」で「陳腐」な言葉に対抗する「高貴な」営みとして「文学」を再肯定すること。このとき、プルーストの読者にとってはいささか予想外のキーワードとして浮上するのが「崇高」である。前線の崇高な行動を崇高な文体で表現したもののみが「戦争文学」と呼ぶに値する。プルーストはそう考えているように見える。

アレヴィの記事は、自動車の運転を担当するイギリス軍輸送兵の回想という体裁をとり、控えめで神経質だった将校の予期せぬ英雄的な行動を証言するものだ。全体をとおして、敵国への憎悪の不在が際立つ。「ボッシュ Bosch」や「フン族」といったドイツ人にたいする蔑称は一度も用いられず、ドイツ軍の突撃を押し返した模様を語るさいにも、わざわざ「ドイツ兵は臆病者ではない」し、「退却しながら負傷者を助け、できるだけ連れ帰ろうとしていた」と明言する。一晩あけ、残された負傷者を救出しようと塹壕を出たドイツ兵が、英軍の発砲によって倒れたとき、くだんの将校は発砲をやめさせ、みずから塹壕を出る。まもなく自身も撃たれるが、負傷者をドイツ軍の塹壕まで運び、ドイツ軍の将校から十字勲章を贈られる。喝采のなか帰還後、病院に運ばれた将校は、ヴィクトリア十字章を約束される。「しかし彼が今日かかげている十字はただひとつ、われわれの最後のひとりまで、皆がいつか手に入れる十字、大地に突き立った木の十字架である。そう言うだけで胸が張り裂けそうになる[17]」。

第三者に宛てた手紙でもこのアレヴィの記事を絶賛しているのを見ると、「崇高な」「最初の戦争文学」というプルーストの言葉は、旧友に気を遣ったお世辞につきるものではあるまい[18]。しかし、やがて彼自身が『失われた時を求めて』のなかに組み込む「戦争文学」は、戦死者の「崇高な行動」を理想化する物語からは逸れていくことになる。そのきっかけのひとつは翌年、かつてラスキン翻訳を手伝ってくれた作家ロベール・デュミエールが、同性愛スキャンダルを隠すために前線勤務を希望し、戦死を遂げたことであろう。「英雄的行為の源には、あまり純粋とはいえないものもあります[19]」。愛国心より、明かしえぬ性愛の帰結としての戦死。神聖化される愛国心を、同性愛者の欲望という隠された動機によって冒瀆することが、小説の重要なモチーフとなるだろう。

終わりの見えない戦争を、プルーストがどの時点で作品に取り込みはじめたのか、確定することは難しい。かつて大革命期に『第三身分とは何か』を著したシェイエスは、恐怖政治の時代には何をしていたのかと訊かれて、ただ「生きていた」と答えたという。プルーストもまた、一九一四年十一月二十一日のレーナルド・アーン宛の手紙によると、ただ「生きること」、戦争をやりすごすことのみを考えていたように見える。「シェイエスの言葉は、革命期とおなじく戦時にもあてはまる。いっさい戦争の役に立てないとき、そして平時に大いに役に立てるときはそうなる[20]」。しかし、氾濫する好戦的な紋切型へのいらだちは、やがて小説形式による批判へと結実していく。

文化的な排外主義と「知性の武装解除」を批判するために、生きるだけでなく、書くこと。あくまで「文学」を戦場とすること。ただし「戦争の役に立つ」ためではなく、来るべき平時の役に立つために。いいかえれば、歴史家のいう「文化的な復員」を準備するような、独自の戦時文学を創造すること。プルーストがその可能性を意識しはじめた痕跡は、翌年の手紙のなかに少しずつ読みとれる。

一九一五年

「戦前派」のレッテルを貼られて

はじめは、誰もが短期決戦を予想していた。しかし現実には、一九一五年になっても交戦状態は続き、終戦の見通しすらたたなかった。どれだけ続くのか。「三年という話をききました。そんなことが本当にありうるでしょうか」――。こんな不安な想いを、プルーストは二月頃の手紙に書きつけている。[21] 両陣営とも、西部戦線の膠着を打開する戦略を探すだけでなく、戦争の長期化と被害の増大にともなう経済的な負担を解決しつつ、国民の心身両面での動員を維持するという三重の困難に直面していた。いわゆる「総力戦」と呼ばれる事態である。[22]

戦略面の袋小路を突破するために、新兵器の導入（毒ガス、火炎放射器）、戦線の拡大（ガリポリの戦い）、新規参戦の説得工作（イタリア）がなされたものの、決定的な成果にはつながらず、暴力と破壊、殺戮と追悼が日常化した。過激化する暴力と大量死の舞台は、塹壕の周辺にとどまらない。ドイツはベルギーとフランス北東部を占領していたが、イギリス軍の海上封鎖によって食料と資源を絶たれた状態だった。対抗策として潜水艦作戦をとったドイツ軍による豪華客船ルシタニア号撃沈（アメリカ人を含む死者約千二百名）や、トルコによるアルメニア人虐殺（約百万人）は、この年に起こった。

プルーストは戦争報道に心を奪われ、七つの新聞を精読する毎日を送っていた。それにもかかわらず、社交界のある女性から、戦前にしか関心がないという無根拠な噂を流されたらしい。戦争が話題になったとき、「戦争だって？　まだ考える時間がない。今はカイヨー事件を研究中なので」と答えたというのである。カイヨー事件とは、一九一四年三月、財務大臣カイヨーの妻が、夫を標的に批判を繰り広げていた「フィガロ」紙の編集長カルメットを射殺した事件を指し、その裁判が新聞各紙を賑わせたのは開戦直前の時期にあたる。「フィガロ」紙に数多くの時評や作品の抜粋を発表していたプルーストが『スワン家のほうへ』をカルメットに捧げたのは周知のとおり。噂の発信源は『失われた時を求めて』の懐旧的な側面をひそかに強調しつつ、著者の「時」が戦前で停止しているとほのめかしたわけだ。[23]プルーストは、カイヨー事件など研究したことはないから、当の女性に会って「ばかげた作り話」を打ち消してほしいと、親友リュシアン・ドーデに愚痴をこぼし、戦前にしか関心がないという噂は「もっとばかげている」と嘆く。

ごく当然のなりゆきで、悲しいかな、動員の前日、弟を東駅まで見送ったときから、一分たりとも戦争のことを考えずにはいられなかった。しかも、かなり健気で滑稽だが、参謀本部作成の地図で「戦略的に」追いかけてすらいる。たしかにボッシュはぼくの語彙にはないし、事態は一部の人が思っているほど明白だとは思えない。けれども関心がないと言ったことは一度もない。一瞬一瞬、気がかりでならないのだから。[24]

戦争が長期化するなか、「戦前派」のレッテルを貼られる苦痛。なぜこのような中傷をされたのか。「ボッシュ」のような反独的言辞を拒み、戦局を楽観視しない態度のせいで、周囲の反感を買うのは当然かもしれない、とプルーストは推測してみせる。戦時下とは、侮蔑語「ボッシュ」を使わない者が「ボッシュ」扱いされる時代とも言える。じっさい、プルーストは大女優レジャーヌから「ボッシュ扱いされ」もした(25)。戦時社会における排除の力学によって、国内の少数派は外部である敵国と同一視される。『見出された時』では、シャルリュス男爵がまさに「戦前派」と「ボッシュ」という二重の烙印《スティグマ》を押されることになるだろう。

「偽りの愛国心」と「本当の『愛国的な』感動」

「戦前派」のレッテルを打ち消すかのように、プルーストは手紙のなかでたびたび自身の「愛国心」を語っている。ただし声高にフランスへの愛着と忠誠を叫ぶわけではない。ジャーナリズムを飾る「偽りの愛国心」と区別し、みずからの愛国心こそが本物だとほのめかすのである。

一九一五年の私信では、われにもあらず愛国心を自覚した瞬間が何度か語られている。いずれも前年九月にパリに迫ったドイツ軍の侵攻と、それをぎりぎりのところで阻止したマルヌの戦勝にかかわる回想である。「新聞なんてどれもこれも偽りの愛国心ばかりで苛立たしく思う、そんなぼくが先日、本当の『愛国的な』感動をおぼえてしまった」と、七月初旬、リュシアン・ドーデに宛ててプルーストは告白する。知人宅で出会ったある男性（おそらく外国の大使）が「感嘆しながら」フランスのことを語り、某将軍の許可をえてマルヌの戦場を訪れたときの様子を「力をこめて堂々と」述べるのをきき、言葉にできないほどの感動をおぼえたという。

なによりばかげているのは、ぼくが泣きたくなった一番の理由が、彼からひっきりなしに「あなたがたはドイツ人を追い払った、あなたがたはドイツ軍に打ち勝った」と言われたせいだということ。この「あなたがた」には当惑した。ぼくは全然なにもしていない。でも、この言葉が、あなたはフランス人だという意味なのを感じて、だからぼくは感動したのだ。[26]

プルーストがドレフュス事件のさいに、ナショナリストから「若いユダヤ系知識人」のひとりとして攻撃され、外国人扱いされたことを考えると、この「あなたはフランス人だ」という暗黙の（意図せざる）メッセージに「感動」したことが、いっそうよく納得できるだろう。[27]新聞の「偽りの愛国心」と「本当の『愛国的な』感動」の違い、それは好戦的かつ排外的な紋切型、とりわけドイツ文化への侮蔑と嘲弄を無自覚に反復することと、ふだんはあまり意識しない、それゆえ「本当」の帰属意識が、他者の言葉（この場合は自尊心をくすぐる賛辞）を介して認知されることの違いである。「意識的な愛国心」と「無意識的な愛国心」と呼んでもよい。[28]

おなじような愛国心の自覚とその無意志的な再発見が、一九一五年三月八日すぎの旧友ダルビュフェラ宛の手紙でも語られている。そこではフランスへの祖国愛、とりわけパリへの切実な愛が、戦死した旧友の倫理観と結びつけられる。プルーストは、ドイツ文化に通じた外交官ベルトラン・ド・フェヌロン——かつて「もっとも心をこめて愛した人のひとり」——が、「部隊を率いて『行方不明』になった」という報せを嘆く。

彼の勇気には憎しみがいっさい混じっていなかっただけにいっそう崇高だった。ぼくのぜんぜん知らないドイツ文学を彼は熟知していた。しかも外交的にみて、彼は戦争責任がドイツにあるとは見なしていなかった（少なくとも皇帝には責任はないという見解だった。正確かどうかは別にして、彼の情報収集の狙いはそこだけだったから）。そんな見解が間違っていることは大いにありうる。だとしても、その間違いすら、この英雄の愛国心にまるで偏狭な排他的なところがなかったという証拠だ。それでも彼はフランスを熱烈に愛していた。だからものすごく苦しんだはずだ(29)。

公平さゆえの盲目、排他性なきがゆえの誤認という逆説的な「英雄の愛国心」の帰結を分析する筆致は、まるで『失われた時を求めて』の登場人物の心理描写のようである。じっさいサン＝ルーにゆだねられるこの模範的な愛国心の分析にすぐ続けて、プルーストは、「崇高」な勇気をそなえていたフェヌロンの純粋な愛国心と重ねるようにして、彼自身の心情を語る。

マルヌの戦勝の二、三日前、パリ包囲が時間の問題と思われていたころ、ある晩、ぼくはベッドから起きて外に出た。月の光が明晰で、眩しく、咎めるようで、落ち着きはらい、皮肉っぽく、母親のようだった。それほど愛せなかったこの広大なパリが、無用な美をたたえたまま、もはやどうやっても防ぎきれないように思えるドイツ軍の侵攻を待ち受けているのを見て、ぼくはこらえきれず泣きじゃくった。[30]

多用される形容詞と擬人化、ほとんどプルーストの小説のような文章ではないか。じじつ、類似した月下のパリの描写は『見出された時』に取り込まれている。はたしてこの段階ですでに戦時下の生活を作品に取り込む試みがはじまっていたのか、断定は難しいが、いずれにせよ手紙のほうが劇的かつ感情的に祖国愛を語っているのは興味深い。小説の語り手は、美と破壊のコントラストを描き出すだけで、「泣きじゃくり」はしない。それにたいし手紙では、破壊の脅威にさらされる歴史的建造物の脆さが、戦時下の精神の傷つきやすさ（母性的な庇護を求める幼児退行）とオーバーラップし、銃後の「役立たずな」作家の罪悪感が、パリの美の「無用さ」に反映しているかのようだ。[31] この小説よりも小説らしい手紙を、小説の潜在的な下書きと見なしてよいだろう。

教会の破壊――「硫酸をかけられた」ランス大聖堂

このダルビュフェラ宛の手紙で語られるフランスへの祖国愛は、フランスが生み出した「美」への愛である。それでは、ドイツ軍が実際に美しい文化財を破壊したことにたいして、プルーストはどのような態度をとったのか。おなじ手紙のなかでは、敵軍の野蛮さを強調する報道や風聞を警戒する――「どうもドイツ軍の犯罪行為は一般化されすぎていると思う」――と同時に、ゴシック建築の至宝で、歴代フランス国王の戴冠式がおこなわれた象徴的な場所でもあるランス大聖堂を爆撃したドイツ軍への道徳的な断罪を表明している。

あれほどランスの大聖堂を熟知し、ほかの大聖堂よりも好み［中略］、その美をめぐる大著をあれだけ多く書いていたドイツ人が、そのランスの大聖堂に「硫酸をかけ」たのは、醜悪な痼癪のせいだという気がする。犯罪をひきおこした感情の下劣さは、犯罪の途方もなさに匹敵するほどだ。(32)

引用符にくくられた「硫酸」という表現は注目に値する。この比喩は、おそらくコクトーからの借用だと思われる。現地でランスの惨状を目撃した詩人は、プルーストの右の手紙の数日前に出た

図２　「大聖堂の顔に硫酸をかけた……」　「モ」1915年3月6日号に掲載されたラウル・デュフィの版画とコクトーの詩「大戦の終わり」。雄鶏（フランス）が黒鷲（ドイツ）を踏みにじり、勝利の凱歌をあげるさまが描かれる。炎上するランス大聖堂が小さく右下に見える。

ばかりの「モ」三月六日号で、「ホーエンツォレルン家［ドイツ皇帝ヴィルヘルム二世の一族］の従僕どもが、戴冠の大聖堂の顔に硫酸をかけた」と書いていた（図2）[33]。

プルーストは、この比喩を小説には取り込まず、そのかわり一九一八年の春頃、友人ジャック＝エミール・ブランシュの著書『画家の発言』の序文に用いた。「未開のドイツ人があれほど愛し、力ずくでものにできないために硫酸をかけたあのランスの大聖堂」、「石の聖処女にたいするおぞましき情痴犯罪」——[34]。これを読むと、「硫酸を顔にかける」という世紀末からベルエポックにかけての情痴犯罪のトポスがドイツ軍の戦争犯罪に転用されていることは明白だ。教会建築の擬人化（女性化）は、敵国にたいする嫌悪の表現を強めると同時に、国家間の軍事的な衝突を男女の感情的なもつれになぞらえる。それは、第三章で見るとおり、恋愛小説家としてのプルーストの策略でもあるだろう。

教会建築の破壊をめぐっては、もうひとつ重要なトポスがある。戦争終盤、ドイツ軍の猛攻が続く一九一八年五月三十一日、ストロース夫人宛の手紙で、プルーストはかつて教会建築への美的巡礼を繰り返した土地が戦火に見舞われたことを嘆いたうえで、「ものよりもさらにひとを愛さなくてはなりません」と記す。

私は教会よりも兵士を悼み、賛美します。教会は英雄的な行為を固定したものにすぎません。その行為は今日たえまなく繰り返されているのです。(35)

教会建築と兵士の命を天秤にかけるようなレトリックを用いたのはプルーストが最初ではない。一九一四年九月、バレスはランス大聖堂の破壊を前にこう語った。「フランスの精髄が生んだ至宝が滅びようと、フランスの精髄そのものが滅びるよりはましだ！　どれほど美しい石が無に帰してもかまわない、わが民族の血が残れば！　今このとき、私にとっては、不滅にふさわしいわが国の傑作より、どれほどしがなく脆弱であれ、フランスの歩兵のほうが大切なのだ(36)」。プルーストは

『見出された時』のなかで、このバレスの主張に言及する。しかし、またしてもふたりの立場は完全には重ならない。力点はランスの大聖堂から、シャルリュス男爵と主人公「私」にゆかりのあるコンブレーの教会の破壊へと移るからだ。「フランスの精髄が生んだ至宝」ではなく、ひとりの「私」の過去と結びついた小さな村の教会、戦時に象徴的な意味を持つ集団的な「記憶の場」ではなく、個人的な記憶を宿す「土地」にたいする決別がクローズアップされることにより、英雄的な兵士の犠牲やドイツ軍の「野蛮」は後景にしりぞくだろう。[37]

「時期尚早」な戦争文学を「校正」する——「ある芸術家の手紙」

アレヴィの「三本の十字架」を「最初の戦争文学」と呼んで絶賛して半年ほどたった一九一五年六月五日頃、プルーストはカチュス夫人宛の手紙で「本当にやや時期尚早に戦争の文学がはじまりました」と述べる。例としてあげるのは、先にも言及した画家ジャック＝エミール・ブランシュの書簡「ある芸術家の手紙」、作家レオン・ドーデの『ドイツの支配を逃れて』、詩人モンテスキウの『傷ついた供物』である。[38] 著者は三人ともプルーストの親しい友人であり、モンテスキウ本人には「ついに貴兄のおかげで芸術と戦争が一致しました[39]」と賛辞を送っている。しかしカチュス夫人には、百八十八もの悲歌を収録した詩集をこう揶揄した。「動員初日から書きはじめたに違いありません。なんという多作ぶりでしょう！」さらにコルネイユの『オラース』から引用して曰く、「失礼ながら、賛美はしても模倣はいたしませぬ[40]」。

これら「時期尚早」な「戦争の文学」を発表した友人にたいし、ただ礼儀正しく「賛美」するだけですませられたはずのプルースト、病身かつ多忙なプルーストが、ブランシュの作品については、雑誌掲載時に細かい指摘を書き送り、単行本化にさいして校正を手伝ったのは注目に値する。ただの親切心からではなく、むしろブランシュの著述が、プルースト自身の作家としての問題意識と接点をもったからであろう。『パリ評論』に数回掲載され、『ある芸術家の手帳』としてNRFから出版された作品は、ドーデの政治評論やモンテスキウの詩集とは違う自伝的散文であり、真実と虚構、記録と創造、戦時作家の態度表明をめぐる問題をはらんでいる。しかも、進行中の戦争にかかわる経験と考察をどのように書くのかという問題をめぐり、ブランシュはプルーストの美学とは正反対の答えを出しているのである[41]。

校正者プルーストは、単純に文法の間違いや表現の不適切さに着目するだけでなく、ブランシュの文体――動詞のない文章の多用――がもたらす弊害を指摘する。この「純粋なメモが自然に収まる文法形式」のせいで、「メモのためのメモという誘惑に駆られてしまう」というのだ。

肝心なのは、ずいぶん短縮できるので、つまらないディテール（こんな言い方をご容赦ください。ほかの部分と比べてつまらないと言いたいだけで、絶対的観点からすると、あなたの精神から発するものにつまらないものなどありません）、もっと組み立てた文章を書く場合にはいちいち取りあげるのを迷いそうなディテールも、この手早い形式だと許容できると思ってしまう。それほど必要のない品物を、トランクに入れようかどうか迷ったすえ、たいして場所をとらないという理由で持っていってしまうのと似ています。[42]

これは『見出された時』の読者にはおなじみの「メモ文学」への批判である。[43]「メモ文学」とは、ゴンクールの『日記』に代表される写実文学の蔑称と考えてよい。プルーストの小説美学によると、観察した雑多な事柄をただ際限なく詳細にメモするのではなく、むしろそれ自体としてはとるにたらない感覚（たとえばマドレーヌ菓子の風味）を隠喩によって知的等価物に「翻訳」しなくてはならない。ブランシュの「手紙」は、戦争文学における「メモ」偏重、すなわち記録性重視の特徴をあらわにする点で、プルーストの仮想敵となった。[44]

もう一点、戦争と芸術家の関係についても対立があった。「戦争の方向にそってしか仕事をすることはできないだろう」というのがブランシュの立場である。[45]これを読んだプルーストは、なるほど戦争に心を奪われるあまり、仕事ができなくなるという意味ならばよいが、「戦争の方向にそってしか仕事をすべきではない」という意味ならば、それは「精神の義務についての誤った考え方」だと強調する。[46]もちろん、プルーストが戦時中も書き続けていた『失われた時を求めて』は、全面的に「戦争の方向」に捧げられた作品ではない。「精神の義務」は、同時代の出来事への関心や協力よりも「私」個人の内的世界への沈潜を要請する。しかし、プルーストは戦前の構想を超え、いつしか戦争の方向にそいながらも、「メモ文学」とは異なる戦争文学を生み出すことに着手したのである。

戦時中のプルーストの手紙を読み進めると、時局に迎合した「戦争文学」への違和感と、自作への思い入れがかわるがわる語られているのに気づく。一九一五年八月、リオネル・オゼールから冗談まじりに「きみが兵役につけたら［それくらい健康になれば］嬉しいのに」といわれたのを受けて、不意にこのような真摯な言葉を書き記す。

知ってのとおり、ぼくの健康状態だと、それは四十八時間以内の死を意味する。たしかに今のぼくの生活に楽しみは全然ない。軍ではいっさい役に立たないのはわかっているけれど、戦死したほうが身のためかもしれない。でも書きはじめた著作を終わらせたいと本当に願っている。そこにさまざまな真理を書き残したい。それが大勢の人の糧となるのを知っているし、そうしなければ、ぼくといっしょに滅びてしまう真理だから[47]。

みずからの発見した「さまざまな真理」を伝える器としての『失われた時を求めて』は、あらたな「糧」を盛り込む可塑性を備えていた。おなじ頃プルーストは、過去の原稿の再読により、自作のなかに、現在の戦争にたいする批評性を見出している（リュシアン・ドーデ宛の手紙）。

『スワン』の初校ゲラが見つかった。〔刊行した版と〕少し違っていて、フランソワーズの台詞がこうなっている。「戦争なんて不公平。行きたい人だけ行かせればいいのに」。素朴だが（いやそれほどでもない。イギリスの制度はそうなっている）、こんな言葉でも侵略が避けられたかもしれない。そもそもいったい何人のドイツ人が戦争をしたがっていただろう。(48)

『スワン家のほうへ』には、おさない主人公「私」を読書の世界からひきはがす出来事として、田舎町コンブレーを駐屯部隊が勇ましく通過する光景が描かれている。時代は一八七〇年の普仏戦争の記憶もまだ薄れぬ頃。光り輝く鉄兜の群れや、ギャロップで駆けてゆく騎兵を前に、女中フランソワーズは「牧場の草みたいになぎ倒される」若者の姿を想いうかべ「ショック」を受ける。庭師から、「命を惜しまない若者を見るのはすばらしいじゃないか」と挑発され、「命でなけりゃ何を惜しめっていうのさ」と反論する女中の様子は、その庶民的な言葉遣いや考え方への皮肉をまじえて語られているものの、素朴な心情への秘かな共感も読みとれる。一九一三年に刊行された決定稿では、そのあと庭師が、「革命のほうがましだろ、布告されても、行くのは行きたいやつだけだから」と言い、女中が、「それならまだわかるわ、そのほうがすっきりしてる」と答える構成になっている。(49)

大戦の勃発以前に書いた原稿を再読しながら、事後的にプルーストは物語の新たな可能性を発見する。戦前に構想され書きはじめられた小説が、戦時社会で批評性を担えるということ。その発見に支えられたかのように、コンブレーにおける女中と庭師の会話の対になるような場面を、あらたに創造した大戦下のパリのエピソードのなかにも挿入する。

ジャーナリズムの舞台で孤立を覚悟しながら論戦をはるのではなく、かといって戦争にあわせたフィクションや手記を一から書いて発表するのでもなく、すでに刊行途上にあるライフワーク――まさに作者の生と仕事が一体化したような作品――のなかで、あたかも無意識のうちにはっていた潜在的な伏線を発展させるようにして、戦時社会を批評すること。これこそが『失われた時を求めて』を稀有な戦時文学にした。しかも、終戦が見えないうちに、「戦前の小説」と「戦中の小説」を結ぶ物語のネットワークは複雑化していく。(50)

一九一六年

ヴェルダンのほうへ

フランス史において、この年はヴェルダンの年である。二月から十二月にいたる長期間、ドイツ軍の猛攻に耐え、多大な犠牲を出しながらも抵抗し続けたヴェルダンの戦いは、その英雄性と不条理性において、第一次世界大戦を象徴する国土防衛戦として記憶される。死傷者の数は両軍あわせて七十万人といわれる。

すでに述べたとおり、開戦直後にプルーストは、弟ロベールが軍医としてヴェルダンに旅立つのをパリ東駅から見送った。しかし一九一六年の戦闘への具体的な言及は、現在われわれが読むことのできる書簡集にはほとんどない。そのかわり、大胆なことに、小説では「メゼグリーズの戦い」という名で、ヴェルダンをめぐる攻防が描かれている。幼い「私」が慣れ親しんだコンブレー近郊の散歩道、スワン家のある「メゼグリーズのほう」と「ゲルマントのほう」に分かれた散歩道の色あざやかな描写を憶えている読者にとって、この衝撃は大きい。当初はシャルトル近郊に設定していた幼年時代の虚構の舞台を、プルーストはいささか強引に北東部の前線へ移動し、空前絶後の殺戮と破壊に結びつけたのである。

『見出された時』のなか、スワンの娘ジルベルトは「私」に宛てた手紙でこう振り返る。

メゼグリーズの戦いは八ヶ月以上も続き、ドイツ軍はそこで六十万人以上も失いました。メゼグリーズを破壊しましたが、奪うことはできなかったのです。あなたがすごく気に入っていた小道、ふたりでサンザシの坂と呼んでいた道、あなたは幼い頃そこで私に恋をしたとおっしゃいますが、本当は私のほうがあなたに恋をしたあの道が、どれほどの威光をまとったか、語りつくせません。その先にあった広大な麦畑が、あの有名な三〇七高地です。きっと公式発表で何度も名前をごらんになったでしょう。(p. 335)

戦いの規模（期間と死傷者数）にくわえ、「三〇七高地」という地名はヴェルダンを想起させずにはおかない[51]。かくしてコンブレー近郊のメゼグリーズやルーサンヴィルという（読者にとっては架空の）地名は、フランス史を飾る名高い戦勝の地、アウステルリッツやヴァルミーに匹敵する栄光をまとった、とジルベルトはいう。しばしばプルーストは、作中人物のモデルとなった実在の人物の名をわざわざ隣接させる。たとえば架空の画家エルスチールとモネやホイッスラーを並べる場合がそれである。ところがここで「ヴェルダン」という名前は一度も記されていない。『見出された時』のなかの大戦は、ヴェルダンなき大戦である。このことの意味は小さくない。要するに、プルーストの小説は、単純な記録でも証言でもなく、まずは一種の思考実験、仮想体験として読むべきなのだ。ここでは、幼年時代の想い出の土地が戦争によって破壊されたら、いったい人は何を思うのか、という問いが投げかけられている。奇妙なことに、結論はすでに戦前、『スワン家のほうへ』のなかのマドレーヌ菓子の場面に書かれていたとも言える。

古い過去からなにひとつ残らず、人びとが死に絶え、さまざまなものが破壊されたあとにも、ただひとり、はるかに脆弱なのに生命力にあふれ、はるかに非物質的なのに永続性があり忠実なものとは、匂いと風味である。それだけは、ほかのものがすべて廃墟と化したなかでも、魂と同じで、なおも長いあいだ想い出し、待ち受け、期待し、たわむことなく、匂いと風味というほとんど感知できない滴にも等しいもののうえに、想い出という巨大な建造物を支えてくれるのである。[52]

無意志的記憶は死と破壊を超越する。たとえ土地が廃墟と化しても、その土地に結びついたわずかな感覚がこの世界のどこかに存在するかぎり、土地の記憶は永続する。だからメゼグリーズは破壊されてもかまわない。いや、だからこそ——プルーストの小説の論理的必然として——破壊されなくてはならなかった。ヴェルダンは、いわばメゼグリーズの下敷きになることで、無意志的記憶の逆説的な力（脆弱な感覚のもつ永続性）を例証し、『失われた時を求めて』という思想的な構築物を「支えて」いるのである。

ところで、幼年時代をすごした土地が戦争によって蹂躙される物語を語った小説が、プルーストの愛読書のなかに存在する。主人公アンドレイの故郷がナポレオン軍の侵略にさらされる様子を描いた、トルストイの『戦争と平和』である。十九世紀を代表するロシア小説と比較してみると、『失われた時を求めて』の戦争文学としての特徴がより明確になるだろう（第六章参照）。

ガリマールのほうへ

ヴェルダンで一進一退の過酷な攻防が繰り広げられているあいだ、プルーストはパリで戦後の続篇出版に向けた準備を進めつつあった。一九一六年五月十二日のガストン・ガリマール宛の手紙は、戦前に自費出版を助けたグラッセのもとを離れ、ＮＲＦ出版（のちのガリマール書店）に移籍する決断を告げるだけでなく、小説への大戦の取り込みを作者自身が説明する貴重な資料である。[53]

プルーストは、ジッドに続くガリマールの説得に応じたわけだが、ＮＲＦが原稿を見てから出版中止や削除要請をする可能性を怖れ、あらかじめ続篇がきわどい主題を扱っていると先手を打つ。『ソドムとゴモラ』における男性同性愛の「このうえなく大胆で完全な真実の描写」を強調したあと、もうひとつ翻意の原因となりうる要素として「戦争のいくつかのエピソード」の導入をあげ、その必要性を言い訳がましく書き並べていく。

そこで複数の例をあげて述べられているのは、以下の三点に要約できる。（一）すでに戦前に執筆ないし発表していた場面に、何らかのかたちで現在の大戦と関連をもちうる記述があること、（二）それらを今さら削除することは好ましくないこと、（三）それゆえ構成のバランスを考慮すると、進行中の大戦についての「つなぎ」をつけくわえざるをえないことである。

ジッドには伝えていたのですが、第二巻にあったヴィルヘルム二世についての記述を、戦争が起きた今、敵を侮辱しているように見えないよう削除したかったのです。おそらく敵は本が出るころ敗者となっているでしょうから。ジッドの忠告は（そもそも作品を知らずに言ったのですが）、何も削除するなとのことでした。ところがそのあと、私の記憶が正しければ『ＮＲＦ』誌に載った抜粋に含まれる戦略談義のせいで（確信はないですが、とにかくロベール・ド・サン＝ルーと仲間の将校との会話です）（どれももちろん戦争が起こるとは思ってもみなかったころに書いたもので、第一巻のフランソワーズの戦争についての会話とおなじです）、本の最後につなぎを入れる必要にかられました。

ここにあげられた例——ヴィルヘルム二世への揶揄、サン＝ルーと仲間の将校の戦略談義、コンブレーでのフランソワーズと庭師の会話——を信じるならば、大戦の挿話の創造は『失われた時を求めて』という作品が要請する内的必然のように見える。ただし、フランソワーズの会話について示唆したとおり、それは自作再読による事後的な伏線の発見という創造行為にほかならない。しかも、ここには確信犯的なごまかしがある。駐屯地ドンシエールにおけるサン＝ルーとの戦略談義は、戦前に続篇の抜粋が掲載された『ＮＲＦ』誌の一九一四年七月号には含まれていない。それどころか、現在『ゲルマントのほう』に含まれる戦略談義の多くは、そもそも大戦中の新聞記事を参照しながら書かれたものなのである。[54]

苦しい弁明は、きわどいテーマをきわどい方法で扱っている自覚のあらわれであり、誰も書かないことを書いているという自負の裏返しでもあろう。手紙の続きを読むと、プルーストの戦争描写の特徴がかいま見える。前線の現実という「戦争そのもの」ではなく、むしろ銃後における戦争の帰結を多角的に分析すること、同性愛者の視点（軍人への欲望）を描くこと、「反軍国主義的なところ」はないかわりに、ジャーナリズムを辛辣に批判することである。

そこで導入したのは戦争そのものではなく、そのいくつかのエピソードで、しかもシャルリュス氏が、カルパッチョの描く街のように軍人で色彩豊かになったこのパリを満喫するのです。いっさい自明ながら、反軍国主義的なところはまったくありません。正反対です。が新聞はどれもきわめて愚かです（ので私の本では手ひどくあしらわれています）。新聞が文句をいうかもしれません。

ここに見られるとおり、小説への大戦導入の軸は、シャルリュスという作中人物の二重性にある。この人物が、軍人への欲望――プルーストという偉大なユーモア作家が「反軍国主義」の「正反対」という曖昧な表現でほのめかしているのは、政治的な軍部礼賛ではなく、むしろ軍服への同性愛的欲望であろう――と、新聞への痛烈な批判を一身で担うことになる。じっさい、一九一九年の『花咲く乙女たちのかげに』で予告された続巻目次で、大戦をめぐる章は「戦時中のシャルリュス氏、その意見と快楽」と題されている。プルーストは、語り手「私」ではなく、戦時社会の少数派に属する作中人物に、みずからの視点を託したのである。そのときの「私」のあいまいな位置づけは第三章の検討課題となる。

『砲火』から遠く離れて――プルーストの「塹壕」

フランス文学史上、一九一六年の事件は『砲火』のゴンクール賞受賞である（図3）。「ある部隊の手記」という副題から明らかなとおり、前線体験の忠実な記録という体裁のもと、兵士の悲惨を自然主義的に描きつつ、最後に社会主義的な平和希求のメッセージを提示して、たちまちベストセラーとなった。バルビュスの受賞から三年後、プルーストは『花咲く乙女たちのかげに』でおなじ賞を受賞するが、『砲火』についての具体的なコメントは見つかっていない[55]。

現在読むことのできるプルーストの書簡集には反戦文学への共感や同調は皆無である。彼の主張は、祖国防衛への暗黙の賛同（正当な防衛戦争をしている以上はそれを支持しなくてはならない）と心情的な平和主義（できれば誰にも苦しんでほしくない）の範囲を出ない。たとえばロマン・ロランへの反応は冷淡である。一九一六年九月十日頃のウォルター・ベリー宛の手紙では、「じぶんが『争いを超越して』いると言う者はむしろ『争いより劣って』いるかもしれない、なぜなら英雄的行為がおそらくはその上の階を占めるから」と述べている[56]。これは「ジュルナル・ド・ジュネーヴ」紙の一九一四年九月十五日号に掲載されたロマン・ロランの記事への否定的なほのめかしである。同紙に発表された有名な記事は、一九一五年十一月に同題の著作に収録されたが（邦題は『戦いを超えて』）、それ以前からフランスの各紙で恣意的な抜粋がなされ、ロマン・ロランは裏切り者

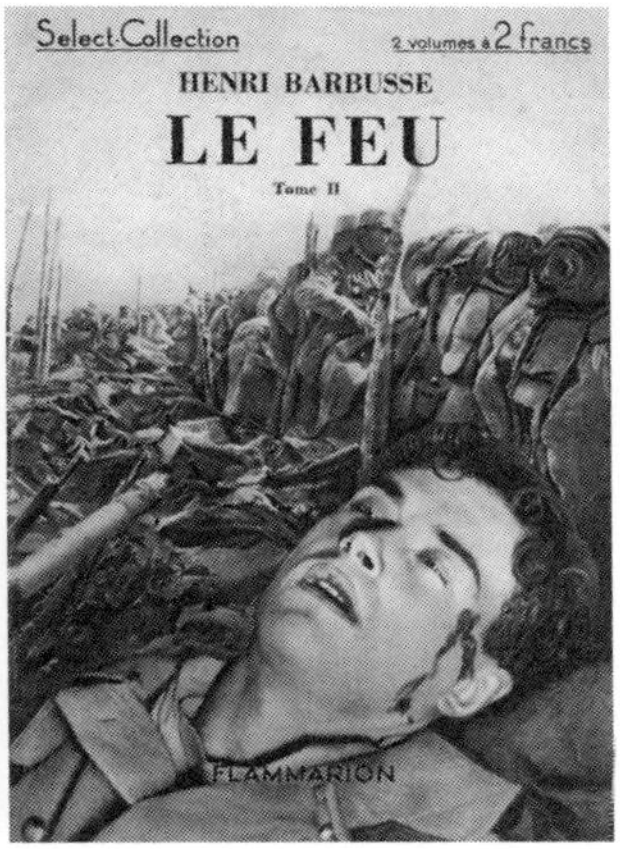

図３　バルビュス『砲火』（全２巻）表紙　ベストセラーとなり、売り上げは2年間で30万部に達した。

として扱われた。プルーストが読んだのは、おそらくそうした紹介記事の一部であり、軽蔑的な論調の影響を受けたことは容易に推測できる。また、そもそも大河小説『ジャン・クリストフ』の作者はプルーストの文学上の仮想敵でもあった。いずれにせよ、争いに巻き込まれた当事者である兵士の無言の英雄性を、銃後の安全地帯にある知識人の自己主張よりも上におくことは、ある種の倫理の表明であるようでいて、じっさいには戦争状態を甘受する順応主義に等しいとも言える。

『砲火』に話を戻すと、前線を知る特権的な証人の手記という形式をとる作品においては、兵士の主観（印象と感情）や肉体（苦痛と破壊）や発言（俗語）が大きな位置を占める。肝心なのは、直接的、即物的であることだ（神話的なイメージの使用などを排除するわけではないが）。それにたいしプルーストの小説は、多様なジャンルの戦時言説を引用したり、借用したり、諷刺したり、転用したりすることによって、その自明性を問いに付す。もし「反戦的」という形容があてはまるとすれば、前線の兵士の肉体を脅かす戦闘への異論である以上に、銃後の言語と知性までも汚染する戦争状態への抵抗という意味においてであろう。

しかし、戦時中のプルーストの手紙に、不謹慎ともとられかねない「軍事的メタファー」の使用が散見されることも指摘しておかねばならない。殺傷目的で開発された新兵器の名前も冗談に用いられる。来客への丁重な断りのなかに、たとえばこんなギャグが組み込まれる。「喘息対策の燻蒸剤という毒ガスをかいくぐってまで私の塹壕に足を運ばれるのは、当然ながら不可能です[57]」。ほかにも「手の内を見破る」といった「軍事的なメタファーを、残念ながらつい、はるかに重要でない事柄、たとえばたんなる個人の生活を語るさいにも、意識せず繰り返し使ってしまう[58]」ことをプルーストは自覚している。戦争という国家と国家のあいだの関係は、個人と個人の関係をあらわす格好の比喩となる。「あなたの流儀でこれからまた何か新しい不満をでっちあげるのでしょう。ドイツ軍の包囲作戦とおなじであなたがいつも使う作戦です。でも防御は容易です[59]」。

戦争をメタファーにすること、それは戦争のなまなましい直接的な暴力性を忘却することと不可分ではないか。隠喩化は非現実化に等しく、現状追認を助長しかねない。自然主義的な証言文学とは異質なプルーストの小説には、言説の擬態的批判というコミットメントの側面（文体模写と擬似的引用によるジャーナリズム批判）と、隠喩的思考というデタッチメントの側面（類比への着眼と一般化による個別的現実の切り捨て）があるとも言えるだろう。戦時の心理的動員を前にして、文学による動員解除の試みが抱えるこの二面性とジレンマについては、おもに第四章と第五章で具体的に考察してみたい。

一九一七年

悲しみと日々、楽しみと日々

ついに勢力均衡が崩れはじめる。まず三月にロシアで革命が勃発してロマノフ王朝が倒れ、混乱をへて最終的に十一月、レーニン率いるボルシェビキが政権を掌握する。これはロシアの戦線離脱と東部戦線の終息につながり、ドイツが西部戦線に兵力を集中できることを意味した。しかし他方では四月、ドイツの潜水艦無差別攻撃に業を煮やしたアメリカが参戦を決断する。アメリカの援軍に期待しつつも、みずからの手で雌雄を決したい英仏軍は、かえって強引な大攻勢を重ねて甚大な人員を失い、前線で不服従・厭戦行為が広まる。

一月十二日、プルーストは、ストロース夫人宛の年始の挨拶にこう記す。「ドイツ軍が『ノワイヨンにいる』かよそにいるうちは、じぶんが幸せになることも、ひとの幸せを祈ることさえ容易ではありません。私たちはまるで、あまりに深い喪に服しているがゆえに、もはや、しばらくは、なにも祝えない人のようです[60]」。ノワイヨンはパリの北北東わずか百キロの距離に位置する町で、開戦後まもなくドイツ軍に占領された（この手紙の数ヶ月後にフランス軍が奪還するが、翌年三月から八月まで再び占領される）。「ドイツ軍はノワイヨンにいる」というのは、クレマンソーが、敵の近さを想起させるために連呼した言葉である。[61] ここでプルーストが決まり文句への皮肉と諦めをこめつつ強調する喪の深さは、ただ近親者にのみかかわるものではない。十月のスーゾ大公妃宛の手紙では、こう述べている。「私はみんなの死を悼みます、一度も会ったことのないひとの死にも涙を流します。これは戦争が、日々の不安という恐ろしい訓練によって私たちに追加した感覚、見知らぬ人びとのために苦しみをおぼえるという感覚です[62]」。

喪の領域の拡大とは裏腹に、パリの有閑階級の生活には浮薄な娯楽が回帰していた。『見出された時』の大戦の章は、「一九一六年初頭」に位置づけられる主人公「私」の二度目のパリ滞在時のファッションを標的にした諷刺からはじまり、モード記事の文体模写も挿入されている。その元となる記事は、年代がずれるが、じつは右に引用したストロース夫人宛の手紙から数日後の「フィガロ」紙（一九一七年一月十五日付）の女性ファッション欄にある（図4）[63]。

この記事のおかげで、プルーストが戦争の挿話を「清書ノート」に整理しはじめた時期がこれ以降だと推定できる。それにしても、七つの新聞で戦局を追うだけでなく、銃後の風俗をめぐる言説を収集するかのように、ファッション時評すら読んでいたとは驚きである。プルーストは、家具や置物やアクセサリーのデザインを文学や芸術のように語った部分を服飾の話に置き換え、多くの表現や構文をそのまま借用している。小説の該当箇所と、元記事の冒頭をつづけて引用しよう。

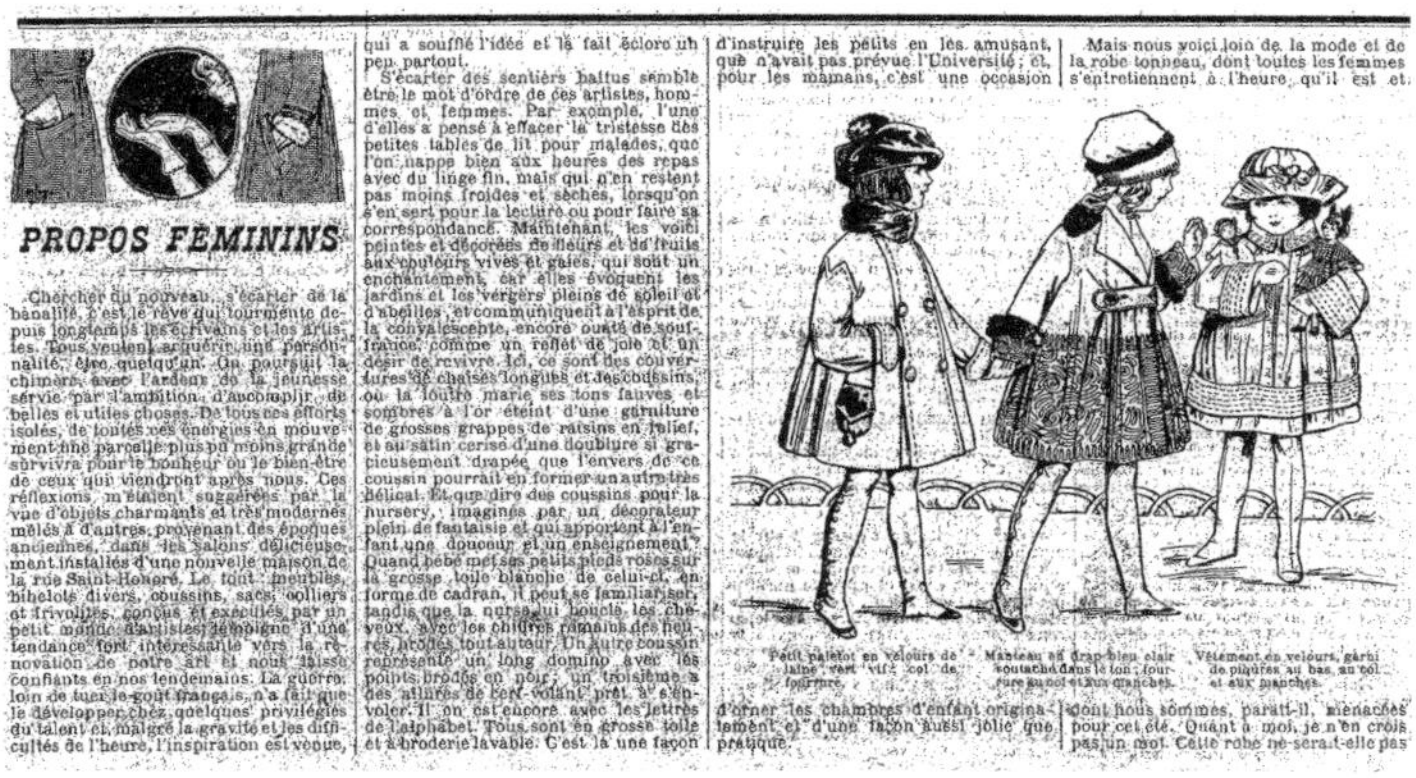

PROPOS FEMININS

Chercher du nouveau, s'écarter de la banalité, c'est le rêve qui tourmente depuis longtemps les écrivains et les artistes. Tous veulent acquérir une personnalité, être quelqu'un. On poursuit la chimère avec l'ardeur de la jeunesse servie par l'ambition d'accomplir de belles et utiles choses. De tous ces efforts isolés, de toutes ces énergies en mouvement une parcelle plus ou moins grande survivra pour le bonheur ou le bien-être de ceux qui viendront après nous. Ces réflexions m'étaient suggérées par la vue d'objets charmants et très modernes mêlés à d'autres provenant des époques anciennes, dans les salons délicieusement installés d'une nouvelle maison de la rue Saint-Honoré. Le tout : meubles, bibelots divers, coussins, sacs, colliers et frivolités, conçus et exécutés par un petit monde d'artistes, témoigne d'une tendance fort intéressante vers la rénovation de notre art et nous laisse confiants en nos lendemains. La guerre, loin de tuer le goût français, n'a fait que le développer chez quelques privilégiés du talent et, malgré la gravité et les difficultés de l'heure, l'inspiration est venue, qui a soufflé l'idée et l'a fait éclore un peu partout.

S'écarter des sentiers battus semble être le mot d'ordre de ces artistes, hommes et femmes. Par exemple, l'une d'elles a pensé à effacer la tristesse des petites tables de lit pour malades, que l'on nappe bien aux heures des repas avec du linge fin, mais qui n'en restent pas moins froides et sèches, lorsqu'on s'en sert pour la lecture ou pour faire sa correspondance. Maintenant, les voici peintes et décorées de fleurs et de fruits aux couleurs vives et gaies, qui sont un enchantement, car elles évoquent les jardins et les vergers pleins de soleil et d'abeilles, et communiquent à l'esprit de la convalescente, encore ouaté de souffrance, comme un reflet de joie et un désir de revivre. Ici, ce sont des couvertures de chaises longues et des coussins, où la loutre marie ses tons fauves et sombres à l'or éteint d'une garniture de grosses grappes de raisins en relief, et au satin cerise d'une doublure si gracieusement drapée que l'envers de ce coussin pourrait en former un autre très délicat. Et que dire des coussins pour la nursery, imaginés par un décorateur plein de fantaisie et qui apportent à l'enfant une douceur et un enseignement ? Quand bébé met ses petits pieds roses sur la grosse toile blanche de celui-ci, en forme de cadran, il peut se familiariser, tandis que la nurse lui boucle les cheveux, avec les chiffres romains des heures, brodés tout autour. Un autre coussin représente un long domino avec les points brodés en noir ; un troisième a des allures de cerf-volant prêt à s'envoler. Il en est encore avec les lettres de l'alphabet. Tous sont en grosse toile et à broderie lavable. C'est là une façon d'instruire les petits en les amusant, que n'avait pas prévue l'Université ; et, pour les mamans, c'est une occasion d'orner les chambres d'enfant originalement et d'une façon aussi jolie que pratique.

Mais nous voici loin de la mode et de la robe tonneau, dont toutes les femmes s'entretiennent à l'heure qu'il est et dont nous sommes, paraît-il, menacées pour cet été. Quant à moi, je n'en crois pas un mot. Cette robe ne serait-elle pas

Petit paletot en velours de laine vert vif ; col de fourrure.

Manteau en drap bleu clair soutaché dans le ton ; fourrure au col et aux manches.

Vêtement en velours, garni de piqûres au bas, au col et aux manches.

PROPOS FEMININS

La mode n'est pas un sujet que l'on puisse aborder du jour au lendemain ; elle comporte sa petite science et il faut la bien connaître si l'on ne veut tomber dans l'erreur. Un judicieux écrivain demande, dans un but fort louable, l'adoption d'un costume national pour les femmes ; et il opte précisément pour le tailleur qui est le costume le moins national de tous. En dehors de son origine étrangère, le tailleur, pour être bien exécuté, exige la main-d'œuvre de spécialistes qui sont presque tous eux-mêmes étrangers. Avant la guerre, les Allemands, les Autrichiens, surtout ceux-ci, excellaient dans ce genre, et la plupart des grandes maisons étaient obligées de leur faire appel. Nos alliés russes et italiens sont aussi très experts, avec les Polonais, dans ce genre de travail. Seul le Français n'a jamais pu s'y plier, sans doute parce que sa fantaisie ne s'accommode point de la rigidité de ligne d'un costume qui doit conserver dans son caractère un peu de sa roideur première. Quant à l'ouvrière parisienne, à la petite midinette qui réalise chaque jour tant de jolis miracles, elle ne se complaît que dans le flou, dans les chiffons légers et gracieux où se niche toujours un peu de l'esprit de Paris. Donc, si nous devons renoncer à la toilette et immoler sur l'autel de la Patrie nos chères coquetteries, il serait plus logique de préférer au costume tailleur n'importe quelle petite robe simple et sans prétention, à condition qu'elle soit bien française, de goût bien français et éclose sous des doigts français. Et puis, vraiment, si la femme sait bien diriger son choix — et quelle femme ignore la subtilité de cet art ? — il est dans les collections actuelles de nos couturiers des robes, chemises, semblables à de grandes blouses qu'un seul lien retient à la taille et dont la simplicité, je dirai presque le petit air d'abandon, convient on ne peut mieux aux circonstances. Il en est d'autres, très sobres, entièrement conformes aux rigueurs du temps et qui, loin d'alarmer par leur aspect les pouvoirs publics, procurent des ressources à une nombreuse et intéressante classe de travailleuses. C'est peut-être une des meilleures formes du patriotisme que de continuer à assurer la vie et le sourire des chiffons en dépit de nos tristesses et de nos deuils. Non, ne touchons pas aux industries de la mode et du luxe, car elles procurent d'appréciables revenus au pays ; ne touchons pas à la mode elle-même car elle en est la grâce.

La persistance de l'hiver à vouloir troubler l'avril et ses Pâques nous fait goûter l'opportunité des manteaux, dont les couturiers se sont montrés prodigues cette saison, comme s'ils avaient pressenti les caprices de la température. Voici donc le manteau entré de nouveau dans nos habitudes. Je viens d'en voir un extrêmement joli. Il est en crêpe de Chine bleu marine, terminé par une haute bande de satin de la même nuance. Quelques lancés de broderie agrémentent les revers dont un gland de soie alourdit les pointes. La ceinture, en satin, s'enroule très mollement autour de la taille, se noue devant, et chaque bout se termine par un même gland. Un autre tout en satin noir, d'un joli mouvement écarté sur les côtés, se brode de soie grège dont la blondeur

I. Robe très simple avec bordure et encadrement piqûres. — II. Un léger genre Directoire en serge et à boléro soutaché. — III. Une longue blouse d'organdi quadrillé bleu, sur jupe de satin noir.

図4　戦時下のファッション記事　上は、プルーストが文体模写した1917年1月15日付の「フィガロ」紙の「女性の言葉」欄（部分）。挿絵は戦時下でもエレガントな子ども服。下は、同年4月10日付の同欄の記事。中央の女性の服装が「総裁政府時代風」だと紹介されている。

ファッションデザイナーたちは、芸術家の自覚を誇り、こう述懐していた。「新しさを探求すること、月並みから遠ざかること、じぶんらしさを確立すること、戦勝を準備すること、戦後世代のために美の新形式をひきだすこと、それこそがわれわれを苛む野心であり、われわれの追求する幻影であり、それは、＊＊＊通りに心地よくしつらえられたサロンを訪れてみればわかるだろう。陽気な明るい調子によって目下の重々しい悲しみを消し去ること、それをスローガンとしているように見えるが、時局が要請する控えめさも忘れてはいない」(p. 303)。

新しさを探求すること、月並みから遠ざかること、それこそが久しい以前から作家や芸術家を苛む夢である。誰もがじぶんらしさを手に入れ、いっぱしの存在となることを望む。美しくて役に立つものを実現したいという野心に助けられた青春の情熱とともに、幻影を追求する。こうした孤独な努力と、活動するエネルギーのなかで、あるていどの部分は、われわれのあとに続く人びとの幸福か安楽のために生き延びるだろう。こんな考えが心に浮かんだのは、魅力的できわめて現代的なオブジェが古い時代のものとまじっている様子を、サン＝トノレ通りの新しい屋敷に心地よくしつらえられたサロンで眺めたからだ。家具、さまざまな置物、クッション、鞄、首飾りやアクセサリー、少数の芸術家が構想し実現したいっさいのものが、わが国の芸術の刷新へと向けたきわめて興味深い傾向を物語っており、今後に自信がもてる。戦争は、フランス的な趣味を殺すどころか、それを才能ある数名の特権的な人びとのあいだで発展させ、目下の深刻さと困難にもかかわらず、インスピレーションが訪れ、アイデアを吹き込んでは、いたるところで開花させたのである。

使い古された方法から離れることが、これらの芸術家たち、男性女性の、スローガンであるように見える。たとえば、そのうちのひとりの女性は、病人のためのベッドサイドテーブルの悲しみを消し去ることを考えた［以下略(64)］。

小説の抜粋のうち、「戦勝を準備すること」はプルーストが挿入した文句である。ただこの操作によって、戦時ファッションを語る言葉の空疎さが浮き彫りになる。ファッションの楽しみが戦争に役立つという強弁――。その点、「フィガロ」の元記事の末尾で「戦争」という名詞が形容詞として用いられているのは徴候的だ。ジャージーの新作スーツは「セットの帽子とあわせると、じつに『戦争らしく』très « guerre »、じつにパリ風になります」。この特殊表現もまた、小説のおなじ箇所で再現されている。プルーストの批評眼は、戦時下のモードそのものより、モードを語る言葉、モードに意味を付与する言語表現にたいして向けられている。戦時社会批判は、なによりも自己正当化する社会言説への批判にほかならない。

「すばらしい黙示録」――リッツから見た戦争

大戦文学において、塹壕戦の悲惨とかけ離れた銃後の諷刺は一大トポスである。休暇を利用して首都を訪れた兵士が、戦時とは思えない快適な暮らしぶりに驚き、市民の無理解と無自覚に絶望し、むしろ命の危険がある前線への帰還を望むようになるというパターンが反復される。全体として『見出された時』では、外国の療養所から戻った病弱な「私」の視点からパリ社交生活の軽薄さが描かれるしかけになっている。けれどもプルースト自身にとっては、社交の楽しみは日常の一部だった。一九一七年には、あらたな友人であるスーゾ大公妃（のちにポール・モランと結婚）との晩餐会などのため、リッツとクリヨンという高級ホテルを頻繁に利用した[65]。

七月二十七日、プルーストにモラン、レナック、コクトー、ボーモン夫妻が同席したリッツの晩餐会で、余興の催眠術実験が終わったあと、空襲警報が鳴り響いた。ストロース夫人宛の手紙で語られるその印象、とりわけ光を放つ戦闘機が描き出す「驚異的な」光景と、上流階級の狼狽ぶりとの対比は、小説の主人公「私」とサン＝ルーの（作中の設定では一九一六年の）会話に組み込まれることになる。

催眠術の催しが終わるころ、空襲警報がありました。飛行機がカシオペア座の右と左のどちら

図5　エル・グレコ『オルガス伯の埋葬』（1586–88年頃）　プルーストは、上の画面に戦闘機が舞う夜空、下の画面にホテル・リッツの混乱を重ねた。

を通ったかは言えません。ただわかるのはじぶんが風邪をひいたということだけです。なにしろバルコニーに出て、一時間以上あのすばらしい黙示録を眺めていたのですから。上昇し下降する飛行機が、星座を完成させ解体させるのです。あれが空を見上げさせるだけのものだったとしても、きわめて美しかっただろうと思えるほど驚異的でした。前代未聞だったのは、上に天上の場面、下に地上の場面が描かれているエル・グレコの絵のように、バルコニーからあの崇高な「中空」を見ているあいだ、下ではホテル・リッツが（以下のすべてはそこでの出来事です）まるで「自由交換ホテル」になったように見えたことです。ネグリジェ姿どころかバス・ローブ姿のご婦人がたが「円天井」のホールで胸元に真珠のネックレスをかき抱いてうろうろしていました[66]。

一読して明らかなのは、文化的な比喩の多様性である。このうち「黙示録」と「エル・グレコの絵」（『オルガス伯の埋葬』［図5］）と「自由交換ホテル」（うらぶれたホテルで密会したカップルが知人と鉢合わせして誤解や取り違えが頻発するフェドーの軽喜劇）は小説に取り込まれた[67]。「カシオペア座」でほのめかされている書き手は、レナックかコクトーだと推測される。レナックが戦時中、連日「フィガロ」紙にポリーブ（ポリュビオス）の筆名で書いていた記事の衒学趣味を揶揄するのは、ストロース夫人の楽しみだった[68]。おそらく「中空」はユゴーの詩「諸世紀の伝説」の一節のタイトルを指す。詩的効果と喜劇的効果をもたらす文化的比較の豊かさには眩惑される。

空襲が社交界の軽薄さを暴露するというモチーフは、一九一八年の手紙にも登場する。めずらしく迎合して「ボッシュ」という侮蔑語を使いながら、プルーストはドイツの爆撃機をヴェスヴィオ火山に喩え、パリをポンペイと同時に滅んだ古代ローマの都市ヘルクラネウムに重ねあわせる。

外食に行くご婦人がたが身繕いをして出かけようとしたところで、もしかしたら頬に白粉をぬる最後の指のしぐさが、ボッシュの空飛ぶヴェスヴィオ火山の溶岩によって中断され、永久に凝固してしまうかもしれません。軽薄なものも不変かつ厳粛になれば、よりよい時代がきたときに学校で子どもの教育に役立つでしょう。美術本には、われわれの期待に反してヘルクラネウムの大物のような高位に登りつめたヴィッテレスキ［画家］が、つけまつげをセットする瞬間に炎に襲われた様子が複製されるでしょう[69]。

歴史の想起は、現在の危険を皮肉に相対化する。「すばらしい黙示録」といい、「ヴェスヴィオ火山の溶岩」といい、文化的な喩えは、上空の戦闘を無害なスペクタクルに変える効果がある。しかし小説におけるツェッペリン来襲をめぐる会話は、ただ空襲の新たな美の発見や銃後の富裕階級への揶揄という問題にはおさまらず、じつは同時代の社会言説への批判にもなっている。そのことは第一章で検証することにしよう。

戦時下の前衛芸術──コクトー、『パラード』、『喜望峰』

一九一六年が反戦文学『砲火』の年だったとすれば、一九一七年は戦時下とは思われない前衛的バレエ『パラード』の年だった。コクトーの台本にもとづき、舞台芸術と衣装をピカソ、音楽をサティ、振付をマシーンが担当したこの作品には、前衛志向と伝統回帰が混在している。舞台背景幕と衣装はキュビスム的だが、バレリーナやペガサスを描いた緞帳は新古典主義的だった（アングルに比せられた）（図6）。

五月、プルーストは劇場に足を運び、このサーカスを思わせる舞踊の「大反響」と「成功」を祝福する手紙をコクトーに書いた。「成功を軽蔑してはいけない。今回のように、それが〈未来〉から発せられた恵み深い『オーラ』にほかならないときは[70]」。さらに別の手紙で、「飢餓の時代になんという糧だろうか」と手放しの称賛を伝え、とりわけ「ピカソはなんと美しいのだろう」と感嘆した[71]。

図6　ピカソ『パラード』の緞帳（1917年）　劇場に足を運んだプルーストは、「ピカソはなんと美しいのだろう」と感嘆した。

定説によると、コクトーは『失われた時を求めて』の作中人物オクターヴのモデルのひとりであり、そのオクターヴが「自身の舞台と衣装で上演させた寸劇」、「現代芸術に少なくともロシア・バレエが達成した革命に匹敵する革命をもたらした」作品とは、『パラード』を指すとされる。[72]よく読むとオクターヴはピカソの役割も担う、コクトー以上のマルチタレントである。ただしこの演劇は小説のなかで明確に戦時下の文脈におかれているわけではなく、むしろはじめて出会った頃ゴルフやカジノに夢中だった青年がやがて天才芸術家として認知されるという、反サント＝ブーヴ的なストーリー（芸術家の深い自我を社交生活から知ることはできない）の一要素に収まっている。『見出された時』では、戦時中の前衛芸術家の「成功」は描かれないのである。

ピカソへの賛美はともかく、プルーストがどれだけ戦時中のコクトーの芸術活動を評価していたのかは、議論の余地がある。そもそも「革命」や「〈未来〉から発せられた恵み深い『オーラ』」といった表現は、プルーストの芸術観とは一致しない。じっさい、ジャック・リヴィエールに宛てた書簡で、コクトーの芸術における「左傾化」すなわち前衛至上主義の宣言を皮肉っている。[73] 新しさの探求が自己目的化すると、芸術はただの流行の問題になりかねない。戦時中、コクトーが飛行士ロラン・ガロスとの友情から着想した前衛詩『喜望峰』については、刊行前にたびたび開かれた朗読会に、結局プルーストは出席しなかった。戦闘機の詩的なイメージをめぐっては、第一章であらためてふたりの関係を考察することにしたい。[74]

一九一八年

リッツからマリニーへ

三月、ブレスト＝リトフスク講和条約によってロシアとの戦争が終結してまもなく、ドイツ軍は西部戦線に大攻勢をしかけ、陣地戦はふたたび機動戦となる。アメリカの援軍が遅れていたため、劣勢の仏英軍は突破を許し、ドイツ軍はパリから七十キロのマルヌ川に達する。パリは大型爆撃機ゴータと長距離砲（あだ名は「でぶのベルタ」）の標的になり、一九一四年の夏とおなじように、多くの市民が首都陥落の恐怖に襲われて疎開した。しかし、プルーストはパリにとどまった。結局、アメリカ軍の上陸とともに力関係は逆転してドイツは降伏。十一月十一日に休戦が調印された。ウォルター・ベリー宛の一月四日の手紙によると、ある雪の晩、凍結した舗道に滑りそうになっていたプルーストは、ベッドフォード・ホテルとやらを探す二人組のアメリカ兵に声をかけられた。そのホテルが「自宅のすぐ近くのアルカード街」にあるとは知らなかったものの、まもなく見つけられたこと、はるばるやってきたアメリカ兵に感動したことが記されている。[75] それから二週間ほどたった一月十九日、そのアルカード街のホテル・マリニーが少年売春をおこなっているという告発を受け、警察が立入検査をおこなう。最近発見された調書によると、サロンでシャンパンを飲んでいた「男色家風の三名」のうち、二名は二十代前半の兵士（療養による無期限休暇中）であり、残る一名が、「プルースト、マルセル、四十六歳、金利生活者」だった。[76]

アルベール・ル・キュジアが経営するこのホテルは同性愛者の軍人をおもな顧客としていた。『見出された時』でジュピアンがシャルリュスの欲望を満足させるために営む男娼館のモデルである。プルーストの「意見」がシャルリュスに託されたことはすでに指摘したが、「快楽」については、作家自身は語っておらず、同時代人の回想を信用するかしないかは読者の判断に委ねられている。ここで確認しておきたいのは、現実世界の作者が警察に尋問されたのにたいし、小説世界の「私」はむしろ、いかがわしい光と不穏な会話に導かれ、凶悪犯罪を未然に防ぐ「裁き手の自負」をもって、謎のホテルに足を踏み入れたという逆転現象である（p. 391）。ホテル・リッツと並び、ホテル・マリニーは、戦時社会を観察する小説家プルーストの重要な拠点だった。高級ホテルと怪しい男娼館における作者と主人公「私」の位置関係は似通っている。いずれの場合も、作者が実際には内側から生きた経験を、あたかも「私」が外部から見たかのように描いたのである。

戦時下のサウンドスケープ――音楽と空襲

アメリカ兵の到来はパリの劇場文化にも影響をおよぼす。カジノ・ド・パリではジャズの演奏によるレビューが衝撃を与えた。ジャック゠エミール・ブランシュが、二月四日のプルースト宛の手紙でその興奮を伝えている。「ストラヴィンスキーの技巧をしても、これに匹敵するものはまだ体験させてもらったことがない。この興奮する野蛮なハーモニーはゴータ機の砲撃と競いあう」(77)。ここにはロシアから来た『春の祭典』を超えて（つまりロシアの戦線離脱を補って）、アメリカのジャズがドイツ軍を迎え撃つという図式が見てとれるだろう。プルーストが自室に音楽家を招いて聴くベートーヴェン、フランク、フォーレの室内楽とは違う音の世界が広がりつつあった。

パリ空爆の激化は聴覚体験の変容を意味した。プルーストは二月十三日頃のストロース夫人宛の手紙で、ゴータ機の来襲に遭遇した晩の体験を語っている。友人ガブリエル・ド・ラ・ロシュフーコー邸にボロディンの四重奏曲第二を聴きに行った帰りに警報が鳴りはじめ、急げば爆撃開始前に帰宅できたはずだったのに、乗ったタクシーの運転手の老人が発車や故障に手間取ったせいで、「車内で待つのに耐えられず、車の脇に立って、一部始終を聞いて」しまったという(78)。

さらに三月下旬になると、長距離砲によるパリ爆撃がはじまる。プルーストは、地下室に避難しないので隣人の顰蹙《ひんしゆく》を買っている、と手紙で繰り返す。おそらく空襲は、ささやかなヒロイズムを示す好機だった。弟や友人が前線で生命を賭けているときにパリで空襲におびえるなど、自尊心にかけても、また罪悪感のうえからも、許せなかったのだろう。四月九日のスーゾ大公妃宛の手紙では、こう語っている。

大砲やゴータのことは、正直に申し上げて、今まで一秒たりとも考えたことはありません。もっと危険ではないもの――たとえばネズミ――は恐ろしいのですが、とにかく爆撃は怖くないし、まだ地下室への降り方も知らないので（それを他の借家人は許してくれませんが）、怖がるふりをするのはわざとらしいでしょう。(79)

別の友人に宛てた手紙によると、当時のプルーストは、むしろ顔面麻痺と失語症の恐怖におびえ、穿頭手術を受けることも考えていたようだ。(80)
長距離砲がもたらした最大の悲劇は、三月三十一日のサン＝ジェルヴェ教会の爆撃である。ちょうどキリストの受難と死を想う聖金曜日のミサのおこなわれているさなかに爆弾が直撃し、八十八名の死者と六十八名の負傷者が出た。場所もタイミングも象徴的であり、ランス大聖堂の爆撃とはことなる意味で、ドイツの野蛮を示す行為として弾劾された。第一章で見るとおり、ロマン・ロランはこの事件を中篇『ピエールとリュース』の末尾にすえ、反戦思想を抱く若者の運命を描いた。ところが四月三日のリオネル・オゼール宛の手紙でプルーストがこだわるのは、被害者名簿にユダヤ人の名前が散見されることである。教皇が「とりわけ熱心なカトリック教徒たち」の犠牲を嘆いたという報道にたいし、ユダヤ人を無視したのか、それとも「聖金曜日の奇跡」により――これはワーグナーへの暗示である――、ユダヤ人が突然の恩寵に打たれてカトリックに改宗していたとでもいうのか、と皮肉る。「いずれにせよカトリックだろうとユダヤ人だろうと、この大虐殺を痛ましく思うことにかわりはない」とはいうものの、ユダヤ系マイノリティへの作家独自の関心がうかがえる。(81)

蜜蜂としての芸術家の肖像――利己主義と利他主義

プルーストは、先にあげた四月九日のスーゾ大公妃宛の手紙では、戦争と一体化するあまり、戦争を対象化できなくなったと語る。

大公妃さま、私は戦争の話はいたしません。悲しくも戦争をすっかり自己に同化してしまったので分離できないのです。心の奥底で感じる想いがじぶん自身と区別できず語れなくなるのとおなじで、私は戦争のもたらす危惧と希望を語れません。戦争は私にとって対象（哲学的な意味での客体）というよりも、私自身と対象とのあいだに介在する実体なのです。かつての人びとが神のうちで愛したように、私は戦争のなかで見ています（他の話をするときも、寝ているときでさえやまない神経痛というものをごぞんじでしょう(82)）。

しかし、「戦争のなかで」見ることは、「戦争のために」生きることを意味しない。一九一八年四月二十八日のリオネル・オゼール宛の手紙は、大戦下の芸術家のあるべき姿を物語る一種のマニフェストとしても読める。作品創造に集中する芸術家は、一見すると利己的だが、まさに「じぶん自身への義務」を果たすことによって、他人に好影響を与えると言うのである。

個性が他人に与える好影響は、他人に善を施そうとしたときより、むしろじぶん自身への義務を丹念に果たしたときのほうがはるかに大きいと思う。もちろんここで言っているのは少しなりとも天才的な最高次の形態をとる活動のことだけだ。でもその場合、芸術家や作家や学者によって地上でなされた善はすべて、本来の意味で利己的になされたわけではない（彼らの目的は個人の欲望の満足ではなく、かいま見えた内的真理の解明にあったのだから）。とにかく他人の世話をすることなしになされたのだ。利他行為とは、パスカルにとっても、ラヴォワジエにとっても、ワーグナーにとっても、慈善活動をするために孤独な仕事を中断したり歪めたりすることではなかった。彼らは蜂のようにただじぶんの蜜をつくり、現実にその蜜があらゆる他人の役に立ったのだ。

（かくして蜜蜂は、己のためでなく、蜜をつくる）

でもその蜜は、つくるときに他人のことを考えない、他人の世話をしないなどの条件でしか、つくりえなかったのだ。[83]

すぐれた芸術家や作家や学者は、他人に善を施そうとするよりも、じぶん自身への義務を丹念に果たしたほうが、他人の役に立つ――。この逆説は、『見出された時』のなかで「他人にも利用できる利己主義」と表現され、あらためて強調される（p. 613）。結局これこそが、プルーストの戦時中の態度を正当化する最大の論理であろう。もちろん、だからといって銃後の作家につきものの罪悪感が消えるわけではあるまい。それでもこのウェルギリウスの詩句の蜜蜂のように、利己主義的な利他主義を貫くほかに選択肢はなかった。それこそが、作家プルーストの「じぶん自身への義務」であり、他人や集団（国民）への義務を超越していた。だからこそ、戦争をめぐる省察はすべてライフワークのなかに、ライフワークの美学に忠実に、単純なイデオロギー的メッセージには還元されないかたちで組み込んだのである。

H・G・ウェルズの未来予想小説のようにはじまった戦争は、シェイクスピア悲劇のように幕を閉じる。一九一八年十一月十一日の休戦協定の晩、プルーストはストロース夫人に宛てた手紙のなかで、戦勝の陽気さと喪の憂鬱さがまじった言葉をつづりながら、戦争を演劇に喩える。「最初とそれに続くすべてはかぎりなく緩慢でしたが、そのあとのこのフィナーレはじつに見事なアレグロ・プレスト。『運命』とは、いや運命の道具となった人間は、なんという劇作家でしょう！[84]」これを受けてストロース夫人が、ゲルマント公爵夫人のモデルにふさわしい機知を発揮し、シェイクスピアを持ち出した。プルーストは翌日の返信で、またたくまにドイツの帝政を崩壊させた革命を思いつつ、「たったひとつの場面であらゆる出来事の急展開が見られるのは、シェイクスピア劇のなかだけ」と同意したあと、「和平」をめぐる懸念を語る。「私は大いに〈和平〉の信奉者ですが（ひとの苦しみを感じすぎてしまうせいです）、それでもやはり、全面的な勝利ときびしい〈和平〉を望んだ以上、さらにもう少しきびしい和平のほうがよかったのではないかと思います[85]」。本来は「誰の心にも恨みを残さない和平」を好むが、今回は「復讐の願望が残る以上、復讐の実行を不可能にしたほうがよかったのではないか」――。開戦時の「数百万の死者」という悲観的な予想に続き、終戦時のこのドイツによる「復讐」の懸念は、さらに悲劇的なかたちで実現するだろう。しかし、二度目の大戦に遭遇した同世代の作家たちとは異なり、プルーストという蜜蜂に残された時間はあと四年しかなかった。

書簡から小説へ

破壊と殺戮と喪をめぐる感性、平和希求と愛国的賛同、非戦闘員の屈辱と自負、排外主義的風潮への批判——。戦中書簡からは多くのモチーフが読みとれるが、小説との関係で重要なのは、なによりも言語の変容にたいするプルーストの抵抗である。小説に戦争を取り込むとは、戦争をめぐる言葉を、べつの言葉（フィクション）のなかにとらえなおし、再解釈することに等しい。

ベルトラン・ド・フェヌロンをはじめとする友人の死や、先の見えない戦局にもかかわらず——あるいはだからこそ——、プルーストは書き続け、一九一七年以降、大戦下のパリを描く章の「清書ノート」を作成するにいたった。その後も無数の加筆修正や切り貼りを繰り返すにせよ、ひとまず物語の大まかな構成は整いつつあり、文学の価値への確信は揺るがなかった。「当世の数名の流行とは逆に、文学を非常に高く評価してかまわない、それで無邪気に微笑んでいればよいと思っています」とは、同年十月頃ジッドに宛てた手紙のなかの言葉である。[86] 文学の意義を否定する総力戦。だからといって無視したり逃避したりするのではなく、まさに戦争を描くことによって、プルーストはみずからの文学の価値を証明しようとしたのである。

リッツとマリニー、二軒のホテルの例で見たとおり、内部にいながらにして、外部から来たかのような視線を戦時社会に注ぐこと。それこそが、作家プルーストの挑戦だった。すでに当時、滑稽さと物悲しさがにじみ出るような三人称の語りで銃後を諷刺した小説はあった（たとえば女中の態度を諷刺したルネ・ボワレーヴの短篇「アメリーまたは戦争気質」を、プルーストは自身の家政婦セレストに読み聞かせてもいる）。[87] しかしプルーストが選んだのは、むしろ、状況のなかに組み込まれた「私」が、それでいて状況から距離をとることを模索するような形式である。

じっさい『見出された時』は「私」が「戦争文化」への同調と批評をともに体現するような作品と見なせる。心理的な動員を支えるための表象体系（思考パターンと紋切型表現）としての「戦争文化」を、俯瞰的に（いわば他人事として）断罪するのではなく、むしろ内側から揺さぶる小説。支配的な「戦争文化」からの離脱のためにプルーストが活用したおもな手法はふたつ。社会言説のパスティーシュと芸術作品などへの暗示的言及である。新聞や雑誌の文体模写により、その論理構造の空虚を露呈させること。戦時社会のさまざまな側面を描写するさいに、文学作品や絵画作品と重ねあわせ、現実を別の見方からとらえること。いずれも、なまの現実の客観的な記述（直接性の探求）とは反対の角度を向いている。現実を語り、現実に意味を与える言語そのものへの介入が、戦時作家プルーストの最大の課題であり義務だったのである。

つづく章では、そうしたプルーストの間接的方法論を検討していくことにしたい。

第一章　パリ空襲と「ワルキューレ」

プルーストと「戦争文化」

第一次世界大戦に関する歴史研究は、文化史的アプローチによって著しい発展を遂げた。「はじめに」でも述べたように、「戦争文化 culture de guerre」とは、この新傾向を象徴する用語で、「国際紛争という非常事態のさまざまな側面をめぐって同時代人がつくりあげ、共有した表象の総体」を指す。具体的には、おもに国民の心理的な動員を支える紋切型、戦争の暴力性を隠蔽して正当化する言説、参戦した国々の文化をめぐるステレオタイプや各国首脳のカリカチュアなどを考えればよい[1]。

プルーストと「戦争文化」との関係は単純ではない。彼は健康上の理由で銃後にとどまったが、バレスのように新聞紙上で愛国心を鼓舞することもなければ、ジッドのように慈善活動に専心することもなく、ロマン・ロランのように反戦を訴えることもなかった。序章で見たとおり、友人宛の書簡で表明されている彼の立場は、文化的排外主義への批判を含む「愛国的賛同」と形容できる。いいかえれば、一方では――当時の圧倒的多数のフランス人とおなじように――この戦争を正当な防衛戦争と見なしてその現実を甘受しつつ、他方では言論界にはびこるプロパガンダを批判するという、両義的な立場だった。それでは小説家としての彼の文学的実践はどうだったのか。

この章では、『見出された時』におけるパリ空襲の表象をとりあげ、当時のフィクションや新聞記事といった多様なジャンルの言説と比較しながら、プルーストがどのように「戦争文化」を作品に取り込んだのかを検討する。空襲が夜空にもたらした光によって、あらたな美を発見する契機となったことはしばしば指摘される。しかし、注目したいのは、空襲という軍事行為を語る言葉が、まさに芸術の美――とりわけワーグナー音楽――と関連づけられることによって、強烈な政治性を帯びていたことである。主人公「私」にくわえ、同性愛者シャルリュスとサン＝ルーの言動を分析しながら、戦時作家プルースト独自の批評性と創造性の一端を明らかにしてみたい。

パリ空襲をめぐるフィクション――愛国的楽観から反戦的悲劇まで

第一次世界大戦中には、実用化されたばかりの航空技術が軍事目的で利用され、急速な発展をみせた。敵国の飛行機や飛行船が眼に見えるかたちで首都の上空を飛び、爆弾を投下することは、もちろん前代未聞の出来事であった。パリは小型単葉機タウベ、飛行船ツェッペリン、大型複葉機ゴータにくわえ、長距離砲による合計九十日間の爆撃をうけ、被害者の総数は死者五百人以上、負傷者千二百人以上にのぼった。[2] たしかに数字だけをとると、第二次世界大戦における各国の大都市の被害者数とは比較にならない。それでもやはりこの史上初のパリ空襲は、戦争の暴力が現実として市民の日常に侵入する例外的な機会であり、その意味で、銃後の作家が戦争について語るさいに、ひとつの特権的な主題となりえたのである。

それでは当時、フランスの作家が空襲下のパリ生活を描こうとする場合、どのような選択が可能だったのか。プルーストの決断を検討する前に、まずは新聞報道を参照しながら、タイプの異なる複数のフィクション作品を分析することにしたい。それによって、パリ空襲をめぐる物語に共通するトポスの存在を確認し、その争点を明確にすることができるはずだ。具体的には、実話風の大衆読物、幻想短篇、反戦小説という三種類の物語をとりあげる。爆弾にたいする恐怖心、犠牲者の存在の有無、空襲のスペクタクル化、飛行士の役割という四つのテーマが、それぞれの物語においてどのように扱われ、どのような意味を担っているのかを確認していこう。

大衆向けの短いプロパガンダ小説『ゴータに襲われるパリ』の作者は、名前からして祖国防衛を含意するジャンヌという少女を主人公に選んでいる。一般通念からすれば暴力にたいして最も無防備なカテゴリーだが、この女主人公は「ドイツ軍の爆弾なんて怖くない」とたびたび明るく豪語し、警報が鳴り響いても地下に避難せず好奇心旺盛に空中戦を見物し、それを無害なスペクタクルに還元してしまう(3)。この短篇では二度の爆撃が描かれているが、そのたびに被害者が出なかったことが強調されており、物語全体が「パリ市民は怖がる必要がないので怖がらない」(4)という、当時の新聞記事でもたびたび繰り返された同語反復的なメッセージを発信するにいたる。さらには、ジャンヌの従兄で婚約者ともいえる飛行兵ポールの存在が、物語の楽天性を支えている。この短篇は、彼がジャンヌの前でドイツへの報復爆撃の意志と将来の結婚の意志とを同時に表明する場面で結ばれる。つまり、恐怖と犠牲者の存在を否認し、飛行士によって勝利への希望を暗示するという構成になっているのである（図7）。

図7　『ゴータに襲われるパリ』の挿絵より　空襲を見物中、爆音に驚いて飛行兵ポールにしがみつくジャンヌ（左）。物的被害はあっても死傷者はなかったとされる（右）。

他方、空襲の犠牲者を描きながら、戦争への愛国的賛同の維持に貢献することも可能であった。例として雑誌『ジュ・セ・トゥー』に掲載された幻想的な短篇『パリ空襲』をとりあげよう。[5] 主人公は、英雄的な飛行兵を夫に持つ音楽家の女性であり、空襲による彼女の死をめぐる神秘的な状況が、その姉の視点から語られる。この若い夫婦はまるで分身のように描かれている。妻も飛行機に憧れ、夫の軍功を喜んでいた。しかし、休暇でパリに戻ってきた夫は毎晩、撃墜される悪夢にうなされる。それでも無理をしてすぐ前線に戻ると、その直後にドイツ軍の爆弾が妻の部屋を直撃する。ただ奇妙なことに現場からは遺体が見つからないのである。じつは、ちょうどその晩、任務で飛行していた

図８　『パリ空襲』の挿絵より　妹が空襲により不可解な死を遂げる「運命の夜」（左）。銃後の妻が「眼に見えぬ同伴者」となるのを感じる飛行士の神秘体験（右）。

夫は、突然妻と一体化する神秘的な感覚に襲われ、それと同時に、あらゆる恐怖と不安が消え去るのを感じていた。つまり、爆弾で殺された市民が魂となって天空に飛翔し、戦争神経症に悩まされる飛行士と一体化してその志気を高め、ドイツにたいする空襲の任務を助けるという筋書きである。飛行兵という存在を通じて、喪の作業（妹を失った姉の語り）が勝利への信仰に昇華される仕組みになっている（図８）。

対照的に、ロマン・ロランが空襲を描いた作品『ピエールとリュース』は、大型機ゴータによる最初の爆撃の日に地下鉄で出会った若者ふたりが恋に落ち、その二ヶ月後に長距離砲の爆撃の犠牲になるという物語である。[6] 召集を間近に控えた反戦主義的な理想をもつ青年ピエールの前に、リュースは平和の象徴のような存在として登場する。爆弾にたいする恐怖は肯定も否定もされない。主人公ふたりは、たがいの愛情によって守られていると感じるいっぽうで、まもなく引き裂かれることを知っている。つまり、初恋の充足感と将来にたいする絶望というふたつの理由から、空襲を無視するのである。空襲をスペクタクルと見なす態度がきわめて一般的だった当時のパリにおいて、上空を舞う戦闘機に主人公が無関心であるということをわざわざ記述するのは、戦争そのものを演劇と見なす態度に異議を申し立てる反戦主義の立場に対応していると言える(7)。当然ながら、報復を約束する飛行士などは登場しない。これはあくまで悲劇的な犠牲者の物語である。空襲は、ピエールとリュースを殺すことによって、象徴的に平和の願いを殺したということになるだろう。

以上、三篇のテクストは原則として、空襲をめぐる物語が、戦争をめぐるイデオロギー的なメッセージの再確認に奉仕するようなかたちで――つまり政治的な意味で誤解の余地がないように――構成されている。その点は「愛国的賛同」を支持する場合も「反戦主義的離反」を訴える場合も変わらない。ところがプルーストの小説は、共通するテーマを扱う場合でも、これらの物語とは逆に、固定されたイデオロギー的な構図を再確認するのではなく、むしろ問いに付すような表現を数多く含んでいる。『見出された時』においては、さまざまな登場人物の態度やその変化を通して、空襲にたいする反応が多角的に描かれているが、ここでは「戦争文化」という体制への順応を何らかのかたちで拒否し相対化するふたりの人物に着目してみたい。まず、空襲にたいする恐怖と犠牲者というテーマを敗北主義者シャルリュスとの関係で論じたあと、スペクタクルとしての空襲というテーマを愛国者サン゠ルーとの関係で論じることにする。

空襲下のパリで語り手「私」はシャルリュス男爵に出会い、「爆撃機や大砲が怖くないですか」と訊ねられる（p. 381）。「私」は反射的に恐怖を否定するが、のちに回顧してそれを習慣と惰性から来る錯覚だと認め、実際に爆弾の投下を目撃したさいに、じぶんの死の可能性を意識する。この場面は、物語の最後に文学作品の創造を決意した「私」が、死によって執筆が中断される可能性を意識するというくだりを暗に予告するものである（p. 612）。ところで、「私」はパリ上空を警備するフランス軍の哨戒機への感謝の念を表していることが暗示するとおり（p. 381）、「愛国的賛同」を体現する多数派であり、記号論の用語でいえば「無標」の存在である。しかし、このとき恐怖の否認というテーマは、パリ市民の士気の高さの表明という「戦争文化」の紋切型からは完全に切り離され、作者自身が書簡で繰り返していた恐怖の欠如（怖くないから地下室には降りない）を錯覚として退けつつ、小説に固有の問題系——死の意識化と作品創造の意志の再確認——につなげられている。

それにたいし、ドイツびいきの同性愛者シャルリュスの態度をめぐるプルーストの記述は、「戦争文化」において支配的な、加害者と被害者、敵と味方という二分法的な対立の図式をさりげなく転覆させてしまう。シャルリュスはジュピアンのホテルに来るたびに、こう口にする。「今夜はまさか警報の発令はありますまいな。どうもじぶんがソドムの住民のように天の業火に焼かれるさまが眼に浮かぶのでね」。

そういって彼は爆撃機を恐れるふりをするのだが、恐怖を微塵たりとも感じてはいなかった。彼はサイレンが鳴り響くとすぐさま地下鉄の避難所に駆けこむための口実を必要としていたのであり、その暗闇のなかで、中世の地下通路や修道院の牢獄を漠然と夢想しながら、肌を触れあわせる快楽が得られるのを当てにしていたのである。(p. 419)

中世と現代、聖書の伝説と現実の大戦を結ぶアナロジーには、軍事的な破壊行為を個人の性的なファンタスムの演出に回収してしまう効果がある。ここに見られるのは、愛国心による恐怖の否認や犠牲の昇華でもなければ、反戦主義によるテロルの弾劾でもなく、倒錯者の「詩的な夢想」、つまり恐怖と死を想像的に擬態することによる空襲の非現実化である (p. 419)。空襲の暴力は、銃後の市民が前線と団結して克服する試練でもなく、無辜の命を奪う不条理な戦争の象徴でもなく、倒錯者の幻想的かつ反時代的な享楽のための口実《プレテクスト》に還元されている。空襲の暴力と被虐趣味の暴力とが暗示的に重なりあうのである(8)。

ただし、シャルリュスは空襲の犠牲者を演じる存在としてのみ描かれているわけではない。というのも、彼の言動を逆にドイツ軍による爆弾投下になぞらえる比喩があるからだ。

彼は話すとき絶叫するくせがあったが、それは神経質だったためでもあり、印象の放出先を求めているせいでもあった。ちょうど野原の真ん中でもかまわず爆弾を投下する飛行士のように、彼は言葉が誰にも届かない場所であろうと、おのれの抱いた印象を——どんな芸術にも専念したことがなかったので——口に出して厄介払いせざるをえなかったのである。(p. 378)

言葉のうえでじぶんを爆撃の被害者として妄想してみせるシャルリュスが、ここでは逆に爆撃する存在として描かれている。シャルリュスの台詞のなかの、ソドムを焼き滅ぼす天の業火の比喩と、シャルリュスを形容する語り手のコメントのなかの、ほとんどユーモラスと言ってよい爆撃機の比喩との矛盾する組み合わせは、加害者と被害者、敵と味方とを対立させる構図を結果的に覆してしまう。

その意味で、プルーストが友人宛の書簡で展開しているプロパガンダ批判を、作中では意識的にもっぱらシャルリュスの口から語らせていることは示唆的である。[9] 当時の「戦争文化」において、フランスとドイツとの関係は、「文明」と「野蛮」、「法」と「力」といった非対称的な図式で描かれたが、シャルリュスは、両陣営がおなじ表現を使って敵国を非難している点を指摘する。「腹立たしくも情けないことに、どちらの国もおなじことを言っている」(p. 375)。「ドイツはフランスとあまりにおなじ表現を使っているので、引用しているとしか思えないほどだ」(p. 377)。いいかえれば、両陣営の言説は対称的であり、その関係は反転可能なのである。プルーストの小説はここで、倒錯者を爆撃される爆撃者として描き出す詩的なアナロジーを、政治的なプロパガンダ批判にいわば共鳴させることにより、爆撃というテーマを通じて、二分法的な戦争文化の図式を揶揄しつつ、実践的に転覆していることになるだろう。

サン＝ルー、空襲の美学化と政治化――「ワルキューレの騎行」

シャルリュスの甥であるサン＝ルーは、叔父とは対照的な愛国心の持ち主であり、のちに前線で戦死するのだが、同性愛とドイツ愛好という二点は、この敗北主義者の叔父と共有している。将校サン＝ルーのドイツ趣味は、前線から語り手「私」に宛てて送った書簡に続き、一九一六年の休暇中に、前夜の飛行船ツェッペリンの襲来をめぐって交わされる会話の場面においても発揮される。以下、「戦争文化」の観点から分析することで、飛行士をワルキューレになぞらえるサン＝ルーの台詞の含意がよりよく見えてくるだろう。まず、問題の一節を引用する。

「[前略] それにあのサイレン、けっこうワーグナー風だったじゃないか。ドイツ軍を出迎えるためだから当然といえば当然だけれど、すごく国歌めいていたな。皇太子や皇女を貴賓席に迎えた『ラインの守り』だ。空に昇っていくのが本当に飛行士なのか、むしろワルキューレじゃないかって、ぼくには思えてくるよ」。彼は飛行士とワルキューレの同一視にご満悦の様子で、しかも純粋に音楽的な理由からそれを説明してみせた。「そりゃもうサイレンの音楽がまさに『騎行』だったからさ。何が何でもドイツ軍が到着しなきゃパリでワーグナーは聴けないわけだ」。(p. 338)

このサン゠ルーとの会話の場面には、たしかに聖書の黙示録やエル・グレコの宗教画『オルガス伯の埋葬』への言及を通じて、空襲の美を神話的かつ叙事詩的に描き出しているという側面もあるが、ワーグナー音楽をめぐるこの比喩は、それにとどまらず、美学と政治の混同という「戦争文化」に特有の問題を喚起する。ただし、プロパガンダ小説の場合とは異なり、空襲のスペクタクル化が単純に暴力的な脅威の無効化と結びついているわけではない。

飛行士とワルキューレを結ぶ連想そのものは、プルーストの独創ではない。ひとまず文学作品に限定してみても、たとえば一九〇八年に発表されたウェルズの未来予想小説のなかで、似た比喩がすでに用いられている。しかしウェルズが描いているのは、奇妙なことに、ドイツの飛行船艦隊と東アジア連合軍がナイアガラ上空で対決する壮大な場面において、「アジアの剣士」が「風変わりな簡易飛行機にワルキューレのようにまたがって颯爽と空を渡る」さまである。プルーストは書簡で『宇宙戦争』や『透明人間』には言及しているが、この作品を読んだ形跡はない(10)。『見出された時』と比較する文学作品としては、コクトーの『喜望峰』の一節のほうがより注目に値するだろう。そこでは詩人の友であった飛行士ロラン・ガロスが「ワルキューレの狩人」ないし「追撃者」に見立てられている。

海賊の　仲間が
　ロランの角笛
　　トリスタンの角笛
狩る
ワルキューレたちを。(11)

この比喩は、コクトーが同時期に書いた別の文章では、ギュイヌメールという、おなじくフランス軍の有名な飛行士に敬意を表するために用いられている。(12)『喜望峰』では、隣接する「トリスタンの角笛」という表現とあいまって、ワーグナーの作品世界が喚起されているのは明白である。序章で、ランス大聖堂に「硫酸をかける」という比喩について、プルーストとコクトーの微妙な関係を見たが、『喜望峰』のなかの「ワルキューレ」に着目すると、どちらが先に類比を思いついたのかという疑問が浮上してもおかしくない。『見出された時』の生成過程の細部を厳密に確定するのは困難だが、サン＝ルーとの会話の場面については、序章でとりあげた一九一七年七月末頃のストロース夫人宛の書簡のなかで、小説（清書ノート）とおなじ表現が多数用いられていることが手がかりとなる。ただし、手紙と清書ノートの執筆順序は決定できないうえ、このワルキューレの比喩は手紙には含まれていない[13]。他方、コクトーは『喜望峰』を一九一九年に刊行する以前から、一九一七年六月十五日を皮切りに、推敲中の作品の朗読会を催していた。プルーストは朗読会には一度も出席しなかったようだが、コクトー本人ないしポール・モランのような共通の友人を介して、記憶に残る表現を耳に入れていた可能性は否定できない。したがって、プルーストが『喜望峰』出版以前にコクトーの比喩を知りそれを作中に取り入れたという可能性を完全に除外することは難しい。また、この比喩は語り手の地の文でも用いられているが（p. 338, 356）、その前にサン＝ルーの言葉の引用として一定の距離をおいて提示されていることは、この連想が他人、すなわちコクトーからの借用であることを示唆しているようにも思われる。

ところが、文学作品に対象をかぎらず、新聞雑誌の記事にも広げてみると、ドイツ軍の飛行機をワルキューレに喩える文章は、一九一四年にすでに書かれている。コクトーが画家のポール・イリブと発行していた「モ」の一九一四年十二月七日号——例のザリガニが一面を飾った号——に掲載された「超人たち」と題する短文を見てみよう。またしても、というべきか、これもガロスを讃える文章である。

マルク・プルプはイカロスのように墜落した。ガロスよ、われわれのもとにとどまれ。ヴォワザンよ、あなたのヒバリたちをワルキューレに差し向けろ[14]。

マルク・プルプは、戦前から有名だった飛行士で、開戦後まもなく志願、偵察飛行中に墜落死したばかりだった。ガブリエル・ヴォワザンは軍に飛行機を供給していた航空業界のパイオニアである。快活で敏捷な「ヒバリ」、破壊や殺戮とは無縁な小鳥、古代ローマのガリア人部隊の象徴でもある小鳥がフランス機の別名となっていることの意味は大きい。

ヒバリ対ワルキューレ。この図式は、「モ」が出る一週間前に、モーリス・バレスが「エコー・ド・パリ」紙の「ワルキューレとわれらが若き英雄たち」と題する記事において、ドイツ軍の「犯罪行為」を告発する文脈で用いたものでもあった。

陽気なヒバリが太陽に挨拶するこの明るい国へ、暗闇が押し寄せてくる。ゲルマンの暴徒の頭上を飛び回るワルキューレたちは、死すべき者を指し示す使命をもち、われわれから若き天才たちを奪おうとする。ライン川対岸の密雲を押しつけると同時に、わが国の炎を絶やそうと望んでいるのだ。(15)

「若き天才たち」とは前線を志願した作家や芸術家を指す（この記事は戦死したエルネスト・プシカリにミサが捧げられたことをうけて書かれている）。光と生命の国フランスと、闇と死の国ドイツという象徴的な対立が、ヒバリとワルキューレに重ねあわされているのがわかる。

こうした例を見ると、『見出された時』におけるサン＝ルーの発言――作家プルーストがこの作中人物に託した比喩――が、単純に独創か剽窃かという問題ではないことが明らかになる。しかも、じつをいうと、ドイツ軍の戦闘機をワルキューレに見立てることは、戦時中のフランスに広く流通した排外主義的な紋切型の一部にすぎない。飛行機と空飛ぶ女神の類似を喚起するだけでなく、ドイツ軍の爆撃とワーグナー音楽（ここでは「ワルキューレの騎行」）とを同一視するレトリックが、言論界に広く流通していたのである。サン＝ルーの発言は、そうした紋切型《クリシエ》への皮肉なほのめかしを含むものとして、その間接性に着目して解釈しなくてはならない。その分析に先立って、いくつかの具体例を確認しておこう。

たとえば一九一五年に雑誌に掲載された替え歌がある。ナンシー市に襲来したツェッペリンを馬鹿にする内容だが、空爆を派手で騒々しいだけのスペクタクルとして描き出す一連の表現の核となる部分に、ワーグナー音楽が喚起されている。語り手ならぬ歌い手は、暗闇に走る探照灯を見て、「おっと、すてきだ、映画をやってくれるのか！」と茶化したあと、こう続ける。「でも光は消えて、空の上ではオーケストラが、／またワーグナーの音楽をぶちかましはじめる。／ああ！　どんがら、どんがら、どんがらがん！」[16] もともとワーグナー音楽は騒音にすぎないという見方は、反ワーグナー派の紋切型だった。[17] おなじく戦時中に、ワーグナーのオペラがアリアやデュオといった伝統的な区別を排してひとつの連続体になっている点を揶揄しながら、それを巨大な大砲から一度に打ち出される砲弾に喩えた音楽評論もある。[18]

サン＝ルーは、飛行船の到来を「きわめて美的に優れたスペクタクル」であるかのように語っているが（p. 337）、そもそも空襲は、ただ美的というよりもむしろ、国威顕揚を目的とした政治的なスペクタクルとしても構想され、機能し、受容され、批判されていた。一九一五年三月、パリにドイツ軍の飛行船が襲来した翌日のバレスの表現によれば、ツェッペリンによる空襲に「軍事的な意義は皆無」であり、それはドイツ皇帝がドイツ国民の注意を悲惨な前線から遠ざけるために仕組んだ「政治的な作戦」にほかならない。[19] 翌年一月の来襲時の「ジュルナル・デ・デバ」紙の記事を引用すると、ツェッペリンによるパリ空爆とは「端的に、動機が幼稚であると同時に手段が強力な、ゲルマン文化 la « Kultur » germanique を特徴づけるあの野蛮があらためて表出したものにすぎない」[20]。

空襲を政治的な演出であるといって指弾し、そこにドイツ文化の本質の現れを見て嘲弄すること、これが排外主義のレトリックである。そのさいに、ワーグナーをドイツ文化の特権的な代名詞として喚起することは常套手段だった。たとえば当時サン＝サーンスが反ワーグナー的な論陣を張ったことは比較的よく知られているが、彼に言わせると、ワーグナー音楽とは、ドイツが「フランスの愛国心を蝕むため」、「フランスの魂をゲルマン化するために用いた最強兵器」なのである。[21]

このように空襲・政治的演出・ドイツ文化・ワーグナー音楽・騒音・兵器といった要素をつなぐステレオタイプを集約的に表現している例として、有名なプルーストの肖像を描いた画家ジャック＝エミール・ブランシュの手記の一節がある。一九一四年十一月、ジッドも同席した「ソニア邸」のパーティーで、まだ実現しない飛行船によるパリ空襲を、こんなふうに思いうかべたという。

ずいぶん見ものだろう、空軍司令官率いる艦隊が押し入ってくるときは。鯨か鮫が雲のなかを進むように、怪物ファフナーがルーヴル美術館上空に現れたかのように、アルミとゴムでできた丸々とした巨体を揺すり、ライトになった眼差しから、眠りこむシテ島に向けて、電気光線を放つのだから！　この戦争はヴィルヘルムが演出したものだが、ソニアはまるでベルリンの「分離派」によるポスターのように見ていた。この戦争のテロルの小道具は劇場に属するもので、大砲の多声音楽もおなじなのだ。(22)

見てのとおり、ルーヴル美術館上空に出現するツェッペリンは、ワーグナーの『ニーベルングの指環』四部作の「怪物ファフナー」に喩えられている。このあとに続くくだりでは、あらゆる「ゲルマン芸術」は「粗暴な手段の蓄積と増大による効果の誇張」を特徴とし、「破壊兵器と芸術作品についておなじことが当てはまる」という断言がなされる。序章で見たとおり、プルーストはこの手記の連載数回分が単行本化されるさい（一九一五年四月）に校正刷を読み、助言をしている。したがって、『パリ評論』に掲載された続篇のなかのこの一節を読んだ可能性は低くないだろう。

とはいうものの、これまで解説したテクストはいずれも、特権的な源泉（実際に依拠した出典、元ネタ）ではなく、同時代の「戦争文化」において、この紋切型が遍在したことを示す具体的な証拠として考えておきたい。ワーグナー音楽への参照によって空襲をスペクタクルに還元し、その脅威から現実味を奪うこと、それと同時に、空襲の規模の大きさ（誇大性）と暴力性をドイツ国民文化の典型的かつ象徴的な表現と見なして非難すること。この二点がツェッペリンをめぐる排外主義的なレトリックの特徴であることを確認しておけば、「戦争文化」とサン＝ルーの発言の関係を考えるうえでは充分である。

それでは、こうした長い迂回をへて再び『見出された時』の会話の場面に立ち戻ってみると何が言えるだろうか。まず明らかなのは、飛行士をワルキューレに喩える有名な比喩が、芸術と政治を混同する同時代のナショナリストや排外主義者が用いた紋切型を出発点としつつ、そうした紋切型に抵抗するために用いられていることである。あたかも「ワーグナー音楽を聴きたいからパリまでドイツ軍が来てくれればよいのに」と言わんばかりの口ぶりが暗示するとおり、愛国者でありながら同時にワーグナー愛好家であるサン＝ルーの両義的な造型は、先ほど引用した「ワーグナー音楽はフランスの愛国心を蝕む」というサン＝サーンスのプロパガンダ的な断言にたいする反証になっている。

それ以上に興味深いのは、コクトーの『喜望峰』においても、バレスの記事においても、ワルキューレがいわば自然にドイツ軍の戦闘機の比喩として用いられていたのにたいし、プルーストの小説では、むしろツェッペリンを迎え撃つフランス軍の飛行機や対空砲やサイレンの比喩として喚起されていることである。こうして結果的に、ワーグナー音楽を戯画化してドイツ国民文化の代表と見なす排外主義的な視点が転倒させられ、ワルキューレという軍国ドイツを象徴するはずの神話的形象が、倒錯的にフランスの側に適用されているのである。

飛行士と同性愛——英雄神話とスパイ疑惑のあいだで

ワルキューレの比喩の射程は、ワーグナー音楽に代表される芸術と国民国家の関係をめぐる議論にはとどまらない。そもそもワルキューレとは、北欧ゲルマン神話の最高神オーディンに仕える武装した女神の一団であり、その使命は、戦場で死すべき英雄を選抜し、オーディンの宮殿ワルハラに連れてくることにある。ときにその英雄の恋人になることもある。[23] プルーストの世界では、しばしば性的欲望の対象が神話的な存在に喩えられることがあるが、飛行士をワルキューレに喩えることの台詞は、サン＝ルーの戦場における同性愛的欲望、つまり部下を守り、部下に愛されながら英雄的な死を遂げるという主題と連関しているように思われるのだ。[24]

飛行士にたいする同性愛的な賛美という主題は、大戦のエピソードの他の箇所にも、数回きわめて暗示的なかたちで書き込まれている。サン＝ルーは一九一四年に主人公と会ったさい、バルベックのグランドホテルのエレベーターボーイが航空隊への入隊を希望していて、その後押しを頼まれたと言っているが（p. 325–326）、ホテルの給仕頭エメは、サン＝ルーがこのエレベーターボーイを誘惑したことがあったと語っている。この事件は『消え去ったアルベルチーヌ』のなかで伝聞として提示されているにすぎない（p. 259–260, 265）。とはいえ、細部の連関をとおして、一九一六年の夜空に舞う飛行士をワルキューレに喩えるサン＝ルーの言葉の裏に、今や飛行士となったかもしれないエレベーターボーイにたいする密かな想いを読みとってもかまわないだろう(25)。

この問題は、飛行士にたいする同性愛者の欲望の投影にとどまらない。少なくとも、ジュピアンの経営する男娼館に、目立たないかたちであるにせよ飛行士が登場していることは、プルーストの想像世界における同性愛と飛行士というふたつの主題の緊密な連関を示しているように思われる。若い兵隊と飛行士の会話のなかに、プルーストは、この飛行士がドイツ軍の飛行機を五機撃墜したという情報を滑り込ませている。「もう来ないよ、ツェッペリンは。新聞の雰囲気だと、みんな撃ち落とされたんだろ――もう来ない、もう来ないって、おまえに何がわかる。俺みたいに十五ヶ月も前線で過ごして、撃ち落としたボッシュの飛行機が五機目になってから、そういう口をきくんだな」(p. 391–392)。「エース」ないし「撃墜王」という称号を得るために撃ち落とすべき敵機の数は、ちょうど五機である。したがって、この飛行士は暗に国民的英雄として描かれていることになる。しかし、上に見たプロパガンダ小説の場合とは異なり、報復攻撃を約束したりはせず、同性愛者のためのホテルに入り浸っているのである。

ここで、同性愛者を潜在的な裏切者と見なすステレオタイプがあったことを想起したい。この同一視は小説のなかでもたびたび暗示されている。シャルリュスが社交界でスパイ扱いされていること (p. 347)、サン＝ルーがスパイ疑惑に巻き込まれたこと (p. 389)、主人公が問題のホテルをスパイの巣窟だと思ってそこに乗り込んだこと (p. 389–390)、さらにジュピアンが主人公に向かって言う台詞――「窓を細く開けて灯りをつけておきます。それはわたくしが来ているので入ってくださってかまわない、という意味です」(p. 411)――もまた、当時の文脈ではスパイ行為を喚起させるだろう。なぜなら、灯火管制中に不審な窓の明かりを目にして、ドイツの爆撃機にたいするスパイの合図ではないかと疑い、警察に密告する住民があとを絶たなかったからである。(26)

愛国的英雄であるはずの撃墜王を、スパイの巣窟に等しいとされる同性愛者むけの売春宿に登場させるという選択は、サン＝ルーに愛国心とワーグナー愛好という、戦時中の支配的な表象体系において矛盾するふたつの特性を与えるという選択と類似している。ただし、この飛行士が、はたして性的なサービスを買いにきた客なのか、それとも売る側なのかは、はっきりしない。たしかにプルーストは『消え去ったアルベルチーヌ』の草稿のなかで、飛行機の業界にも同性愛者が存在すると述べながら、見習いの美少年たちに手を出す肥満体の「飛行士の王様」を、サチュロスを追い回すバッカスに喩えている(p. 636–637)。しかし、戦争のエピソードのなかの撃墜王は、欲望する側にも、欲望される側にも位置づけられていない。おなじように、この飛行士は、報復攻撃の約束という好戦的な態度と、同性愛者をめぐるスパイ疑惑とのあいだで宙吊りになっている。愛国者でもなく、背信者でもない、曖昧なエースの肖像。天空に上昇する飛行士を賛美する英雄神話は、地下の暗闇を求める同性愛者の世界と結びつけられることにより、アンビヴァレントに相対化されているのである。

本章を締めくくるにあたり、あらためて強調しておきたいのは、ワーグナー音楽と破壊兵器とドイツ文化の「野蛮」とを連関させる紋切型が示唆していたとおり、空襲が芸術の政治化の契機をなしていたことである。『見出された時』におけるパリ空襲の表象の意義は、しばしば指摘されるような、近代技術と戦争が生み出した叙事詩的な美の発見にとどまらず、芸術を政治化する「戦争文化」の力学への批判のうちにも見出される。

そのためにプルーストは、語り手ではなくシャルリュスやサン＝ルーの台詞や態度を活用した。ただし、戦時中のイデオロギーを相対化するこのふたりの同性愛者が、語り手の視点を通してさらに相対化され、批評的明察と情念的盲目という二面性を持つ存在として描かれていることにも注意が必要である。プロパガンダを分析したり紋切型を転用したりする知性をそなえているとはいえ、彼らは結局のところ会話に秀でた社交人であり、作品を創造することのできない不毛なディレッタント、「芸術の独身者」にすぎない（p. 339, 410）[27]。彼らはいわば芸術を政治とのアマルガムから分離するための触媒の役割を果たしているのであり、一義的な整合性を持つ理想像（作者の完全な代弁者）からはほど遠い。

「戦争文化」に加担するのでも反対するのでもなく、むしろその支配的な表象体系を比喩やアイロニーによって倒錯的かつ両義的に組み替え、語り手「私」の視点によって判断の基準を複数化すること。『見出された時』におけるパリ空襲の表象は、「戦争文化」を素材としつつ「戦争文化」に抗して構築されたものであり、とりわけ同性愛のテーマを介した両義的な組み替えと視点の重層化によって、同時代の他の言説には還元しがたい独自性を獲得しているのである。

第二章　オリエント化するパリ

パリと「パリ小説」の変貌

戦時社会にたいする小説形式の応答として『見出された時』を読みなおすこと。当時の言説と比較対照しながら、作品の射程を再評価すること。それが本書を貫く主題であるが、「戦争小説家」としてのプルーストの可能性に着目する読者にとって、おそらく最大の難問は、戦時中に新たに創造された章が究極的には「銃後の小説」にすぎないという点にある。じっさい、わずかな例外はあるものの、塹壕の悲惨とはかけ離れた首都パリの日常を語ることがエピソードの軸となっていることは明白だ。今や社交界に君臨するヴェルデュラン夫人、反対に凋落の一途を辿り男娼館に入り浸るシャルリュス男爵、空襲と噂話におびえる家政婦フランソワーズ。作中人物の生活をとおして浮かび上がるのは、時局にあわせて万華鏡のように変転する価値観であり、それでも変わりようのないパリの人間模様の滑稽さ、残酷さである。

ここで思い出されるのは、『失われた時を求めて』における「パリ小説」という要素が、作品の構想初期、一九〇八年にまで遡ることができるということだ。[1]「パリは変わる！」と『悪の華』の詩人は慨嘆した。時代とともに「パリ小説」も変わる。先の章では、パリ空襲のメタファーを扱ったが、本章では、予期されざる出来事としての大戦が、『見出された時』におけるパリの表象にどのような変容をもたらしたのか、くわしく見ていきたい。

プルーストが戦争を取り込むために創りだした新たなエピソードでは、かなり諷刺的なトーンが強い。けれども、諷刺と詩、滑稽と美は両立しないわけではない。戦時下の美の好例が見られるのは、一連の「パリ情景」と呼べる描写のなかである。ここであらためて確認しておくと、大戦の章は、一九一六年はじめに一時的にパリに帰還した語り手が黄昏時から夜にかけて散歩する時間を軸として構成されており、戦争の影響を直接的・間接的にうけて変容した首都の姿が、一九一四年夏の滞在時との比較を織り交ぜながら、読者の眼前に繰り広げられていく(2)。

この章に秘められた諷刺的・詩的なポテンシャルは、語り手の特異な立場と不可分である。遊歩者であり、病人であり、兵役を——「姑息な手段によって逃れた」とは言えないにしても——免除された存在であり、敵軍の脅威にさらされる首都を一時的に訪れただけの「私」は、ある種の逆説的な、反転した旅行者として、転倒した異国趣味《エキゾチスム》とでも呼ぶべき体験に身を委ねることになる。なぜなら、まさに「私」にとってなによりも親しいはずのパリの風景が、東方の街に同化し、奇妙な異郷感覚をもたらすからだ。

パリの「オリエント化」を検討する前に、それに先立つふたつの比較対象の存在を確認しておこう。第一の比較対象は、コンブレーとその暗く人気のない通りである。田舎との比較は、パリの灯火管制で容易に説明がつく。「九時半には［中略］警察の命令により、すべての灯りが消されるのだった」（p. 313）。光を失った「光の都」パリを田舎町になぞらえるのは珍しくなかった。たとえばシャルル・モラスも一九一八年春の空襲を描くさい、「ほとんど田舎町のようになったパリ」という表現を用いている。(3) しかし『見出された時』のなかでは、コンブレーの回想につづき、「アルプスの氷河」という意外な詩的イメージが喚起され、首都の光景に田舎町とスイスの高山の記憶が重ねられる。この多重化する幻影の戯れのなかに、オリエントのイメージ群の第一の要素が導入されるのである。

オリエントのイメージは大戦の挿話全体に浸透してゆくが、東方にまつわる絵画や文学へのたび重なる暗示的参照と並行して、しばしば同性愛の主題が浮上する。『失われた時を求めて』全体を通じて『千夜一夜物語』への言及が繰り返されることは、よく知られている。(4) ガラン版とマルドリュス版をめぐる翻訳談義にとどまらず、レオニー叔母の皿の意匠から「東方の都市」としてのヴェネツィアにいたるまで、アラビアの伝説に由来する意匠はいたるところで反復され、作品の構造を強化する役割も果たしている。(5) けれどもパリの「オリエント化」は、そうした作品内部の美的・芸術的なモチーフの変奏としてだけではなく、作品外部の歴史的な文脈と結びついた要素としても理解する必要があるのではないか――これが本章の問題提起である。第一次世界大戦の「地理的文脈」ないし地政学的文脈においては、同盟国側ではオスマン帝国が、連合国側では仏英両国植民地の兵士たちが参戦していたことを思い出そう。(6)

プルーストは、パリのエキゾチックなイメージをつくりあげるにさいし、大戦の具体的な局面を喚起するような「東方《オリエント》の徴」をいくつも書き込んでいる。戦時下のパリにおけるオリエンタリズムは、ただ単純に予想外の美を物語るのではなく、なんらかの政治的な射程をもつのではないか(7)。本章では語り手がジュピアンの館に辿り着くまでの三つの段階、もしくは三つの絵画的情景に注目して、この仮説を検討してみたい。ここでさっそく問題となる三つの情景をあげておこう。第一の情景には「空襲警報の夜、窓辺に浮かびあがる謎めいた女性の影」という題がつけられる。第二の情景は「カルパッチョ風の異国情緒あふれる架空都市」。もっとも豊かな細部を含む第三の情景は「三日月の下に佇むセネガル兵とオダリスク」である。最初の「東方の徴」をよりよく理解するために、まずオリエントのモチーフの生成過程を遡ることから始めよう(8)。

オリエンタリズム絵画と同性愛の主題

一連のオリエンタルな情景は、作品生成のどの段階で、どのようにして生まれたのか。この問いに答えるための手がかりは、カルネ2の断章のなかに見出される（図9）。この断章には三つの暗示的言及が含まれる。カルパッチョのヴェネツィア絵画、十九世紀のオリエンタリズム絵画、ピエール・ロティの東方旅行文学である。この草稿を検討すると、『見出された時』の最終稿において「東方の徴」がどのように配置され、どのような意味を担うのかがよりよく理解できるはずだ。

図９　カルネ２　カルネとは手帖の意味。プルーストは細長い４冊の手帖をおもに作品執筆のためのメモに用いた。

少し引用が長くなるが、まず絵画への言及を見ていこう。出発点にあるのは、「ありとあらゆる色をした制服の集まり」である（こまかい加筆修正箇所の表記は、以下では省略する）。

戦中のパリのなかで忘れてはいけないこと。シャルリュス氏が私にこう言う。「面白いではないですか、異国の港みたいなこのパリは。あらゆる国の兵士が押し合いへし合いして。赤いキュロットスカートのアフリカ人や、ターバンのアジア人までいて……まるで色とりどりのカルパッチョの絵のなかのようだと、哀れなスワンなら言ったでしょう。なにしろご存じのとおり、私はものごとの外側で、超越して生きているので、すべて芸術家の視点から見てしまうのです。私がよくあれらのセネガル兵を眺めるのは、画家がそうするのとおなじなのです……。兵隊たちはドゥカンかドラクロワの描いた人物たちのような色合いだし、アングルの描いた若いオダリスクみたいなのもいる」。ところが、じぶんの生活を品よく説明したい欲望が話の冒頭を支配していたのにたいし、最後にはむしろ打ち明け話をして笑わせたいという欲求に負けてしまい、氏は、まるで聞かれたくないひとり言をいうみたいに、それでいてちゃんと私の耳に届くように気をつけながら、こうつぶやいた。「しかしなんだか思い出したぞ、最近あの連中のうちのひとりから強請られたような」。そして最後にひとひねり。「何を言っているのやら。今の言葉はご放念ください。打ち明け話ではなく引用ですから。いやはや、ねえあなた、これまた哀れなスワンの言いそうなことですが、人生は、じつに興味深い。それにだからといって、このパリ、聖ゲオルギウスの闘いや聖ウルスラの到着の舞台になりそうな現実味を欠いた都市が、ありとあらゆる色をした制服の集まりによって、じつにピトレスクであることにかわりはありません。どんなかたちであれ、美を愛さなくては(9)」。

ここで、カルパッチョをめぐるアイデアがいつ芽生えたのか、大まかな日付を確認しておこう。序章で引用したとおり、一九一六年五月のガストン・ガリマール宛の手紙のなかに、この画家への言及がある。「シャルリュス氏が、カルパッチオの描く街のように軍人で色彩豊かになったこのパリを満喫するのです(10)」。またおなじ年の二月には、カルパッチオと服飾デザイナー・フォルチュニーとの関係について、マドラゾ夫人（親友レーナルド・アーンの妹）に問い合わせている(11)。戦時中のパリのオリエント化という主題は、小説の女主人公アルベルチーヌの物語における「フォルチュニーのライトモチーフ」とも並行して発展したように思われる(12)。

引用したカルネ2の断章においては、最初から耽美的なディレッタンティズム――具体的にはオリエントを描く絵画にたいする「偶像崇拝」(現実と芸術作品の混同)——が、性的な好みのアリバイとして機能していることが見てとれる。オリエンタリズム絵画について語るふりをしながらみずからの性的欲望を間接的に表明するという悦楽にシャルリュスはすっかり身を委ねている。

それでは、この下書きから最終稿にいたるプロセスにおいて、どのような変化がもたらされたのか。細部については後述するが、全体として言えることがある。プルーストは、いつもの手法にのっとり、執筆当初は一ヶ所でまとめて提示していた要素(この草稿の場合は絵画への言及)をふたつに分割し、最終稿では、シャルリュスと語り手の会話の導入部分にまずカルパッチョのヴェネツィアについての言及を位置づけ、長く続いた会話の終わりにあらためて十九世紀絵画への言及をおき、ジュピアンの男娼館の挿話(同性愛の主題のクライマックス)へと接続するのである。

消えたロティ、「不可思議なオリエントの幻像」

カルネ2の断章の続きで、プルーストの比較対象は絵画から文学へ移る。具体的には、世紀転換期の東洋趣味を代表するピエール・ロティの第一作『アジヤデ』(一八七九年刊)に言及することによって、その舞台イスタンブール(コンスタンティノープルの旧市街)と『見出された時』のパリ中心部、ボスフォラス海峡とセーヌ河(コンティ河岸)が重ねあわされることになる。シャルリュスはこう言葉をつぐ。

「それに数時間たつとツェッペリンのせいで灯りを消すものだから、パリは一種ロティの描いたイスタンブールのように見えませんか。陰に女性が隠れているのも見分けられず、まるで灯りのつかないバルコニーにトルコの女性の姿を探すかのようだ。こうなると勘違いが起きるのも当然、なにしろ覆いをかけたランプの瞬きにかろうじて照らされた闇夜とくれば、陰のなかで瞳を凝らすアジヤデの神秘が見えたような気にもなるわけですが、コンティ河岸のボスフォラス海峡に身を乗り出しているのは、ほかでもないヴェルデュラン夫人なのです。けれどもこの夜のなか、なんとも綺麗な空色の制服ばかり、いくつもの出会いが、この夜のなかで、まるでパリから遠く離れた場所でうまれるかのようだ、ロティの描いた東方の植民地よりもさらに遠くの『男狩りの国』だ！[13]」

いかにもシャルリュスらしい語り口である。オリエンタリズムはヴェルデュラン夫人を揶揄する笑い話に活用されたあと、自身の性的嗜好を（本人としてはさりげなく）語るための口実になっている。ところが、いわゆる清書原稿では、「ロティの描いた東方の植民地」への言及もなければ、アジヤデの幻影に惑わされた勘違いの逸話も見られなくなる[14]。プルーストは発想源を隠したのか、あるいはこのような文学への暗示的言及を放棄したのか。いずれにせよ、夜の散歩の途中で見かけた東洋風の女性の姿の神秘性のみを強調するという選択をした。その描写が『見出された時』で喚起される東方的なパリ情景の最初のひとつとなる。

ときにはぽつぽつと、警察の規制をものともせず、一軒の屋敷が、あるいは屋敷のどこかの階だけが、あるいはどこかの階の一室だけが、鎧戸を閉めていないため、手応えのない闇の上に支えもなく浮かんでいるような風情があり、純粋に光からなる映写、実質を欠いたまぼろしのように見えた。振り仰いでこの金色の薄明かりのなかに女性の姿を見てとると、こちらが迷いこんだ夜、そのひとが隠れ住む夜のなかで、その姿はヴェールに覆われた不可思議なオリエントの幻像に特有の魅力を帯びるのだった。(p. 315)

物語のこの段階では、後宮をめぐるお決まりの美的イメージが喚起され、のぞき見の秘かな快楽が示唆されているにすぎず、この「オリエントの幻像」の描写も、進行中の世界大戦とはいっさい関係がないように見える。むしろ語り手は、歴史から切り離された想像世界に浸り、幻想的な愉楽に身を委ねているかのようだ。けれども、それは一時的な現象にすぎない。この光と影の戯れは、章の終盤、売春宿のエピソードのあとで再び喚起され、異なる意味を帯びる。ホテルの主人ジュピアンが語り手に言う。「またいらしてくださいい、わたくしのいるときは窓を少し開けて灯りが見えるようにしておきますから、わたくしなりの「開け胡麻」です、と(p. 411–412)[15]。

この台詞により、窓の灯火は『アジヤデ』ではなく『千夜一夜物語』――アリババと四十人の盗賊——を経由して、後宮の美女ではなく怪しげな館に集う男娼の世界へ導く。しかし問題はそれだけではない。第一章でも指摘したとおり、空襲を恐れた多くのパリ市民は、怪しげな光を見るとすぐにドイツ軍のスパイが爆撃機を誘導しているのではないかという疑念に取り憑かれて、警察に密告する風潮があった。[16] 灯火管制下、オリエントとドイツは、同性愛者ジュピアンの機知によってつながってしまう。最初にロティの文学への暗示とともに異性愛の欲望を惹起していたオリエントの幻は、『千夜一夜物語』の倒錯的な解釈へと流用され、ひそかにスパイ疑惑という強迫観念にも結びつけられるのである。

パリの空、「トルコ石の色合いをした海」

パリがオリエント化する過程の第二段階が見られるのは、語り手「私」が廃兵院からトロカデロ館へと向かう橋の上に広がる空の描写においてである。[17] 徐々に夜の闇へと移行しつつある青みがかった空は、「広大な海のように見える」。

トロカデロの塔から見下ろせる地区全体で、空は広大な海のように見えた。トルコ石の色合いをした海が引いていき、すでに黒々とした磯のうっすらとした線がのぞき、もしかすると前後に並んだ漁師たちの素朴な網すら見えるかもしれないと思ったら、それは切れ切れの雲だった。

海はこのときトルコ石の色に染まり、気づかないうちに人間たちを押し流す。人間たちは地球の壮大な公転［révolution］に巻き込まれながら、その地球上で愚かにもじぶんたちなりの革命［révolutions］と空しい戦争を続ける。たとえばこのときフランスを血に染めていた戦争のように。（p. 341–342）

明らかに語り手は、ただ夕空の美に感嘆しているのではなく、人間の政治的・軍事的な争乱とは無関係な宇宙のサイクルを通して、戦争のむなしさを断罪している。きわめて重要な一節であり、複数の観点からの読解が可能だが、ここでは地政学的な観点からこの描写について考えてみたい。

図10　トロカデロ宮　トルコ石を思わせる空の色調と合わせ、戦時下のパリがオリエント化する契機となる。

多義的な révolution という語をいわば蝶番《ちょうつがい》のようにして、ふたつの世界が対照されている。公転する天体の世界と革命を起こす人間の世界である。一九一七年三月と十一月に起きたロシア革命が暗示されている可能性もあるが、風景の基調はロシアというよりもむしろイスラム世界である。この場面の中心に位置するトロカデロ宮は、一八七八年のパリ万博にあわせて建設された折衷様式の建築だが、しばしばムーア風と形容された（図10）[18]。なるほど『失われた時を求めて』の随所で喚起されるこの宮殿の二本の塔は（じっさいにはミナレットと言うべきだが）、アルベルチーヌと語り手のあいだで審美的な議論の対象となるさいには、マンテーニャの描く『聖セバスティアヌス』の背景と重ねあわされる[19]。また『見出された時』では「スイスの街に見られる二本の塔」、「遙か遠くで山頂の斜面と接している気がする」塔と比較されてもいる[20]。けれども、この空の描写においては、トロカデロはやはり、パリ情景のオリエント化に一役買っていると言わねばならない。空を形容する「トルコ石の色合い」（水色と青リンゴ色の中間を指す）という単語は、ドイツの同盟国としてのオスマントルコを想起せずにはおかないからだ。ただし、この空の光景が東方の戦局のアレゴリーになっているという深読みをする必要まではないだろう。

カルパッチョ、「異国情緒あふれる架空の都市」

トロカデロとトルコ石という二重の徴を通じ、オリエント化の第二段階は天空への視線の移動とともに展開するのだが、それを補完するかのように、地上においても東方化が進行する。目抜き通りを行進する異国の兵士の様子がそれである。

ここにきて、先ほど私の抱いた東方的な印象が一新した。しかも総裁政府時代のパリに続いて喚起されたのは、一八一五年のパリだった。一八一五年とおなじく、連合軍の部隊がてんでんばらばらの制服を着て行進していた［以下略］。(p. 342)

興味深いことに、手書き原稿を見ると、この文章がもともとは「不可思議なオリエントの幻像」をめぐる描写の直後におかれていたことがわかる。[21] つまり執筆初期には、「先ほど私の抱いた東方的な印象」とは、薄明かりに浮かび上がる女性の姿をめぐる夢想を指していたが、プルーストがパリにおける東方の徴を増やし、間隔をおいて配置した結果、最終原稿では、トロカデロ上空のトルコ石の色合いを指すことになった。いいかえると、パリとオリエントとの同一視は、それなりにインパクトのある散発的な美的印象としてではなく、むしろエピソードの構成要素として周到に活用されているのだ。それでは、この「一八一五年のパリ」はどのような意味で「東方的」なのか。

とうとうオリエントへの言及は政治的な意味合いを帯びていく。歴史を想起しよう。一八一五年とは、ナポレオンの決定的な敗北により、パリが外国軍に占拠された年である。異国の兵士が首都を闊歩する光景に注意を喚起し、それを一世紀前の敗戦と重ねることは、敗北主義すれすれの厭戦的・悲観的な意味合いをもちかねない。第一次世界大戦の文脈のなかで、パリをオリエントの都市に見立てることは、単なる美的な選択や趣味の問題ではない。それは、オリエンタリズム文学や美術の伝統を戯れに想起するだけではなく、軍事史的な記憶を呼び覚ますことでもあり、現在進行形の戦局をめぐる予測を──希望と不安を含めて──語ることにすらなりうるのである。

" Le 14 Juillet à PARIS en 1916 " — Les Cipayes Indiens

図11　オリエント化するパリの絵葉書　1916年7月14日、いわゆるパリ祭で行進するターバン姿のインド人部隊。

こうして、パリを異国情緒あふれる都市として描くことの、隠された争点が明らかになる。プルーストの小説における戦時中のオリエンタリズムは、ただの無邪気な審美家の遊戯ではなく、何らかの政治的な態度表明につながるものとして解釈されうるのではないか。この問題については、つぎの段階で再検討することにして、ここでは直後に言及されるカルパッチョの絵画の東方性に着目する必要がある。

そうした部隊のなかに、赤いキュロットスカートのアフリカ兵や、白いターバンのヒンドゥー兵［図11］がいるだけで、いま散歩しているこのパリが、私にとっては、まさに異国情緒あふれる架空の都市になってしまうのだった。服装と顔の肌の色は細部にいたるまで精確であり、同時に舞台装置は勝手気ままに組み合わせた幻獣《キマイラ》のようなこのオリエントの様子は、ちょうどカルパッチョがじぶんの暮らす街をエルサレムやコンスタンティノープルに変えてしまったのとおなじで、画家が集めた驚嘆するほど色とりどりの群衆に負けず劣らず、この兵士たちも色彩豊かだった。(p. 342)

これとおなじカルパッチョへの言及が、すこし先でシャルリュスの視点から提示されている。

シャルリュス氏は、私たちの目の前を行き交う見事な軍服をひっきりなしに褒めそやした。軍服のせいでパリは、港のように国際色豊かで、画家の描く背景のように非現実的な街になっている。ただし画家がいくつかの建造物を立ち上げたのは、できるだけ多様で玉虫色に煌めくような服装を一ヶ所に集めるための口実にすぎなかった。(p. 379)

ここで注目したいのは、語り手が、オリエント化したパリ情景のかかえる両義性(細部の真正性と全体の恣意性)を指摘していることだ。その意味で、語り手の立場は、第二の抜粋とカルネ2で「ピトレスクな」「現実性を欠いた街」を褒めそやしているシャルリュスの耽美主義的な立場とは必ずしも一致しない。どういうことか。

シャルリュスのようなオリエンタリズムに依拠した「芸術家の視点」は、戦争がもたらした現実の変容(ここではパリの異郷化)を「非現実的な」「一貫性を欠いた」芸術作品をつくるための口

図 12　カルパッチョ『エルサレムにおける聖ステパノの説教』（1514 年）　エルサレムを題材にしているものの、画家と同時代のヴェネツィア風の建物が背景に見える。

実・方便に似たものと見なしてしまう。あるいはむしろ、現実性を奪われた現実とでも呼ぶべき光景にたいする審美的な知覚を正当化するだけになってしまう、と言ってもよい。語り手の分析を読むと、プルーストは、ただ変貌する現実の美に感嘆するだけでなく、むしろパリを侵蝕した戦争そのものが現実と架空、歴史資料と芸術作品という区別を曖昧にしてしまうことに敏感であるように感じられる。そのことは、現在進行形の戦争を現在進行形の小説のなかに取り込むという決断のもつ矛盾――証言と虚構とのあいだで引き裂かれた戦争小説――を引き受けたプルーストの姿勢に通じているように思われる。

残る問題は、語り手の想像する異国の都市が、カルパッチョの描くエルサレム――

ルーヴル美術館所蔵の『エルサレムにおける聖ステパノの説教』が思い浮かぶ（図12）——やコンスタンティノープルのような現実の具体例を想定しているかどうかである。小説の続きでは、四つの答えが提示される。コンスタンティノープル、バグダッド、ポンペイ（廃墟の同義語として大戦当時しばしば喚起された古代都市）、そしてソドム（聖書における倒錯者の都）である。

セーヌとボスフォラス、「三日月という東方の徴」

戦時中、コンスタンティノープルとバグダッドというオスマントルコ帝国の主要二都市は、象徴的かつ戦略的な場所として、ヨーロッパの注目を集めた。まずコンスタンティノープルについて確認しよう。英仏軍は、この帝都への海路を最短距離で切り開くことを目的として、一九一五年三月にダーダネルス海峡を攻撃し、ガリポリ半島に上陸するが、一九一六年一月には退却を余儀なくされている。それでは、プルーストの小説世界において、パリはどのようにしてコンスタンティノープルへと変貌するのか。

先ほど見たカルパッチョへの言及は、目抜き通りでのシャルリュス氏との出会いの前兆として読める。シャルリュス氏は、ふたりのアルジェリア歩兵（ズワーブ）をちらちらとのぞき見ているところだった。そのあと、語り手と男爵の歩きながらの会話がひたすら続いて、戦時ジャーナリズム批判などが繰り広げられるのだが、やがて別れの場面が訪れたところで、プルーストは再びオリエント風のパリ情景を挿入する。清書ノートを見ると、セーヌ河とボスフォラス海峡の同一視というカルネ2ですでに用いられていたイメージが、余白に（つまり遅くに）加筆されていることがわかる。[22]

澄みわたった夜で、風ひとつなかった。私は想像した。セーヌ河が輪になった橋をくぐりぬけるさま、橋板とその反映からなる輪をぬって流れるさまは、きっとボスフォラス海峡に似ているに違いない。しかも、シャルリュス氏の敗北主義が予見するあの侵略の象徴なのか、それともわれらが同胞であるムスリムとフランス軍との協力の象徴なのか、まるでゼッキーノ金貨のようにたわめられた細い月が、パリの空を三日月という東方の徴の下においているように見えた。（p. 387–388）

『失われた時を求めて』に三日月が登場するのはこれが初めてではない。なかでも『ソドムとゴモラII』の冒頭、コンコルド広場のオベリスクが、三日月の下で「ピンク色のヌガー」（アーモンドや蜂蜜を素材にしたオリエント由来の菓子）に変貌する場面は忘れがたい。[23] そのときすでに三日月は「東方の象徴」と形容されていたが、『見出された時』では、単に美的な象徴でなく、政治的に曖昧な徴となっている。どういうことか説明しよう。

月のかたちをゼッキーノ金貨——ヴェネツィアのコインで、刻印が三日月を思わせるラインを描く――に喩えながら、語り手は想像のなかで、コンスタンティノープルとパリ、ボスフォラス海峡とセーヌ河を重ねあわせ、フランスの首都を、街路から天空にいたるまで、オリエントの街へと変容させてしまう。このとき三日月という「東方の徴」をめぐり、ふたつの矛盾する解釈が提示されることで、いささか対立するふたつの政治的な立場が示唆されている。まず、シャルリュスの敗北主義、すなわち悲観的な敗戦論の正しさを証明するトルコ軍による侵略の前兆ではないか、という解釈（これ見よがしなドイツびいきを特徴とするシャルリュスのマージナルな立場は、サン＝ルーの愛国心とは対照的であり、一時代前のドレフュス派とも比べられている）[24]。それにたいし、フランスの味方として参戦したイスラム世界の植民地兵の、愛国的な栄光の象徴という解釈も示唆されている。コンスタンティノープルのスルタンが、一九一四年十一月におこなった聖戦宣言（オスマン帝国およびドイツ側について参戦するようイスラム教徒に呼びかけたもの）にもかかわらず、植民地のイスラム教徒の多くは宗主国フランスの側について戦うことになったのだった[25]。

要するに、パリの夜空に浮かぶ三日月は、戦争継続の断念（敗戦主義）を促すサインとして解釈することもできるし、植民地兵の動員（フランス軍の正義）を正当化し祝福するものとして解釈することもできる。つきつめて考えれば、このような両義性を孕んだ「東方の徴」は、プルースト独自の戦争小説のスタイルを正当化するものとしても読めるのではないか。敗北主義の側にも、愛国主義の側にもつくことを拒み、一義的なメッセージへの回収を不可能にすること。『見出された時』におけるパリのオリエント化の批評性は、このような両義性の堅持のなかに潜んでいるのである。

セネガル狙撃兵とアングル

敵か味方か、トルコの象徴かアフリカの象徴か、結論を宙吊りにするあいまいな三日月の光に照らされて、新たなオリエント風の情景が、絵画への言及をまじえながら繰り広げられる。語り手に別れを告げようとするところで、シャルリュスの好色な眼差しが、通りがかったセネガル狙撃兵に釘付けになるのである。そのとき、十九世紀を代表する複数の画家の名前が、ちょうどカルネ2の草稿とおなじように、シャルリュスの口から発せられる。

「あのなかに［セネガル兵の立ち姿のなかに］ドゥカン、フロマンタン、アングル、ドラクロワの描いたオリエントのすべてがつまっているのではないでしょうか。［中略］ごぞんじのとおり、わたしがものごとや人びとにたいして関心を抱くのは、ただひたすら画家として、哲学者としてのみです。そもそも私は年をとりすぎました。それにしても残念ですな、この絵を完成させるようにも、われわれふたりのいずれかがオダリスクでないのは！」(26) (p. 388)

すでに見たとおり、カルパッチョへの言及は、もともとカルネ2においてスワンの考えそうなこ

図13　アングル『奴隷のいるオダリスク』（1839年）　パリの街角でセネガル兵の姿に魅了されたシャルリュスは、その欲望の対象となることを望み、みずからをオダリスクとして思い描く。

ととして提示されていたもので、同性愛的な含意を欠いているがゆえに、最終稿では語り手の見解のなかに問題なく取り込まれたのだが、ドゥカン、ドラクロワ、アングル、そしてフロマンタンといった十九世紀の画家たちへの言及は、官能性を喚起する要素としてシャルリュスの台詞のなかに残った。四人のなかで注目が集中するのはアングルであり、より具体的にいうと、『奴隷のいるオダリスク』（一八三九年）への暗示的な言及である。(27) その絵には、男性の黒人奴隷、女性の音楽家、そしてオダリスク（白い裸体をさらす後宮の女奴隷）という三人の人物が描かれている（図13）。カルネ2で植民地の兵士に投影されていたオダリスクのイメージが、ここではシャルリュス自身の欲望する自己像を指すものとして用いられている（シャルリュスが語り手に女奴隷の役割を望んでいると解釈するのは無理がある）。シャルリュスはもはやたんなる傍観者ではなく、みずからオリエンタリズム絵画のなかに入ることを夢想しているのである。

「セネガル兵」の表象について、ここで確認しておくべきことが二点ある。「セネガル兵」ないし「セネガル狙撃兵」という言葉は、じつは「フランス領西アフリカの全域を出身地とする兵士」に当てはまる。スーダン、ギニア、コートジボワール、モーリタニア、ナイジェリア、ダホメ（現ベナン）、そしてもちろんセネガル出身でもよい(28)。要するに、「セネガル兵」とは「アフリカ黒人兵」の同義語ないし提喩《シネクドキ》である。シャルリュスの黒人兵賛美は、甥であるサン＝ルーの前線生活を思い起こさせる。「サン＝ルーは、おそらく純潔を保ちつつではあろうが、いつでも命を投げ出すセネガル兵たちとともに野営生活を送ることに、知的な悦楽をおぼえていた。その悦楽には、『麝香のかおりのする殿方ども』への軽蔑の念がたっぷり含まれていた」（p. 322）。

セネガル兵は、宗主国の人びとを不安にすると同時に魅惑するような、性的能力の持ち主として思い描かれていた(29)。プルーストはこのステレオタイプをもっぱら、植民地兵の雄々しさを理想化する倒錯者との関連においてのみ活用しているのである。しかし、それは彼の独創ではない。たとえばコクトーは、前線で苦難をともにしたアフリカ出身の兵士を賛美している(30)。「シャワー」と題する詩のなかでは、ハドリアヌス帝の寵愛をうけた美少年アンティノウスへの言及を通じて、同性愛的な欲望がほのめかされている。

図14　セネガル兵　植民地部隊を讃える1917年の慈善イベントのポスター。危険な突撃を担った雄々しいセネガル兵が、もっともめだつ位置を占めている。

ニグロたちはアンティノウスの
黒い凸レンズに映し出された姿［中略］
ニグロたちよ、ぼくらは冷酷な心の持ち主だ
ぼくらの国では愛する相手は敵だけ
きみの体、きみの魂は純粋だ
まるで夜のなかの珊瑚みたいに[31]

コクトーとは対照的に、プルーストはセネガル狙撃兵の身体の具体的な（官能的な）描写はおこなわない。結局「セネガル兵」とは男性的な官能を示唆する記号にすぎないのである（図14）。この「知的な」記号は、政治的な立場の違いを超え、敗北主義者シャルリュスにとっても愛国者サン＝ルーにとっても等しい意味を持つ。「セネガル兵」とは、東方的な悪徳、あるいはオリエンタリズムという悪徳、一方向的で観念的な悪徳としての同性愛を映す鏡にほかならない。ヴェルデュラン夫人のサロンにおけるシャルリュスのあだ名が「フラウ・ボッシュ」（ドイツ夫人）であることを思い出すと（p. 347）、彼の同性愛はドイツ的かつオリエント趣味の悪徳として提示されているといえる。それにたいして語り手は、ドゥカンやそのほかの画家たちよりも『千夜一夜物語』の

旧きオリエント」を選び、みずからを「バグダッドの寂れた界隈に冒険を求めて足を運ぶカリフ・ハールーン・アル・ラシッド」に見立てることによって、倒錯者の趣味を退けるかのように振る舞っている（p. 388）。しかしながら、オリエントと悪徳との同一視という全般的傾向を完全に逃れることは難しい。というのも、語り手の喩えそのものが『ソドムとゴモラ』におけるシャルリュスの台詞とまったくおなじだからだ。「ときには実際、単なる商人と思われながらバグダッドを駆け巡るカリフのように、私もまた、シルエットに面白みを感じて、興味をひくお嬢ちゃんのあとを尾行してやることがあるのです(32)」と男爵は語っていた。いうなれば、この段階ですでにバグダッドは、同性愛者にとっての狩り場の代名詞になっていたのである。

『千夜一夜』の蜃気楼とメソポタミア戦役

このあと、プルーストの描く大戦下のパリは、バグダッドに続いてポンペイ、ソドムへと重ねられ、焦点は街を闊歩する異国の兵士から、天の業火すなわちドイツ軍の爆撃に曝される同性愛者たちに移りかわる。オリエントへの言及は、こうして二十世紀の戦争を離れ、古代世界における神罰の思想へと収斂していく。しかし、パリと同一視される異国の街のなかでも、バグダッドという地名は、ポンペイやソドムとは異なり、『千夜一夜』の物語世界だけでなく、第一次世界大戦の地政学と密接に結びついている。なにしろオスマン帝国における象徴的な都のひとつであり、連合軍にとって、征服すべき重要な軍事目標でもあったからだ。

『失われた時を求めて』のなかでは、メソポタミア地方における戦局は、狭義の大戦の挿話ではなく、戦後になって、ゲルマント大公夫人邸において再会したジルベルトとの会話のなかで想起されることになる。これが最後の「東方の徴」である。この戦後の会話によって、パリとバグダッドの同一視が事後的にいっそう正当化されることになる。

語り手は、サン＝ルーの戦略眼の正しさがどれほど実戦によって確証されたかを思い出しつつ、ジルベルトの衒学趣味を揶揄する。彼女の知識の源が好戦派に転向した大学教授ブリショの新聞記事にあると付記されていることは無意味ではない。というのも、ジャーナリズムが小説におけるパリのオリエント化に果たした役割を示唆しているからだ。語り手にたいし、ジルベルトはこんなふうに問いかける。「メソポタミア遠征が［中略］、いつでも、かわらず、クセノフォンの退却を思わせるってこと、ご存じ?」(p. 559–560)。

一九一四年十一月に開始したメソポタミア遠征のなかでも、ここで問題になる局面は、一九一五年十二月、バグダッドから二十五キロのクテシフォンでトルコ軍に敗れたタウンゼンド将軍の退却である。プレイヤッド版の註に引用されているとおり、クセノフォンは『アナバシス』のなかで、紀元前四〇一年に同地域のクナクサで敗れたギリシア軍傭兵部隊の退却の様子を語っている。けれども、プルーストの小説においてこのふたつの敗戦と退却が重なりあうのは、地理的な文脈の共通性のせいだけではない。端的に、このような比較をおこなったジャーナリスト（つまりブリショのモデル）がいた。『ドレフュス事件の歴史』の著者であり、プルーストの友人でもあったジョゼフ・レナックがそのひとである。すでに何度かとりあげたとおり、レナックは戦時中、ポリーブ（ポリュビオス）の筆名でほぼ毎日「フィガロ」紙にコラムを書いていた。文学、哲学、歴史、戦術といったあらゆる分野からの引用がちりばめられたレナックの記事について、プルーストは一定の評価を与えつつも、辛辣な批判を隠さなかった。著者の「能力と無尽蔵の知識」によって記事が権威をもつことは認めながらも、「馬鹿げた隠喩の濫用、書く前に学んだことを忘れないではいられない［原文ママ。むしろ忘れずにはいられなくて何でも引用してしまう］ところ」、要するに、度しがたい衒学趣味に留保をつけていたのである。[33] 一九一五年十二月八日付の「フィガロ」一面に掲載されたポリーブの記事ではこう述べられている。「彼［タウンゼンド将軍］は秩序正しく、クート＝エル＝アマラへと、クセノフォン流の退却によって撤退した[34]」。これこそがジルベルトの台詞の発想源であろう。

「クセノフォン流の退却」は、おそらく数ある例のなかのひとつにすぎない。メソポタミア遠征の報道により、バグダッドといえば『千夜一夜物語』の都であるとする紋切型が助長された。たとえば一九一六年四月二十七日の記事のなかでレナックは、タウンゼンド将軍が勝利を重ねていた時期について、こんなふうに想起している。「勝利の風がイギリス国旗を後押ししていた。トルコ軍は大規模な損失を被っていた。オリエントの蜃気楼が、バグダッドと『千夜一夜物語』の記憶とあわせて効果をもたらしていたのだ[35]」。『失われた時を求めて』の語り手もまた、一種の「オリエントの蜃気楼」を共有していた。そのことは、語り手自身が白状しているとおりである。

ただし白状すれば、私自身、バルベックにいたときにロベールのかたわらで読んだ書物のせいで、オリエントにおけるクート＝エル＝アマラの籠城戦についての記事のなかに、バグダッドと並んでバスラという『千夜一夜物語』に何度も出てくる地名が繰り返し現れるのに［中略］強く感銘を受けていた。バスラは、バグダッドを出発した後、あるいはバグダッドに帰還する前に、乗船や下船のため、タウンゼンド将軍やゴリンジ将軍よりもはるか昔、カリフの時代に、船乗りシンドバッドが毎回辿り着く町なのだ。(36)（p. 560–561）

伝説と戦局のなかにあるふたつのバグダッドが重ねあわされることによって、戦時下のパリとカリフの首都との同一視が秘かに支えられているのがわかる。

この章の最初で述べた「銃後の小説」の問題に戻りたい。物語に組み込まれた「東方の徴」をひとつひとつ解読することは、結局、世界大戦の軍事的な局面がどのようにして銃後の小説へと浸透していくのかという問題へのアプローチであったと言える。オリエントは、美的であると同時に政治的な徴として小説に配置される。三日月の描写に顕著であったように、それはおそらく文学の両義性の徴であり、一義的な動員の言説へと抗う文学の両義性を肯定する徴なのである。

第三章　「私」の愛国心と芸術観

あいまいな作中の「私」——フィクションと自伝のあいだで

『失われた時を求めて』は、偽装された自伝と見なしたくなる作品である。じっさい、物語の主人公にして語り手である匿名の「私」は、原則的には虚構の存在にすぎないはずだが、しばしば作者と混同されてきた。いったいこの「私」は、どこまで作者の立場を代弁しているのか。作者の立場はどこまで「私」の言動によって表現されているのか。「戦争文化」に対峙したプルーストの選択を理解するうえで、こうした問いに取り組むことは避けられないだろう。この章では、いわば一人称小説家としてのプルースト独自のコミットメントおよびデタッチメント（時局への介入および時局からの離脱）の方法について考察する。

作品分析に入るまえに、確認しておきたいことがある。まず、戦前に「私」と作者を明確に区別していたプルーストが、戦後にはむしろ一致を示唆したことは指摘に値する。一九一三年十一月、『スワン家のほうへ』刊行時のインタビューでは、きわめて慎重に『私』と言って物語る（この私ではない）人物」という表現を用いたのに、一九二〇年一月に自作を語るときには、『私』と言う、かならずしもこの私ではない語り手」と呼んだ。[1]これは裏返すと、語り手と作者がしばしば一致するという意味である。つまり、戦前は完全に否定していた「私」とマルセル・プルーストの同一性を、戦後は部分的に肯定し、ほぼ公認したことになる。

ナタリー・モーリアック・ダイアーの仮説によると、この態度の変化は、小説の最終篇で無意志的記憶の啓示を受けた「私」が語る芸術論に関係する。プルーストは、一九一三年の第一篇刊行時には自作が構成を欠く散漫な回想録と誤解されることを嫌って、「私」と作者の同一性、すなわち作品の自伝性を完全に否定し、その虚構性を強調したものの、一九二〇年には最終篇の近刊を見越して（実際の刊行は死後の一九二七年になるが）、「私」の芸術論がたんなる虚構の一部と見なされるのを避けようとしたと考えられる。なによりそれがプルーストにとってまぎれもない「真理」であるから。しかも無意志的記憶のリアルさを根拠とした芸術論である以上、「私」と作者が重なると読者に思われたほうが説得力をもつからである。[2]

この仮説の延長線上に、こんな問いが浮かぶ。プルーストが一九二〇年に前言を撤回したのは、「私」の理論を作者自身の理論として認定するためだけでなく、さらに啓示の場面の直前、戦時下のパリの章における「私」を、現実の作者と頻繁に連続性をもちうる存在、つねにではなくとも、しばしば分身または代弁者の役割を果たす存在として提示する必要を感じていたからではないだろうか。じっさいプルーストは、おそらく読者が「私」と作者を漠然と同一視することを想定しつつ、そのような読みを一九一三年のように否定するどころか、むしろ助長するようなしかけを、大戦の章に盛り込んだ。ラスキンの『胡麻と百合』の翻訳(現実にプルースト自身が一九〇六年に刊行した書物)を、「私」がシャルリュス氏に献呈していたという記述は、その一例である(p. 411)。

さて、ここからが本題なのだが、こうした作品外部の発言や作品内部のしかけが小説の自伝性をほのめかすにもかかわらず、「私」の戦争をめぐる態度は、私信から導き出せる作者のそれと完全に一致するとは言いがたい。序章で確認したとおり、プルーストの手紙には「戦争文化」への批判的な傾向と同調的な傾向が併存している。反独的な「愚かすぎる」ジャーナリズムの「偽りの愛国心」にたいする仮借ない弾劾と、平和を望みながらも祖国愛を自覚して防衛戦争を甘受する「愛国的賛同」である。しかし、草稿に残されたメモによると、プルーストは地の文で当初「客観的に」述べていた新聞批判の形式を、二重に変更する判断をした。各紙に蔓延する紋切型を、少なからず戯画化された作中人物(外交官ノルポワ、大学教授ブリショ、地方貴族カンブルメールなど)の記事や発言の一部として提示すると同時に、そうした言説にたいする批判を「私」ではなく、男色家にしてドイツびいきの敗北主義者という、一九一四年から一九一八年のフランスの「戦争文化」における否定的な属性を兼ね備えたシャルリュスの台詞に組み込んだのである(3)。

おそらくこの工夫は、いかに戦争を描くかという問題に直面した作家プルーストの、最大の発明のひとつであろう。単純に言うと、直接的な言及や介入を避け、間接的な虚構を多層化する方向への転換である。しかし、すでに述べたとおり、作者と「私」の混同をうながす発言や記述も存在する以上、作品の政治的批評性の射程を一読で見きわめるのは容易ではない。

なによりもまず、「私」と作者の同一性を示唆しながら、社会批判を「私」とは別の作中人物、しかも複数の意味で少数派のシャルリュスに託すという選択は、保身を目的とした自己検閲にも見える。じっさい「私」はしばしば多数派のコンセンサスを体現している。フランス国民の一体性への感嘆と賛美を強調したり、手紙のなかのプルーストとは逆に「ドイツ嫌い」を自認したりすることもある。しかし、こうした時局追随型に映る記述を、ただ排外主義的な読者や批評家から反体制派だと見なされないための消極的な工夫にすぎないと考えるのは、一面的な読解であろう。「私」は、友人（シャルリュスとサン＝ルー）がこれ見よがしに敵国ドイツを礼賛するときにも、反論するどころか、むしろ迎合的で共犯的な沈黙を貫き、とりわけ芸術と文学をめぐっては、正面から戦時の言論を批判し、最終的にナショナリスト作家モーリス・バレスが称揚した「愛国芸術 art patriotique」を名指しで切って捨てる。バレス批判はゲルマント大公夫人邸における啓示後の美学理論の一部であり、「私」をプルーストの代弁者と見なすことに異論の余地はない。

いったいなぜプルーストは、作中の「私」に「愛国芸術」への反論を語らせるいっぽうで、そのおなじ「私」に多数派的な愛国心および反独感情を託したのか。書簡における「私」（マルセル・プルースト）と小説における「私」（名を明示しない語り手）とのずれを、どのように解釈すべきなのか。本章では、このあいまいな「私」のゆらぎのうちに、戦時作家のジレンマにくわえ、批評性と創造性を読みとることを試みたい。まず最初に、「私」がバレスの「愛国芸術」を批判する一節を検討する。戦前に遡って歴史的な文脈を再構成しながら、この批判の動機と射程を明らかにしたい。つぎに、それと矛盾するかのように、作者がフィクションのルールに違反してまで、「私」の声を借りて「愛国的賛同」を強調しているように見えるくだりをとりあげ、問題の所在を整理する。つづいて「私」の反独感情と愛国心が、単独にではなく、少数派シャルリュスとの対比を通じて分析されていることに着目したい。プルーストが、作中人物間の対比によって「観念論の教え」に社会批評の役割を付与するとともに、民族心理学という「戦争文化」の紋切型を利用して戦争を心理学化することで、自身の小説美学をあらためて擁護したことが見えてくるはずである。

「愛国芸術」への理論的な反駁――プルースト対バレス

第一章ではワーグナー排撃の紋切型が空襲の表象に拡散するさまを分析したが、国民総動員の論理が美学の領域を浸食し、政治と芸術が混同されるとき、プルーストは「戦争文化」への同意を拒まずにはいられない。よく知られるとおり、『見出された時』の語り手は、モーリス・バレスの主張する「愛国芸術」をはっきりと非難している。抜粋は戦時中のエピソードではなく、戦後にゲルマント大公夫人邸で無意志的想起による啓示を受けた「私」が芸術作品の成立条件を考察する場面の一部をなす。語り手と作者の主張が一致していると見なせるゆえんである。

「大衆芸術や愛国芸術という考えは、たとえ危険ではないにせよ、滑稽だと私に思われた」という一文に続き、大衆芸術の推奨者への批判がひととおり繰り広げられたあと、名指しでバレスへの言及がなされる。

戦争の初期からバレス氏は、芸術家（この場合ティツィアーノ）はなによりもまず祖国の栄光に奉仕すべきだと述べていた。しかし芸術家は芸術家としてしか祖国に奉仕できない。つまり、あの科学の法則、実験、発見とおなじくらい微妙な［人間精神にかかわる］法則を研究し、実験を成立させ、発見をおこなうさい、目の前にある真理以外のことは――たとえ祖国のことですら――考えないという条件でしか、祖国に奉仕できないのである。（p. 466–467）

バレスの「愛国芸術」が何を指すのか、戦時中の具体的な文脈を確認してみよう。プレイヤッド版の註によれば、ここで参照されているのは、厳密には「戦争の初期」ではなく一九一六年六月の「エコー・ド・パリ」紙に掲載された記事で、バレスの論旨は右の抜粋の解釈とあまり一致せず、むしろプルーストの立場に近いとも読める。じっさいバレスは、ティツィアーノの生家に掲げられた銘文、「芸術によって祖国の独立を準備したティツィアーノに捧ぐ」を引用し、「これこそ芸術家の役割を偉大にする、なによりも真のやりかたである」と述べていた(4)。この記事だけを見ると、芸術への専念が、あくまで結果的に祖国の独立につながった、と理解することも可能だろう。とはいえ、他の記事を見ると、バレスの主張がプルーストの美学と対立することは明らかである。

最大の争点は、芸術家の使命と所属集団（国民）との関係である。たとえば、一九一五年三月、アカデミー・フランセーズがその年の文学賞を戦死した作家のみに授与すると決めたときのこと。アカデミー会員の立場から、バレスは「エコー・ド・パリ」紙上でこの決定を報告し、こう言い添えた。「作家たちは、ある意味では、国民の導き手であるが、同時に国民の書記でもある。作家たちは、同国人の言葉を書き写し、同時に、感じ方を広めるのである」[5]。翌年四月には「ただの作家が戦死によって巨匠となること」と題する記事で、こう述べる。「どんな時代においても、文人と芸術家というものは皆、国民の書記だったと言ってよいだろう。彼らはその役割を戦時中においてもやはり果たすのである」[6]。バレスにとって、作家が広めるべき「感じ方」は国民集団に共通するものであり、プルーストの美学において絶対的な価値をもつ個人的なヴィジョン（ものの見方、感じ方）の対極に位置する。バレスがそうした「作家の義務」を強調する一九一五年五月二十日付の記事を引用しておこう。

われわれ作家というものは、不完全なところもあるが、やはり誰にもまして、国の道徳的行動を人びとに感じさせる存在なのであり、国の深遠な思想を発信し、その原理と風俗と趣味、その感情のニュアンスを広めるものだ。血にまみれた大地から超人的な美徳が何千も姿を見せている今、そんなことをあらためて述べて自慢しようというわけではない。われわれ作家がおのれの義務を心得、従順な心で、世に広める手助けをする価値のあるものすべてとの交流を維持するために述べただけである。[7]

『見出された時』では、芸術家は国民の言葉ではなく、みずからの特異な「本能」の言葉を「書き写す」とされている。芸術家の義務が優先するのは、プルーストの表現によると、あくまで個人の生の記憶という「未知なる記号で書かれた内的な書物の解読」である（p. 458）。それは、集団の運命にかかわる大文字の歴史とは無縁に、じぶんだけの「失われた時」を再創造することにほかならない。ドレフュス事件や大戦のような歴史的出来事を重視して作品の主題に採用することは、この自己への義務としての芸術家の使命から逃げるための「いいわけ」や「口実」と見なされる。

周知のとおりプルーストもこのふたつの歴史的危機を作品に取り込んではいるが、それは事件に内在的価値を見出しているからではない。共同体の危機の文学的主題としての価値をめぐっては、高名な先駆者としてシャトーブリアンが作中で引き合いに出される。「モンボワシエの庭園で耳にした鳥の鳴き声や、モクセイソウの匂いを運ぶ微風は、いうまでもなく革命期や帝政期の一大事件ほどの影響力をもつ出来事ではない。にもかかわらず、『墓の彼方の回想』でシャトーブリアンがそこから着想をえて綴ったページがもつ価値は、計り知れないほど大きい」（p. 306）。いずれも、プルーストの小説を先取りする無意志的想起の場面である（原典ではモクセイソウではなく、ヘリオトロープ）。作家であり政治家であったシャトーブリアンへの賛辞の裏に、おなじふたつの顔をもった同時代人バレスへの暗黙の批判を読みとることも可能である（8）。

戦時中に露呈する「愛国芸術」の特徴として、個人にたいする共同体の優位という主張にくわえ、祖国の端的な美化と作品評価基準の倒錯があげられる。まず、バレスによれば、作家が「世に広める」べきなのは、ひたすら理想化され潤色された祖国の姿にほかならない。プルーストは草稿（カイエ74）で、バレスをイタリアの愛国的な芸術家ダヌンツィオと並べて批判している。「バレスはダヌンツィオといっしょに、フランスを美しく描く文学を生み出すよう提案している。なんという狂気の沙汰だ[9]」。また、先に引いた記事のタイトル「ただの作家が戦死によって巨匠となること」から推測できるとおり、バレスは作家の死に方を作品そのものより重視する。名誉の戦死をとげた作家の作品は、まさにそれだけでそれゆえに「より美しく、より真実で、より深遠」になると言うのである。[10]プルーストはおなじ草稿ノートでこの考えを退けた。「芸術家の英雄的な死によって作品の株が値上がりするという側面、さらに生よりもそうした最期のほうに優位がおかれるという側面は、ひどく浅薄で皮相なものだと私には思えた[11]」。最終稿には、「凡庸な作家は叙事詩的な時代を生きてもやはり凡庸な作家のまま」であり、「英雄的な戦争のおかげでへぼ詩人が崇高になるわけではない」と書かれている（p. 497）。

こうしてプルーストは、語り手「私」の声を媒介に、歴史的・社会的・集団的な次元よりも作家個人のささやかな生の深層を探査する義務を強調し、国民国家の政治にたいする文学作品の自律的な価値を主張する。戦時中に繰り返し主張されたバレスの芸術観を確認したことで、『見出された時』における「愛国芸術」批判の必然性がより明確になる。自身の小説美学を擁護するためには、バレスを名指しで（いささか強引に）批判せざるをえないほど、文学のナショナリズムが勢力を拡大していたのである（図15）。
　とはいえ、忘れずつけくわえておこう。「私」の「愛国芸術」批判とは、戦前からの作者の信念が大戦を契機に表現されたものにほかならない。一九一一年、モロッコのアガディールにドイツが砲艦を派遣してフランスの権益拡大に対抗したため、戦争に発展しかけたとき（第二次モロッコ事件）、「フィガロ」紙に「フランス文学と国民感情」というアンケートの回答が六回にわたり掲載された。「四十年来［つまり普仏戦争の敗北以来］、フランス文学が国民感情におよぼした影響はいかなるものか」という質問に、約三十名の作家が答えた。プルーストはそのうちの一回に「なにげなく目を通した」あと、ほかでもないバレス宛の手紙で、「ばかげた」調査だと形容している[12]。明らかに、プルーストの考える作家の使命は、国民感情への働きかけとも、ナショナリズムの顕揚とも無縁だった。

図15　「愛国作家」バレス　バレスの存在感をうかがわせる戦時中の愛国主義的な版画。

　ほぼおなじ時期に書かれた『失われた時を求めて』の草稿ノート（カイエ49）には、文学と国民感情、愛国心の関係にかかわる興味深い会話の素描がある。初期の草稿におけるシャルリュス氏の前身として知られる「ギュルシー氏」が、主人公「私」に向かって人生指導を提案するさいに、愛国者同盟の創設者(バレスの先代)、ポール・デルレードの名前をあげながら、こんな反文学的な挑発を口にする。

なんと、文学を愛しているとおっしゃるのですか、[中略]つまりあの、人生を多かれ少なかれ平板に偽造したにすぎないもの、ほとんどの人が実際には知りもしないさまざまな現実についての多かれ少なかれ誤った推測にすぎないものを、あなたは愛しているとおっしゃるのですか。わたくしの提案はですね、[中略]あなたに人生そのものをお見せしようというのです。人生そのものをご自身の手で練り上げさせてあげよう、諸国民の企みと王族たちの秘密のなかに入りこませてさしあげようというのです。それなのに、あなたは、羽ペンをインク壺に浸し続けるほうを好まれるのですか。何を語るためですか。人生の何を知っているのですか。あなたのおっしゃる文学——詩と小説——なんて、たとえばデルレード氏の散文のように、寛容な情熱、愛国心を刺激するという点においてしか意味がありません。それは古代における詩の役割であり、プラトンもこればかりは国家に受け入れていたのです[以下略][13]。

「人生」という名の政治と「文学」を対立させ、前者に後者を従属させるギュルシーは、ここではシャルリュスだけでなく、外交官ノルポワの前身でもあるように思われる。物語の設定としては十九世紀末、第二篇『花咲く乙女たちのかげに』でノルポワは、主人公が尊敬する作家ベルゴットを

「フルート吹き」と呼んでいた。つまり、「ことばを耳に心地よく配置する」ことだけに秀で、「暇つぶしとしか思えないただの形式上の取り柄をめぐる些末な議論にふけり、内と外から押し寄せる『蛮族』の二重の波にわれわれが今にもさらわれるかもしれない事実から目を背けさせる」「ただの趣味人」、「芸術のための芸術」の信奉者だと見なして、軽蔑していた。[14] 最終篇では、この『フルート吹き』にたいするノルポワ氏の単純な理論」が、戦争勃発により、愛国芸術を賛美する社会現象となって再来したと「私」は指摘する (p. 461)。バレス批判はギュルシーとノルポワへの反論とつながっているのである。

　文学作品の形式的探究と社会的使命をめぐる対立が問題になったところで、ふたたびバレス批判の一節に戻り、「愛国芸術」が「大衆芸術」と同列におかれていた点に注意したい。草稿研究によると、じつは戦前に書かれたロマン・ロランを仮想敵にした「大衆芸術」批判に、戦中のバレスを標的とする「愛国芸術」批判が組み合わされている。[15] いずれの論敵にたいしても、芸術家個人と帰属集団の関係にくわえて争点となるのは、まさに文体の位置づけである。

　奇しくも開戦後まもなく動員者と離反者の代名詞となった作家ふたりの主張を同時に退けることは、プルーストが戦前から懐胎していたみずからの芸術観をあらためて擁護するために必要不可欠だった。まずなによりも、芸術家個人に属する美学的な判断を、祖国の戦勝であれ、社会的平等の実現であれ、集団的・政治的な大義名分に従属させるという発想そのものを、プルーストは根底から批判した。ここには芸術家としての彼の一貫した倫理が見てとれるだろう。

『見出された時』で開陳される美学によると、芸術家の使命、作家の使命とは、なによりも個人的な文体の探究にある。作家は「真の印象」と呼ばれる知覚体験と独自のヴィジョンを、隠喩によって再創造しなければならない。対照的に「大衆芸術」の推奨者は、文体をただ装飾的な「形式上の洗練」と見なし、そうした洗練を理解しない（と勝手に想像している）庶民階級の期待を満たす平明な文章を書くべきだと主張する。少なくとも、プルーストが仮想敵とする「大衆芸術」の主張は、こう要約できる。バレスの「愛国芸術」も、「ギュルシー氏」や「ノルポワ氏の単純な理論」も、「大衆芸術」の理念も、すべてプルーストの文体観に抵触するのである。

こうして見てくると「愛国芸術」批判が、芸術家の個性と文体とヴィジョンを不可分の至上価値とする自作擁護のための反撃、さながら正当防衛であることがよくわかる。戦前から存在し「戦争文化」にひきつがれた暗黙の論争の構図によって、銃後の作家は、祖国に奉仕するか「フルート吹き」のレッテルを貼られるかという究極の選択を迫られた。いいかえれば、「愛国芸術」という名のプロパガンダを選ぶか、ディレッタントと見なされるか——。このときディレッタンティズムとは、政治的・社会的現実と無縁な有閑階級の文学愛好の別名といえる。大戦の章のなかで「私」が、シャルリュスの誘導尋問にたいして、つい戦前は「あまりにディレッタントだった」ことを後悔したように答えてしまったあと、「あまりにばかげていた、なぜなら私がディレッタントのやましさを感じる点はいっさいなかったから」（p. 387）と述べているのは示唆的である。[16]

文学の単純な政治動員（愛国芸術）とディレッタンティズム（政治的無関心）というふたつの罠

を回避すること。それが戦時作家プルーストの課題であった。バレス流の「愛国芸術」にたいする批判は、どうしても言わずにはいられないことだったのである。ところが、理論家としての「私」の毅然としたバレス批判とはいささか対照的に、戦時中のエピソードにおける「私」は、しばしば愛国心を表明し、国民の動員を賛美している。このふたつの態度に矛盾はないのだろうか。いったいなぜ「私」は愛国者として自己を提示しなくてはならないのか。

作者が語り手の声を借りるとき――「わが国の名誉のために」

最大の問題は、大戦を描く章のなかに、「私」を作者マルセル・プルーストと同一視することを促すような記述があり、そこで「私」の愛国的なコミットメントが表明されていることである。

そうした純粋なフィクションを逸脱する記述はひとつではない。まず、男娼館の主人ジュピアンと「私」の別れ際の会話のなか、シャルリュスの鞭打ちの現場を目撃したことを『千夜一夜物語』の複数の話をあげてほのめかした「私」にたいし、ジュピアンが別のほのめかしで切り返すくだり。「わたくしもひとつ、たしか男爵のお宅で見かけた気がする本のタイトルと無関係ではないお話を知っております」と前置きしたあと、「万が一、ある晩ふと、四十人とは言いませんが十人ほどの盗賊をごらんになりたくなったら、ここにいらしてください」と誘うジュピアンの言葉について、本章の導入でふれたとおり、こんなコメントが挿入される。「彼は、私からシャルリュス氏に献呈してあったラスキンの『胡麻と百合』の翻訳のことをほのめかしているのだった」(p. 411)。もちろん、ジュピアンが暗示しているのは、「開け胡麻」の呪文で知られる「アリババと四十人の盗賊」である。

ここでプルーストは、自身の経歴を知る読者にたいして、この翻訳の送り手としての(原則的に虚構のなかの存在である)「私」と、一九〇六年に同書の翻訳を刊行した作者とを同一視することを、なかば遊戯的に、なかば真剣に、要請している。先述したナタリー・モーリアック・ダイアーの仮説にしたがえば、秘かに作家の道を進みつつある「私」と、すでに作家として大作を完成させつつあるマルセル・プルーストとがオーバーラップすることで、まもなく「私」が展開する芸術理論を作者の提唱する理論として示すしかけのひとつという位置づけになるだろう(17)。

なるほど、この一節で「私」と作者の混同をうながすのは、戦前の翻訳出版であり、戦中の政治的な態度とは無関係に見える。しかし、ジュピアンとの別れの挨拶が終わるか終わらないかのうちに、爆発音が響きわたり、すぐ真上にドイツ軍の爆撃機がいると告げられるとき、作者と重ねられた「私」が戦時を生きる主体であることがあらためて想起される。そして無事に帰宅した「私」が地下の避難所から出てくるフランソワーズに会ったのをきっかけに、しばらくこの女中と給仕頭のやりとりが——序章で見たコンブレーの会話の反復として——語られたあと、彼女の親戚である大富豪夫妻の戦中の行動をとりあげた段落で、ふたたび「私」が作者本人であるかのような、奇妙な現象が起こるのである。この夫妻は、小さなバーを経営していた甥が戦死したあと、ひとり残された若妻を助けるために、引退していた田舎を引き払ってパリに戻り、昼夜無償で働いた。その献身を讃える文章を読むと一瞬なにが起きているのかわからなくなる。引用しよう。

この本には、虚構でないことがらはひとつもなく、「実在のモデルがいる」登場人物はひとりもいない。すべては私が証明の必要に応じて創り出したものだが、わが国の名誉のために言っておかねばならない。唯一、寄る辺なき姪を助けようと隠居先を捨てたフランソワーズの親戚の富豪夫妻、彼らだけは実在の人物であり、本当に存在すると。ぜったいこの本を読みはしないだろうから、謙虚な夫妻が気を悪くすることはないと確信して、子どもっぽい楽しみと深い感動を胸に、私は、おなじように行動しフランスの存続に貢献したはずの他の多くの人びとの名前をあげるのは無理なので、ここに彼らの実名を書き記す。彼らの名前は、これがまたきわめてフランス的な名前なのだが、ラリヴィエールである。恥ずべき兵役逃れが［ジュピアンの男娼館の客のように］何人かいたのは事実でも［中略］、サン＝タンドレ＝デ＝シャンのフランス人すべてからなる無数の群衆、崇高なすべての兵士によって償われているのであり、私はラリヴィエール夫妻を兵士に匹敵するものと見なすのである。（p. 424–425）

この「私」の言葉を純粋なフィクションとして文字どおりに読もうとすると、どこかで矛盾が生じるだろう。たしかにプルーストの家政婦だったセレスト・アルバレの親戚に、ラリヴィエールという名の夫妻が「実在」する。しかし、「私」が「創り出した」「この本」の登場人物のひとりであるフランソワーズに、「実在」の親戚がいるとは、おかしな話ではないか。そもそも「この本」とは『失われた時を求めて』を指すとしか思えないが、そうなのであれば、「この本」に言及する資格をもつのは、原理的に作者マルセル・プルーストだけである。語り手は、あくまで物語の語り手であって、書き手ではないからだ[18]。

「私」は「この本」の作中人物が人工的な創造物であることを極端に誇張したうえで、唯一の例外としてラリヴィエール夫妻の名前をあげる。このとき「私」と名乗っているのは、「この本」のページ上にしか存在しないはずの「虚構の」語り手（バルベックやエルスチールのような架空の固有名が通用する物語世界に属する存在）ではなく、「この本」をいま書いている「実在の」作者（ラリヴィエールの名前を「書き記す」と現在形で言える存在）だと解釈するのが、ひとまず自然だろう。『失われた時を求めて』とは、「私」の名前が一度も断定的に明示されない小説である。この「私」の匿名性があってはじめて、「実在の」作者が説明抜きに「虚構の」語り手の地位を、一時的に——あるいは「間歇的に」——乗っ取ることが可能となる[19]。

作者プルーストのコミットメントと見なしうる（見なすことを作者が要請している）この「私」の言明の政治性を考えるうえで、争点はふたつある。まず、銃後の民間人であるラリヴィエールを前線の「崇高な兵士」と同列におくこと。これは、安定した豊かな老後を放棄することが、戦場で命を危険にさらすこととおなじ重みをもつと言っているに等しい。このような価値判断は、容易にはコンセンサスをえられないのではないか。にもかかわらず、あえてプルーストは、「わが国の名誉のために」というよりも、「銃後の市民の名誉のために」、物語のルールを乱してまで介入することを選んだことになる。その理由は何だろうか。出征した（ひいては戦死した）作家とくらべて肩身の狭い思いをしている「銃後の作家の名誉」のため、という推論はやや強引だろう。むしろ、自己の安寧と快楽のみを追求する社交界（ヴェルデュラン夫人）や同性愛者の世界（シャルリュス）など、もっぱら戦時下のパリの暗部を描いた埋め合わせをしたと解釈するほうが納得できる。

もうひとつの争点は、「サン＝タンドレ＝デ＝シャンのフランス人」という表現にある。作品のなかで、サン＝タンドレ＝デ＝シャンへの最初の言及は、主人公の幼年時代を描いた第一篇第一部「コンブレー」に現れる。散歩の途中で雨宿りをする「私」の目に、サン＝タンドレ＝デ＝シャン教会のポーチの彫像は、このうえなくフランス的な庶民の姿をあらわすものとして映っていた[20]。この教会の名前は、やがて物語が進むにつれて、中世に遡るフランス国民の純粋性を保証する神話的な価値をもつようになる。最終篇の大戦の挿話で「私」は、開戦後まもない一九一四年夏のサン＝ルーの模範的愛国心が「サン＝タンドレ＝デ＝シャンのフランス人における最善のものすべてと一致していた」と述べたあと、生物学の分類用語（科、門、亜門）を用いつつ、こう結ぶ。「領主と町民と農奴、領主を敬う農奴であれ領主にたてつく農奴であれ、それはおなじ科に属するいずれもフランス人のふたつの門、フランソワーズ亜門とモレル亜門であり、そこから二本の矢が放たれ、ふたたび交わる先は、おなじ方角、国境だった[21]」(p. 317)。

女中フランソワーズへの言及から明白なとおり、この国境集結のイメージは、軍事的動員にくわえて、銃後の民間人の心理的な動員（前線への関心の集中）を示唆している。国民が一体となって国土防衛に専心するという現象を、感嘆すべきものとして「私」が描いているのは明らかである。生物学と歴史から語彙を借用しながら、この国民的統一性を説明することによって、単純な政治的ストーリーは異論の余地のないものとして神話化されるにいたる。

まず、「フランス人」を生物学的な「科」として比喩的に定義することは、「国民」と「人種」を同一視するナショナリズムの言説に近いと思われる。プルースト自身が、一九一九年の手紙のなかで「フランス人種 race française という表現は本当にきちんとしたフランス語なのだろうか」と記し、そうした人種主義的ナショナリズムから距離をおいていたことを想起しておこう[22]。他方、「サン＝タンドレ＝デ＝シャン」という架空の地名は、歴史的な文化遺産である教会建築と結びつき、「領主と町民と農奴」という封建的な階級への言及を介して、一九一四年のフランス国民を、中世以来の伝統に位置づける。戦争初期を描くこの「私」の叙述においては、批判や分析の意志よりも、愛国的動員を神話化する意志がまさっている。

ラリヴィエール夫妻をめぐる一節もまた、一九一四年のマルヌの戦いに言及しながら、フランス国民の「偉大さ」を礼賛する言葉ではじまっている。

ところで、こんな見事なことが起きていたのだ。当時は国中で頻繁に見られたが、もし、その記憶を永遠にとどめる歴史家がいたら、フランスの偉大さ、その魂の偉大さ、サン＝タンドレ＝デ＝シャンにもとづくその偉大さの証拠となるであろう。そうした偉大さを示した点では、銃後で生き延びた多くの民間人も、マルヌで戦死した兵士とおなじだった。（p. 424）

銃後で「フランスの偉大さ」の「証拠となる」ような行動をした民間人の「実名」をあげる、と述べること。それは、戦争を遂行する国民の自己犠牲を賛美し、愛国心を顕揚する政治的な発言ではないだろうか。しかも、ここで祖国フランスの「魂の偉大さ」という分析不可能な美徳を礼賛する主体が、小説の語り手にすぎない「私」だけではなく、ほかならぬ作者マルセル・プルーストでもあると示唆されていることの意味は大きい。証言と虚構の交錯するあいまいな境界線上の領域で、中世以来かわらぬ「フランス人」による「偉大」な「魂」の継承というナショナリスト的な物語を、サン＝タンドレ＝デ＝シャンという架空の地名によって神話化する「私」、「わが国の名誉のために」、「きわめてフランス的な名前」として、ラリヴィエールという姓（「川」という自然な流れを意味する普通名詞）を読者に差し出す「私」は、いずれも作者そのひとの政治的コミットメントを語っていると読めてしまうのである。

「わが国の名誉のために」という政治的な口実のもとに、語りの規則の侵犯がなされ、書き手としての作者が介入したような印象を与えること。これは、戦時ジャーナリズム批判を「私」ではなくシャルリュスに託したことに関連づけて考えるならば、やはり作者プルーストの政治的な保守性と愛国心を強調するアリバイ工作の一種ではないかという疑念が生じる。ラリヴィエールの美徳への賛辞は、エピソード全体を貫く諷刺的な視点（社交界の偽善や同性愛者の売春という戦時下パリの悪徳の強調）を緩和する以上に、作者と語り手という二重の「私」の愛国心を読者にアピールするための口実になっているようにすら思われる。バレス流の「愛国芸術」を批判するような「私」が、わざわざ祖国の「偉大さ」を神話化する必然性がほかのどこにあるのだろうか。

ただし注意しなければならないのは、ここで問題になる「作者」とは、あくまでこの作品の読者が想像する存在、つまり作品の生み出す効果にすぎないということである。かならずしもこの一節から、作者プルーストの本心なるものが導き出せるわけではない。逆説めくが、つきつめて考えると、ラリヴィエール夫妻の「実在」を断言する「私」は、どこか虚構化された——虚構がつくりあげた——作者でしかありえないのである。

それでは、このような愛国者としての「私」の自己提示（いささか強引な自己顕示）は、作者の保身だけを目的としているのだろうか。「愛国芸術」批判との自己矛盾をおかしてまで、「私」が祖国フランスの「偉大さ」を語りうる愛国者として描かれることには、作家の自己防衛という消極的な意味しかないのだろうか。おそらくそうではない。戦中戦後にコンセンサスをえられる愛国者として「私」が描かれることには積極的な意義がある。「私」の明示的な主張のみにとらわれるのではなく、「私」をとりまく作中人物との関係性と、戦時中の情念をめぐる心理分析に着目してみると、「私」が愛国者であり、ドイツ嫌いを自称しさえすることの批評的な意味が明らかになるだろう。

「私」のドイツ嫌い——「観念論の教え」と残虐行為の「現実」

『失われた時を求めて』の作中人物それぞれを、ひとつの独立した虚構の人格（読者にとっての感情移入の対象）と見なすのではなく、当時のフランス社会にありえた（と想定しうる）さまざまな立場・信念・意見・行動を担わされた存在として捉えてみよう。重要なのは、作中人物が、おたがいの比較対照、類似と差異によって、ひとつのシステムをかたちづくっているという点である。小説家にとって、作中人物は、組み合わせ次第で社会の支配的価値観を肯定する道具にもなれば、批評する道具にもなりうる。プルーストの戦時小説における批評性とは、単純な弾劾（作者をつねに代弁する、理想化された特定の作中人物の直接話法による正義の主張）とは異なり、ときに読者を当惑させながら思考をうながし、支配的価値観の相対化に導くような性質のものである。

サン＝ルーを愛国者であると同時にワーグナー礼賛者として描くことがもつ批評性については、第一章で指摘した。ここでは「私」とシャルリュスの愛国心（の有無）と対独感情に着目する。多数派に同化する「私」と少数派のきわみであるシャルリュスとの比較を通じて、「戦争文化」を特徴づける情念が相対化されていく過程を分析しよう。ドイツ嫌い、ドイツびいきのみならず、戦時中の私信では自明視されていた愛国心の価値や根拠さえも問いに付されることがわかるだろう。

まず、もっとも違和感をおぼえさせる「私」のドイツ嫌いについて検討してみたい。この感情の扱いは微妙で複雑であり、とうてい作者の政治的な保守性を示唆するために持ち出されているとは言えない。「私」が自身の反独感情に言及するのは、物語のうえでは終戦後しばらくたってから、ゲルマント大公夫人邸の図書室における長大な内省においてである。しかし戦争の挿話を読み返してみても、語り手はドイツ文化への軽蔑や嫌悪感をほとんど表明していない（唯一ともいえる例外はあとでとりあげる）。それどころか、むしろドイツびいきの友人たちのよき聞き手として、暗黙の理解者・共犯者の立場を担っているとすら言える。たしかにドイツびいきは同性愛を暗示しうるため（シャルリュスやサン＝ルーが好例である）、語り手「私」をドイツ嫌いとして描くことで、間接的に作者プルーストを性的倒錯の疑惑から遠ざける効果もあるかもしれないが、それは二次的な問題だろう(23)。

物語を遡っても事情はそれほど変わらない。第五篇『囚われの女』で、語り手がシャルリュスについて、「ずる賢さから挑発し、傲慢さから必要とあれば戦闘的になる」「ドイツ民族」の出であると述べるくだりに反独感情を読みとることは可能に思える(24)。しかし丁寧に読みなおしてみると、この表現は、恋人アルベルチーヌにたいする「私」の態度が無意識的にシャルリュスの態度を模倣しているという指摘のなかにある。つまり、フランス人である語り手自身がドイツ的な存在として描かれていることになり、単純な反独感情の表明とはほど遠い。

それでは問題の一節を読んでみよう。「私」のドイツ嫌いは、シャルリュスのドイツびいきとあわせて、純粋に理論的な文脈に組み込まれているように見える。ゲルマント大公夫人邸における美学的啓示の中核をなす「観念論の教え」（p. 489）を証明する例として持ち出されているからである。「観念論 idéalisme」という用語の意味を整理しておこう。『失われた時を求めて』では、一度ならず形而上学的な観念論（物質世界なるものは存在しないとする立場）が戯画化されているが、ここで問題になるのは、心理学的な観念論、つまり他者にたいする感情や他者の行為をめぐる解釈はどこまでも主観的で相対的だと見なす立場である。(25)

私は理解していた、すべてが対象のなかにあると思うのは、ただ大雑把で誤った知覚のせいであり、すべては精神のなかにあるのだと［中略］。あるていど、シャルリュス氏のドイツびいきは、サン＝ルーがアルベルチーヌの写真に注いだ視線とおなじく、たとえ一瞬でも、私をじぶんのドイツ嫌いから引き離してくれた。すくなくとも、じぶんのドイツ嫌いが純粋に客観的だという思いこみから距離をとらせてくれていた。もしかしたら憎しみも愛と事情はおなじなのかもしれない、という考えも浮かんだ。まさに今フランスがドイツは人類の一員ではないという恐ろしい判断をくだしているのも、とりわけ感情の客観化がなされているせいであり、ちょうどラシェルをサン＝ルーに、アルベルチーヌを私にあれほど大切な存在に見せていた感情とおなじなのだ。（p. 491）

一読して明らかなとおり「私」は、自身の「ドイツ嫌い」に言及するとすぐさま、その客観的な正当性のなさを示唆している。人びとはじぶんの感情（好悪の判断）が事物の客観的な特徴によって決定されていると考えがちだが、現実には「すべては精神のなかにある」。つまり、客観的な特徴（女性の容貌、国の文化や国民性）が主観的な感情（彼女への愛、その国への憎しみ）を決定するのではなく、むしろ逆に、主観的な感情によって客観的な対象の認識（見えかた）が決定される。にもかかわらず、ひとはその主観的な認識（彼女は美しい、ドイツ人は人間ではない）を客観的な認識だと思いこんでしまう。もちろん「感情の客観化」とは、感情を理性的に把握する第三者的な態度ではなく、主観的な感情を客観的な認識と見なす誤謬を指す。「観念論の教え」は、そうした錯覚からの解放を意味する。

プルーストは、私信ではつねに批判していたはずの反独感情を「私」に付与し、その自己分析のプロセスを描くことによって「戦争文化」の紋切型（「ドイツは人類の一員ではない」）を問いに付すという方法を選択した。「私」の「ドイツ嫌い」の標榜は、作者の多数派性をアピールするどころか、シャルリュスとの比較にもとづく「私」の自己相対化をつうじて、戦中戦後のフランスに蔓延する反独感情を、純粋に主観的な、したがって客観的には無根拠な情念として相対化する役割を果たすのである。

シャルリュスのドイツびいきにくわえ、「私」がこの「観念論」を発見する契機になったものとして、フランス社会における憎しみの対象の変遷が喚起されるのも興味深い。かつて反ユダヤ主義がドレフュス派への憎悪を生んだように、今や愛国心という名の反ゲルマン主義がドイツ人への憎しみを生んだ。これが「私」の歴史的な相対主義である。[26] 少数派の態度（シャルリュスのドイツびいき）や過去の社会状況（ドレフュス事件の背景にある反ユダヤ主義）との比較によって、現在の多数派の情念（愛国心と結びついたドイツ嫌い）を相対化すること。「観念論の教え」は、現実から遊離した美学理論ではなく、このような社会批評の力をもつ。こうして『失われた時を求めて』においては、芸術が祖国の栄光に奉仕するのではなく、逆に国民感情のほうが文学に——プルーストの観念論的な小説美学を証明する具体例として——奉仕させられるのである。

しかし話はこれで終わらない。「私」は、すべてを主観の問題にするように見えて、じつは客観的現実の存在も認めるからだ。その「現実」の具体例が戦時中のトピックから採られていることは注目に値する。数行先で「私」は、中立国のドイツびいきには「ベルギーでのドイツ軍の残虐行為の話が出ると一瞬理解するのをやめたり、さらには聞くのをやめたりする能力がある」という皮肉な指摘をする。それにつづく括弧のなかにつぎのような註記が読まれる（ちなみに、ここでの括弧とは「私」の言葉が作者の介入であることを強く示唆する記号である）。

ところが残虐行為は現実にあった。私は視覚そのものと同様、憎しみにも主観的なものが存在すると気づいたけれど、だからといって、対象が現実の美質や欠点を持ちえないことにはならないし、現実を純粋な相対主義のなかに解消させてしまうことにも全然ならない。（p. 492）

ドイツ軍の残虐行為が両陣営のプロパガンダや世論において非難や正当化の対象となる状況で、すべてを主観的な解釈や知覚の問題に回収すると、場合によっては「私」が——つまり作者が——敵国の論理に同意していると理解されかねない。プルーストは、そうしたリスクを回避する必要に迫られたのかもしれない。いずれにせよ、客観的「現実」の重みを前にして「純粋な相対主義」の限界を認めることは、「観念論の教え」の放棄を意味しない。というのも「残虐行為は現実にあった」という言明が、ここでは反独感情の正当化につながるようでいて、結局つながらないからだ（図16）。

図16　「ドイツ軍の残虐行為」を描く絵葉書
ベルギー侵攻にともない、ドイツ軍が子どもの手首を切断するという噂が広まった。「ボッシュの子どもは、こんなことする父親にキスできるの？」と泣くベルギーの少年。

「私」は、自身の「ドイツ嫌い」を相対化したのに続いて、無条件でドイツを支持する人びとの盲目性を揶揄しながら、ドイツの非を確固たる「現実」として認めはするものの、だからといってフランスの反独的な国民感情やジャーナリズムにお墨付きを与えたりはせず、あいまいにつぎの話題に移行する。つまり、客観的現実の問題は、あくまで括弧のなかで限定的に認められるにすぎず、「観念論の教え」の本質は暗黙のうちに堅持される。

事実をめぐる解釈が紛糾する戦時中だからこそ、必要なのは「感情の客観化」からの解放であり、情念が判断力や感覚に無意識のうちにおよぼす影響からの脱却である——。戦時中に「観念論の教え」がもつ意味は結局こう翻訳できるのではないか。逆説的ながら、ドイツ軍の残虐行為が現実にあったからこそ、反独感情の「客観化」に抵抗しなくてはならないと、自称「ドイツ嫌い」の「私」は訴えているようにすら思われる。というのも、つぎに見るとおり、客観的に正しいときこそ、その正しさを声高に主張するさいに、「感情の客観化」という名の主観的な「情念の論理」が作用していることに、ひとはあまりに無自覚になるからである（p. 354）。

このように、シャルリュスのドイツびいきと対比しながら「私」が自身のドイツ嫌いに言及することで、戦争はとりわけ心理の問題として一般化されるにいたる。つまり、「私」の多数派性の意義は、作者の多数派性を暗示するよりもむしろ、シャルリュスの少数派性と補完しあいながら、戦争の心理学化を可能にしている点にある。要するに「私」の反独感情とは、小説における情念論的な証明のために設定されたフィクションにほかならない。こうした戦争の心理学化の背景と射程を理解するために、物語を遡ってシャルリュスのドイツびいきと愛国心の欠如をめぐる段落をとりあげ、どのように「私」が愛国心の問題を分析しているのかを検討したい。「観念論の教え」において「私」の反独感情を相対化したシャルリュスの少数派性は、ここでもまた「私」の愛国心をふくむ愛国心一般を相対化する契機となる。

「私」という国家の「細胞」——愛国心と「情念の論理」

戦時中、シャルリュスは「フランスの勝利を熱烈に望まないばかりか、口には出さないものの、むしろドイツが、勝利をおさめはしないまでも、せめて皆が望むように粉砕されはしないでほしいと願っていた」(p. 352)。「私」は、男爵のドイツびいきについて、ヴェルデュラン夫人の偽善より「ひどい」といいながらも、まるで免罪するかのように、その複数の原因を——「奇妙」なものもふくめ——五月雨式に列挙する。すなわち、愛国心の欠如、敗者への感情移入、悪党の善良さへの過信、同性愛趣味の反動である。(27)

ここでは第一の理由に注目する。要約すると、シャルリュスはドイツ系の母をもったせいか愛国心と無縁であり、繊細な「傍観者」としてフランスに暮らしていたため、「フランスの愚かな人びと」の愛国的な言論にいらだち、ドイツびいきになったという説明である。そのなかに「私」の愛国心をめぐる分析が組み込まれている。

まず「私」は、国家を個人の身体に喩え、一人ひとりの国民をその「細胞」と見なす国家有機体説を持ち出しつつ、「国家の一部をなす」ことと「愛国心をもつ」ことを同義のように語る。しかし国家有機体説は、ナショナリズム(国家への個人の従属)の正当化のためではなく、むしろ「細胞」である個人の理性の限界を示唆するために用いられている。というのも「私」は、戦争を「恋愛や家庭における争い」になぞらえながら、愛国心が「判断力」にとってかわる状況を描くからである。ここでの愛国心とは、自国が正しいという確信をつねにもたらす非理性的な情念にほかならない。こうして愛国心は顕揚されるどころか、むしろ卑俗化される。

［シャルリュスがドイツびいきになった］その原因は、こうした争いにおいて、個人の大きな集合体である国家が、ある程度までそれじたい個人のように行動することにある。国家を導く論理は完全に内的で、たえず情念によってつくりなおされる。たとえば息子と父親、料理人と女主人、妻と夫の争いのような、恋愛や家庭における争いに直面した人びとの論理とおなじである。まちがっているほうはそれでも正しいと思いこむし──ちょうどドイツのように──、正しいほうが正しさの根拠として持ち出す理由をじぶんで反駁の余地がないと思うのも、ただじぶんの情念に合致するからにすぎないことがしばしばである。こうした個人と個人の争いにおいては、どちら側であれ、正しいと確信するためのいちばんたしかな方法は、そちら側の人間であることだ。傍観者が、そこまで完全にどちらかの正しさを確信することは絶対ないだろう。ところで国家において、個人というものは、本当にその国家の一部をなしているならば、〈国家という個人〉の一細胞にすぎない。［中略］〈ドイツという個人〉の大義名分がもつ不当性に盲目であり続けたり、〈フランスという個人〉の大義名分がもつ正当性をいつでも認めたりす

るためのいちばんたしかな方法は、ドイツ人ならば判断力を持たないこと、フランス人ならば判断力を持つことではない。いちばんたしかなのはどちらの場合も、愛国心を持つことなのだった。(p. 353)

国家間の戦争と個人間の口論との同一視は、つぎの段落でも繰り返される。愛国心は、国民一人ひとりが隣人と「一体化する」という「奇蹟」を可能にする。「愛国心がその奇蹟をおこない、ひとは自国の味方になる。ちょうど恋人との口論でじぶん自身の味方になるように」(p. 354–355)。戦争を恋愛における言い争いに喩えた結果、遡及的に「奇蹟」という言葉は皮肉な響きを帯びる。ここで想起しておくと、プルーストは一八九四年のトルストイ論において、「愛国心の表明と、無私の利他主義とのあいだには、自然な等価性」があると見なしていた。しかし大戦中に書かれた小説のなかの「恋人との口論」の比喩は、愛国心を卑近な利己主義として描き出す(トルストイの反戦思想との対話については第六章で見ることにしよう[28])。

そのいっぽう、「私」がシャルリュスのドイツびいきについて語るさいに、暗黙のうちに愛国心がありふれた「道徳的美質」のひとつと見なされていることには留意しておきたい。「シャルリュス氏は、まれな道徳的美質をそなえ、情にほだされやすく、寛大で、愛情や献身を示せるひとだったのに、そのかわり、さまざまな理由から——なかでもバイエルン公爵夫人を母としたせいかもしれないが——愛国心を持っていなかった」(p. 353)。本来「道徳的」な存在であるシャルリュスが例外的に愛国心という美徳をもっていないのは、とりわけ出自のせいだという外的要因による説明がなされ、本人の道徳的な責任はいっさい問われていない（ついでにいうと、これはプルーストが戦時中の苛烈な新聞批判を「私」ではなくネガティブな属性をかねそなえる怪人物に託すことでやわらげたという解釈、つまり保身のための自己検閲説を揺るがす一文だろう）。「私」は愛国心の道徳的な価値を言外に肯定しながらも、その欠如を断罪することはない。つまり「私」の言葉は、価値判断を含む（愛国心を好ましいものと見なす）が、規範や義務を提示するわけではない（愛国心を持つべきだとは言わない）。

この愛国心の欠如ゆえに「〈フランスという身体〉にも〈ドイツという身体〉にも属していた」シャルリュスを鏡として、「私」は反実仮想をおこない、愛国者ではなかった場合の自身の行動を想像する。しかしながら結局「私」は、フランスという「当事者」の一部をなす現状から抜け出せないと強調するにいたる。なぜ、どのように自己相対化の可能性と不可能性が示唆されるのか。論の流れを辿りながら整理してみたい。

「もしも私自身に愛国心が欠けていたならば、〈フランスという身体〉の一細胞であると感じるかわりに、争いの判断のしかたも違っていて、昔の私ならばしたような判断はしなかっただろうと思う」（p. 353）。「昔」とは他人の言葉を疑うことを知らなかった思春期を指す。したがって、もし「私」が愛国者ではなく「傍観者」だったら、祖国フランスの大義名分をめぐる主張を鵜呑みにはしなかっただろう、という帰結が導かれそうなところだが、そうはならない。仮定としてすらフランスの主張を疑うことを避けつつ、「私」はつづけて、たとえ傍観者であっても、敵国首脳の発言にはだまされなかった（ドイツびいきにはならなかった）だろうと述べる。今や思春期とは違って、人生経験を積んでいるから、というのがその理由である。「私はとりわけフランソワーズや、無念なことにアルベルチーヌが、発言とはあまりに正反対の考えや計画を抱くのを見てきたので、たとえたんなる傍観者となっても、ドイツ皇帝やブルガリア国王の見かけは正当な発言に、本能をあざむかれることはなく、アルベルチーヌの場合とおなじく、彼らのひそかな企みを見ぬいたであろう」。これは、愛国心の欠如を不幸な恋愛体験（相手の発言と真意のずれをめぐる洞察力）が補うだろうという予測である。

「私」は愛国心の欠如を仮定することでいったんシャルリュスと同一化するように見えて、対人関係の教えを活用する点でシャルリュスとの差異化をおこなっていると言える。このまま「私」の自己相対化が徹底されないまま、「フランスという身体」からの「離脱」の不可能性（つまり理性や意志を超えた愛国心の拘束力）が断言されたのち、シャルリュスの「離脱」の必然的な帰結としてのドイツびいきに力点がうつる。

いずれにせよ、もし私が当事者でなかったならどうしたか、フランスという当事者の一部でなければどうしたかは、推測するしかない。ちょうどアルベルチーヌとの諍いにおいて、私の悲しい目つきや息苦しい胸もとが、私の立場に情熱的な関心を持つ私という個体の一部であったように、私は離脱にはいたらないのだった。シャルリュス氏の離脱は完全だった。さて、ただの傍観者にすぎなくなると、氏はどうしてもドイツびいきにならざるをえなかった。(p. 353)

シャルリュスのドイツびいきによって「私」がじぶんのドイツ嫌いから「一瞬」距離をおくことができたという「観念論の教え」のなかの記述は、おそらくこの箇所を指している。「私」の自己相対化はあくまで「一瞬」にすぎず、ついには「離脱」の不可能性を確認するだけで終わる。とはいえ、この仮定的思考の不徹底を、作者による自己検閲と見なすのは不毛だろう。たしかに「私」は一貫してフランスの正しさを前提としているものの、フランス人の愛国心を正当化するわけではない。問題は、愛国心そのものというよりも、むしろ愛国心という情念ゆえに愚かな発言を繰り返す人びとの無自覚ぶりである。「愛国者たちの誤った理屈」を暴くシャルリュスの「繊細さ」ないし「鋭敏さ」について語る「私」は、この「傍観者」の精神の自由を讃えているとしか読めない。こうして「私」の愛国心の吐露は「情念の論理」への批判を導入する役割を果たす。「情念の論理というものは、たとえ正しい側のためであっても、その情念を持たない人からすれば、けっして異論の余地のないものではない」(p. 354)。これは「私」による明確な自己批判ではないにしても、論争の作法、説得術をめぐるひとつの自戒ではないだろうか。

「私」の愛国心の自己分析とは「情念の論理」への抵抗手段である。プルーストは、シャルリュスとの対比によって、「私は意図や意識にかかわらず愛国者でしかいられない」というメッセージを提示すると同時に、愛国者であることの陥穽を露呈させた。あいまいな多重性をもつ（作者であり語り手であり主人公である）「私」を、いわば愛国心の内側と外側の両方に位置づけたことに、戦時作家プルーストの批評性と創造性が見出せるだろう。

「心理的洞察力の欠如」、「当事者」と「傍観者」のジレンマ

ここまでの議論をまとめよう。愛国心と芸術および文学との関係をめぐって、プルーストの小説のなかの「私」の立場はゆらぎを見せる。「私」は作者の芸術論の暗黙の代弁者として、バレス流の「愛国芸術」にたいする明確な批判を打ち出す一方で、フィクションの規則を逸脱し、作者そのひとが語っているかのような印象を与えてまで、「フランスの偉大さ」を証言する。あたかも芸術作品に愛国心の論理が侵入することを、作者自身が否定しながら肯定しているようにも映る。しかし、「私」の多数派的な愛国心の肯定は、作者の保守性をアピールするための介入というよりも、むしろ少数派シャルリュスとの補完的な対比によって、「戦争文化」を特徴づける「情念の論理」を批判的に分析するためのフィクションである。愛国者としての「私」の自己相対化の試みを内側から語ることによって、「観念論の教え」は道徳的・社会的な批判になった。

作者の手紙から微妙にずれた「私」の両義的なコミットメントの表明は、愛国的な芸術家が愛国芸術に抵抗するという矛盾を孕んだ批評的小説の成立に不可欠だったといえる。傍観者であること

を否認し、あくまで当事者として「愛国芸術」を批判すること。そのためにフィクションへの作者の介入をつうじて「私」の当事者性を強めること。その当事者の自己相対化の試みを描きつつ、愛国心からの「離脱」を否認しながら実践すること。こうしたあいまいな「私」の立場は、究極的には芸術家（作家）であることに由来する。作家プルーストは、世界を生きるだけでなく作品に「翻訳」すべき対象として見ると同時に、世界を語る言葉そのものをときに模倣しながら批評する。この点に関して、いくつか指摘をして本章の結びとしたい。

まず、プルーストの小説は、フランス人の愛国心やドイツ嫌いを描くことで銃後の士気を維持しようとする実話風の読み物とは異なり、戦時中の情念を一般的な心理の問題として分析することによってイデオロギー的な動員から切り離すが、この心理学化そのものが、大戦中の反独的な紋切型の皮肉な転用になっている。戦争と感情的な口論を同一視するにあたり、語り手「私」は身近な他者（家政婦フランソワーズや恋人アルベルチーヌ）の心理を読めるか読めないかという問題に言及している。じつは、そうした発想そのものが、ドイツ人の「心理的洞察力の欠如」（他人の気持ちがわからないこと）という紋切型と同一の構造をもっているからだ。

『見出された時』のなかでは、地方貴族カンブルメール侯爵と医師コタールがその紋切型を口にする。ここでもまた、シャルリュス（登場人物のシステムのなかでもっとも異端な、多重に有標化されている存在）が、そうした支配的な紋切型にたいする批判的な視点を、語り手（もっとも無標化されているほぼ透明な存在）に向かって提示する。

［前略］彼らは、わたくしに会うと必ず、ドイツには心理的洞察力が見事に欠けていると言うのです。ここだけの話ですが、これまで彼らが心理的洞察力を大いに気にかけたことがあったかどうか、今にしたって彼らがそんな力を発揮できるなどと思いますか。［中略］どれほど偉大なドイツ人についても、ニーチェであれ、ゲーテであれ、コタールは「チュートン民族の特徴である、おきまりの心理的洞察力の欠如によって」と言うでしょう。(p. 358)

シャルリュスが揶揄している紋切型を集約するものとして、すでに紋切型が定着したと思われる一九一六年三月に『両世界評論』誌に掲載された「ドイツと民族心理学」という記事の冒頭を引用しておこう。

ドイツは現在の戦争を長期間かつ集中的に準備してきたが、ひとつ欠点、欠落、欠陥があるとすれば、それはまさに心理的洞察力の欠如である。それはドイツがおかした一連の誤り、ほとんど体系的ともいうべき誤り、まず自国と同盟国、つぎに敵国、第三に中立国、そして全般として文明世界への闘争を仕組んで取りかかったさいの状況についての誤りである。あのとき文明は、野蛮と呼ぶしかないものの軛を負うつもりは毛頭なかったからだ。(29)

フランスの反独的言説が心理的洞察力の欠如をドイツ民族の特徴と見なすのにたいし、「私」は愛憎という情念につきまとう普遍的な——仏独陣営に共通の——盲目性を明るみに出す。しかも、国家の戦争と個人の口論との同一視は、愛国心を卑俗化するだけでなく、「個人の心理」の専門家としての小説家に、戦争を語る権利を付与する。シャルリュスのドイツびいきを語る少し前の、重複した表現を用いて戦争を論じたくだりは、作中人物としての「私」だけでなく、作者プルーストの意思表明とも読める。

たしかに私とフランソワーズやアルベルチーヌとの口論は個人の口論にすぎず、ひとりの人間という小さな精神細胞の生活にしかかかわらないことだった。けれども動物の身体や人間の身体、つまりたった一個の細胞とくらべればモンブランのように大きな細胞集合体があるのとおなじく、多くの個人からなる組織された巨大堆積物、国家と呼ばれるものが存在する。あらゆる国家の生活は、それを構成する細胞の生活を増幅しながら繰り返すだけである。だから後者［人間個人］の生活の神秘、反応、法則を理解できない者は、国家間の闘争について語ろうとしても空虚な言葉しか口にできまい。しかし個人の心理に精通している者の眼から見れば、凝集した個人からなる巨大な塊が対決しあうさまは、ただふたりの人間の性格の葛藤から生まれる争いよりも力強い美しさを帯びるだろう［以下略］。(p. 350)

個人と国家はただ規模が違うだけでおなじ「法則」にしたがうと主張し、戦争を「個人の心理」の問題に回収すること。それは、まさにフランソワーズやアルベルチーヌとの関係をめぐる心理分析を精緻化したプルーストのような小説家こそが、戦争を語るにふさわしいと述べるに等しい。

しかし戦争を個人の心理に変換して自己権威化する作家が、戦争の「美しさ」を語るとき——異稿では「フランスという名の途方もない人間存在」の「極大の美しさ」という表現すら使われている（p. 350, var. *a*., p. 1222）——、その立場は「当事者」と「傍観者」のあいだで不安定に揺れ動くように思われる。敵国を前にして融合する国民の偉大さに魅惑され、その融合を審美的に礼賛する「私」は「当事者」なのか。だとしても同時に「傍観者」なのではないか。戦争の心理学化が社会批判の射程をもつのとは対照的に、戦争の美化は、芸術家の倫理と責任を疑念にさらすのではないか。審美的な賛嘆が殺戮と破壊の暴力の非現実化を意味するのであれば、集団的な暴力との共犯関係を結ぶことになりかねない[30]。そのとき「私」の言葉はただの「当事者」——「細胞」——ではなく動員する好戦的知識人の言説（大量死の隠蔽と正当化）に近づくだろう。しかし同時に、「私」は国民的動員による一体化の力学からつかのま離脱した審美的な観客（一種のディレッタント）の立場に身をおいているとも見なせる。戦争を美の問題として語るのは「私」だけではない。戦時中もドイツ音楽を愛好し、空襲を美的なスペクタクルとして享受するサン゠ルーは、みずから志願して前線で命を落とすことで、賛同と超脱を同時にこのうえなく見事に体現する。銃後にとどまって生き延びる「私」は、罪悪感なしに戦争の美を語る資格をもっているだろうか。情念と暴力を内部から生きつつ外部から眺めること。動員と離脱のあいだで揺れるこの二面的な態度について、次章では「文化的復員」という観点から考察してみたい。

第四章　「復員文学」における暴力

暴力への無関心？

『見出された時』の語り手は、大戦のもたらした桁外れの暴力にじゅうぶんな関心を払っているだろうか。兵器による肉体と精神の破壊が作中で記述されることは、ごくまれである。もちろんパリを中心とする舞台設定上、塹壕戦が描かれないのは自然かもしれないが、戦争文学に期待される即物性の不足は否めない。軍事的な暴力を描かずに、はたしてどれだけ戦争を描いたことになるのかという疑問は生じうる。本章では、『見出された時』の「戦争文学らしくなさ」を残念な欠陥や不足と見なす（写実的な暴力描写をするべきだったし、やろうと思えばできたと考える）のではなく、また単純に舞台設定上の必然にすぎないと考えるのでもなく、むしろプルーストの文学的選択として捉え、その意義と射程を理解することを試みる。

じっさい、戦争の暴力性は、完全に無視されているのではなく、間接的にとりあげられ、中和、隠蔽、非現実化されている。これは『見出された時』だけでなく、文学史家モーリス・リューノーが「復員文学」というカテゴリーに分類した作品に共通する特徴である。そこで、まず第一に、この分類の定義を再検討し、反写実性がもつ「文化的復員」の効果について考察したい。

暴力を緩和しながら喚起するための、いわばフィルターとして、諷刺的な笑いにくわえ、耽美的な眼差し（芸術家の視点）があげられる。戦争の暴力を前にして、芸術を愛する者はどのような態度をとりうるのか。殺戮と破壊への集団的な同意を前にして――つまり軍事的な暴力を暗黙のうちに支持する精神的・文化的な動員にたいして――、芸術家および芸術愛好家は、どのような言葉を発しうるのか。この問いをめぐり、第二に、芸術的な素養を持つ将校サン＝ルーの前線からの手紙に注目したい。同時代の雑誌に発表された兵士の書簡との比較により、小説家の選択の特徴をより明確にすることができるだろう。

小説の語り手はサン＝ルーのことを「知的で芸術家肌 artiste である」と述べているが、この形容は語り手自身にも当てはまる（p. 333）。また、ふたりとも祖国を愛する者として描かれている。第三章で見たように、愛国者でありながらもプロパガンダ的な「愛国芸術」には抵抗し、あくまで個人としての「印象」に忠実であることを望む芸術家としての「私」は、はたして戦争の暴力とどこまで無関係でいられるのだろうか。作者プルーストと重なるあいまいな「私」の戦時暴力観が、予想外のかたちで、文学における――文学が行使する――暴力の問題として再解釈されることを確認したい。

「復員文学」とは何か

いうまでもなく、銃後の作家プルーストの狙いは、前線の戦闘体験を「証人」として語る作家のそれと同列には論じられない。『砲火』のバルビュスや『木の十字架』のドルジュレスと並べることは端的にナンセンスである。プルーストは、戦時下の首都をめぐる「銃後の小説」を、すべてが語り手「私」の観点から叙述・描写・註釈される巨大な作品『失われた時を求めて』のなかに組み込んだ。「私」の戦争体験は間接的なものにとどまり、その眼差しはもっぱらパリ市民の言動に注がれる。戦争は、言語を絶する荒々しい衝撃として無媒介に生きられるのではなく、むしろ銃後の生活を規定する言葉や行為や強迫観念の集合として読み解かれていく。極限体験を証言することではなく、戦時社会の言説と表象（期待と不安のいりまじった想像力のはたらき）に潜むさまざまな矛盾を浮かび上がらせることに力点が置かれるのである。たしかに語り手は、「たえまない死の危険から六日のあいだ逃れてきた、あわれな休暇兵」の悲惨に同情を寄せてはいる（p. 313）。けれども兵士の生きる現実は遙か遠くにかすみ、物語の照準はもっぱら銃後の非戦闘員の言動に合わされる。

図式化して整理しておこう。狭義の「戦争文学」、つまり前線に動員され、塹壕で命を危険にさらした兵士の書いた作品は、しばしば写実主義的・自然主義的なスタイルを採用し、大量死の不条理を弾劾すると同時に戦友の犠牲に何らかの意味を与えようとする。けれども戦争が生み出した文学作品のなかには、ほかの傾向が存在する。プルーストを理解するうえで有効だと思われるのは、文学史家モーリス・リュ一ノーが用いた「復員文学」というカテゴリーである。(1)

この概念の意義と問題点について、順を追って検討しよう。リュ一ノーは、終戦後たちまち戦争文学への関心が薄れ、『復員文学』の開花」と呼べる現象が見られたと述べる。これは、批評家ラモン・フェルナンデス（一八九四〜一九四四年）の見解に依拠している。四年半も続いた動員の時代への必然的な反動として、戦時の不安を忘却したい人びとの「復員」願望に応えることにより、戦前から活動していた世代の作家たち——『NRF』誌を代表するジッド、ヴァレリー、プルースト、ジロドゥー——が戦後に「栄光」を勝ち得たという認識は、同時代人の実感であろう。(2)

興味深いのは、そうした戦後の復員期に隆盛を迎えた文学的な潮流のうちに、かならずしも戦争を無視してはいない作品が存在するということだ。『見出された時』とならんでリュ一ノーが「復員文学」に分類した作品として、ジロドゥーの『すばらしきクリオ』、コクトーの『山師トマ』、ラディゲの『肉体の悪魔』、アンドレ・モーロワの『ブランブル大尉の沈黙』が挙げられる。いずれもユーモアやアイロニーや奇想によって戦争の暴力的な現実から距離をとり、その災厄と恐怖を無害にするための試みとして読める。証言や記録への無関心は、政治や社会にたいする文学の自律性の再肯定にもつながるだろう。

こう考えると、問題となる「復員」とは、狭義の兵役解除ではなく、歴史家が「文化的復員」と呼ぶ現象、つまり戦時中の心理的な国民動員体制、いわゆる「戦争文化」からの脱却である。その意味での「復員文学」ないし「動員離脱文学」の登場は、軍事的・政治的な終戦を待たなかった。プルーストは一九一六年五月の段階ですでに、戦時下のパリを描く挿話を準備していた。したがって、ここで『見出された時』を「復員文学」と呼ぶのは、戦後の復員の時代に出版されたからではなく、むしろ戦中の（排外主義的であれ反戦主義的であれ）政治的言説に還元されない間接的な語りを創りだすことにより、終戦に先駆けて「文化的復員」を示唆した作品、文化的動員からの離脱を試みた作品として再定義できるからである。

要するに、プルーストが創りあげた「戦時文学」における――戦時の小説による――「復員」ないし「動員解除」とは、政治と文学をめぐる二重の拒否に基礎をおく。すなわち、イデオロギー的に明確な立場をとることを拒否すると同時に、戦争の暴力を写実的・自然主義的に描くことを拒否する作品には、文化的復員の萌芽が見られるといえる。その意味で「戦時復員文学」は支配的な価値観へのはっきりした異議申し立てをおこなうわけではないため、「反軍国主義文学」とは呼べないし、ときには、一見すると逆説的ながら、戦争への「愛国的賛同」と両立しうる。(3) したがって、「戦争文化」における心理的な動員維持のための言説や表象との関係にも注意が必要となる。「戦争文化」からの間接的な（ユーモアや奇想による）離脱の試みが、「戦争文化」の一部と区別できなくなることとすらある。軽妙洒脱な「復員文学」のどこに「戦争文化」との親和性が潜んでいるのかという問題についても考察が必要となるだろう。

暴力をめぐる喜劇的ヴィジョン

『見出された時』においては、写実主義とは呼べない、どこかふざけたような語調で戦争の暴力に言及するくだりが散見される。ここでは三つの例を確認しよう。まず、サン＝ルーが敵国の元首をけっして呼び捨てにせず、丁寧に「ヴィルヘルム皇帝」と呼ぶのでブロックが憤慨する場面。語り手は、ありそうもない珍妙な仮説を提示する。

たとえギロチン台にのせられても、サン＝ルーやゲルマント氏は他の言い方はできなかったと私は思う。［中略］たとえドイツ軍に拷問されたとしても、サン＝ルーはぜったいに「ヴィルヘルム皇帝」という言い方しかできなかっただろう。(p. 319)

ドイツ軍がサン＝ルーをとらえて拷問し、ヴィルヘルム皇帝を呼び捨てにするよう命じたとしても、サン＝ルーは呼び捨てにできない、という仮説は、その不条理性によって笑いを誘う。当時のフランスの活字メディアには、ドイツ軍の残虐行為や破壊行為をゲルマン人特有の野蛮として断罪するという紋切型があった。ベルギーの市民への無差別攻撃やランスの大聖堂をはじめとする教会建築への爆撃などがたえず想起され、プロパガンダに利用されたことは周知のとおりである。けれども語り手は、そうした戦時のステレオタイプを転用し、フランス人貴族の度しがたい育ちの良さを揶揄する（ギロチン台への突飛な言及は、貴族や王族を斬首したフランス革命と大戦を重ねる違和感によって、奇妙なユーモアを生み出す）。そのときドイツ軍の暴力性は、現実のものであれ想像上のものであれ、すっかり遠景に退き、社会階級的な習慣が個人の精神におよぼす拘束力という普遍的な法則のみが、皮肉な微笑とともに再確認されることになる。

第二の例は、バルベック・グランド・ホテルの支配人をとりあげた小話である。

このドイツ嫌いの男は、笑いながら弟のことをこんなふうに話していた。「あいつは塹壕でね、ボッシュからたった二十五メートルのところにいるんですよ！」ところがやがて彼自身がボッシュであることが判明し、強制収容所に入れられてしまった。(p. 325)

戦時中のフランスおよび植民地では、四万人の外国人市民、とりわけドイツ・オーストリア市民が収容された(4)。ここに第二次世界大戦のナチスによる強制収容所のイメージを重ねることは時代錯誤であるが、それにしてもこのブラックユーモアには、まじめな読者を当惑させるところがある。塹壕と収容所というふたつの暴力の場所が無造作に列挙されているものの、トラウマを想起するような写実的・直接的な記述がないため、読者はこのあわれな人物の運命を、盲目的なドイツ嫌いにたいする当然の報いとみなし、笑いとばすよう促されていると感じるのではないか。戯れに塹壕や収容所を語ることにより、リアルな暴力は笑いの膜にくるまれ、ほとんど見えなくなる。

戯れの要素は比喩に組み込まれることもある。第三の例で槍玉に挙がるのは語り手「私」の家の給仕頭である。女中フランソワーズとの戦時中の会話の場面は、コンブレーでの兵隊の行進を見ながらの会話（序章で見たとおり、一九一五年末にプルーストが再読し、ひそかな反戦性を再発見した一節）の遠く離れた続きといえる。

［給仕頭は］悪いニュースを、まるで復活祭の卵のように待ち望んでいた。フランソワーズを［からかって］怖がらせられるくらい戦局が悪化すればいい、ただしじぶんが現実には害を被らない程度であってほしいと願っていたのである。(p. 423)

空襲下のパリのエピソードにおいて、「復活祭の卵」という比喩は、爆撃機を鳥になぞらえ、爆弾を卵に見立てるという当時の紋切型にひとひねり加えたものだと言える。復活祭の卵といえば、幼年時代とキリストの復活を暗示するものだが、ここでは給仕頭の子どもじみた嗜虐性とその視野の狭さを皮肉に描き出すのに役立つだけでなく、笑いによって「悪いニュース」と爆撃による被害とを深刻に考えずにすませるような効果を生んでいる。

拷問、強制収容所、戦局悪化の報せ、空爆、どんなものでも喜劇的な逸話の素材になる。戦禍を喚起し断罪する写実主義的な証言を提示するよりも、笑うことのほうがはるかに重視されているの

図17　コクトーの描く「残虐行為」 1915年の「モ」に掲載された戯画シリーズの一部。少女をつかまえて「謀議」したあと、「こわがらなくていい。お手をいただきに来ただけだ」というドイツ兵（上）。この台詞は、平時ならば結婚の申し込みを意味するが、握った包丁が残虐行為を示唆する。「別の謀議」（下）では、キルト姿のスコットランド兵捕虜にそそがれる眼差しが、ドイツ人＝同性愛者というステレオタイプを想起させる。ただしコクトーは敵国を揶揄するふりをして、自身の欲望を表現しているともいえる。

は明らかだろう。注意すべきは、そうした戦時下の笑いが、プルーストの小説の専売特許ではないことである。長期にわたる戦争を遂行するには、なまなましい暴力のリアリティを隠蔽することが必要不可欠であり、たとえば大衆紙に掲載されるカリカチュアは市民の精神的な緊張をやわらげる役割を担っていた。[5] コミカルな表象は、戦争への真剣な没入を一時中断してくれる（図17）。したがって、笑いという「復員文学」の要素は、それだけをとれば戦争継続に貢献しうるものだったとすら言えるだろう。

暴力をめぐるモラリスト的・劇的ヴィジョン

ただし、プルーストの小説を読む場合には、無造作なギャグのようにすら見える記述に目を奪われて、語り手「私」の態度の——いつもながらの——あいまいさ（両義性、二面性）を忘れてはならない。「私」は暴力をもっぱら間接的に喚起することによって、戦争の悲劇性を緩和してはいるものの、それにとどまらず、戦禍の暴力性をじゅうぶんに認識していない銃後のパリ市民を痛烈に諷刺してもいるからだ。おもな標的としてヴェルデュラン夫人が挙げられる。一九一五年に起きたドイツ軍の潜水艦による豪華客船ルシタニア号撃沈のニュースを新聞で読んだ夫人は、「なんて恐ろしい！　どれだけ考えたってこんなに恐ろしい悲劇は思いあたらない」と大声をあげながら、いかにも美味そうにクロワッサンを味わう。クロワッサンは、偏頭痛を癒す治療薬として、コタール医師が入手してくれた貴重品だ（p. 352）。この社交サロンの女主人にとって、戦争は常連客を奪う「いやがらせ」のような存在にすぎない（p. 348）。世界大戦をじぶんの守られた社交生活への影響という観点からしか考えられないような、偽善的で利己的なパリ市民の愚かしい反応を、語り手は辛辣に戯画化する。

こんなふうに、暴力の現実から距離をおく語り手「私」は、諷刺家であると同時にモラリストである。リューノーはラディゲの『肉体の悪魔』という「復員文学」について、「歴史的な出来事をもっぱらモラリスト的な狙いのために使用した」と述べた。[6] 具体的な個別のものごとを記録したり証言したりするかわりに、そこから道徳的・心理的・社会的な「一般法則」をひきだすモラリストのスタイルは、『失われた時を求めて』の語りを貫いている。

個別よりも一般。具体よりも抽象。その意味で、語り手が兵士の前線生活の物理的条件よりも、大局的な戦略に関心を示しているのは偶然ではない。戦略論の観点からすれば、戦争とは、個別の兵卒の肉体が経験したものではなく、外部の人間が事後的に語ったもの、いわば滅菌され、抽象化されたゲームであり、知的な解読の対象としての「上書きした羊皮紙写本《パリンプセスト》」にほかならない。[7] たしかに語り手は、「死者の岸辺」から首都に帰還した休暇中の兵士たちの示す「おごそかな」沈黙に敬意を払っている (p. 313)。それでもやはり「私」の立場は、深い同情と相対的な無関心、一般市民としての謙虚さと芸術家としての知的な矜持とのあいだで揺れ動いているようにしか見えない。なるほどシャルリュスの口から、新聞で読んだことしか知らないくせに自力で戦争の真実を知ったつもりになる一般市民の限界が揶揄されてはいる (そういうシャルリュス自身もまた、大貴族として各国元首と個人的な付き合いがあることが戦争理解に有利であるという前時代的な錯覚に囚われた存在として描かれているのが面白い) (p. 364)。とはいえ、けっきょく作家プルーストは、前線と銃後をへだてる乗り越えがたい距離を利用して、戦争をたんなる「一般法則」の事例集へと還元しているだけではないかという疑念すら浮かんでくる。知的な操作にもとづく一般化によって、暴力を無害で非現実的なものに変えてしまっているのではないか。それによって、戦争の手に負えない現実を取り逃がし、語りえない傷を隠蔽しているのではないか。

この点は、あとで再びとりあげることにして、喜劇的な傾向とは異なる系列の暴力描写をもうひとつ確認しておこう。笑いによる弛緩ではなく、ドラマティックな緊張へとつながる系列である。戦争のエピソードにおいては、語り手の人生における一時代の終わりを告げるかのような、劇的な出来事が三つ語られている。コンブレーの教会の破壊、前線におけるサン゠ルーの死、黙示録的なパリの空襲である。戦争によって、もっともなじみぶかい村と、もっとも親しい友が失われたうえ、語り手は、爆弾投下を目撃することで、自身の死の可能性をかいま見る。ここでは第一章で論じた空襲の表象についてのみ簡潔に想起しておこう。

プルーストは爆撃による暴力を軽視しているわけではない。シャルリュスという作中人物の性的倒錯を経由することで、空襲警報は男娼窟や（防空壕代わりの）地下鉄駅における快楽の口実へと変換される。シャルリュスは、近代戦争の生み出した天の業火をおのれの欲望のシナリオのために利用する演出家であり、同時に、その業火と重なりあうかのような鞭の暴力にみずから身を委ねる犠牲者でもある。おそらく銃後の小説家としてのプルーストのもっともおそるべき発見は、共同体にたいする空襲という暴力を、あらゆる意味でマージナルな（社会の周縁へと差別された）個人の欲望充足の原理に従属させ、「悪徳」の劇場のなかへ回収してしまう点にある。第一次世界大戦の軍事的暴力の衝撃は、このようにして戦時下のパリ社会の周縁部へと吸収されてしまう。

『見出された時』という「復員文学」は、戦争から一定の距離をおいた視点を採用することで、惨禍の衝撃を和らげているように見えるが、だからといって暴力を看過しているわけではない。喜劇的あるいは知的な（モラリスト的・戦略的）観点からの無害化や抽象化、無関心な市民の諷刺、性的な幻想に奉仕する劇的な要素としての転用といった複数の手法によって、暴力は銃後の小説に組み込まれているのである。

暴力をめぐる耽美的ヴィジョン——愛国的な賛美と自然の観照

笑いによる非現実化や性的幻想への回収とおなじように、戦争の暴力がもたらすショックを緩和し、不安と恐怖を乗り越える手段として、美的な昇華があげられる。じっさい、前代未聞の光景に驚嘆する審美家の眼差しは、どこか脱力したユーモアと似た役割を果たし、近代戦争をほとんど無害なスペクタクルに変貌させる。

とはいえ美的な観照は、かならずしも政治的な無関心を意味するとはかぎらない。『見出された時』において、戦争に美を見出す眼差しは、視点人物「私」の祖国愛と切り離せないように思われる。すでに第三章で確認したとおり、語り手はドイツびいきのシャルリュスと対比して、みずからを愛国者と定義し、それゆえ大戦の「傍観者」ではなく「当事者」であって、国民という統一体から離脱することはできないと述べる（p. 353）。それでいて、のちに展開される理論的考察においては、バレスの「愛国芸術」に反論する（p. 466–467）。愛国芸術とは、狭義には、芸術を戦争という大義に奉仕させることであり、国民動員への芸術家の貢献として定義できる。語り手は、国家にたいする芸術の自律を宣言するのである。しかし戦時中に、愛国的な芸術家はいかにして独創的でいられるのだろうか。国民の融合・同質化に抵抗することなしに、芸術家の独自性というものが確立できるのだろうか。ここであらためて愛国的な芸術家という存在について考えてみる必要がある。

作中で美的感性と愛国感情とが取り結ぶアンビヴァレントな関係を理解するために、サン＝ルーと語り手「私」の態度がどのように描写されているのかを検討してみよう。このふたりのあいだには、同一化と差異化、理想化と相対化という複合的な力学が作用している。まずはサン＝ルーが前線で書いた手紙における暴力と美の位置づけと、それについての語り手のコメントに注目したい。フィクションのなかの手紙を、同時代の歴史的・文化的コンテクストのなかに位置づけることによって、プルーストの小説が孕む問題がより明確に浮かび上がってくるだろう。

サン＝ルーの手紙は、注目に値する要素をいくつも含んでいる。まず、書簡形式によって、前線の兵士の体験が銃後の物語に組み込まれるしかけになっていること。作中においてサン＝ルーは、兵士の身体を襲う具体的な暴力について語りうる唯一の証人である。ただしその暴力の衝撃を強調するのではなく、破壊と死があまりにありふれた日常と化したがゆえに、もはや無感覚になったと語る点に注意しなくてはならない。前線の悲惨を語ることは、いかなる不平もいわずに祖国防衛の義務を引き受けているこの将校の愛国的な自画像を浮かび上がらせるのみである。「ぼくは、ちょうどじぶんと会話をしていた仲間の頭が突然爆弾にあたってえぐられたり、それどころか胴体からひきちぎられたりするのを見るのに慣れきってしまい、すっかり無感覚になっていた」とサン゠ルーは手紙に綴る（p. 333）。短いながら、まるで（血みどろの惨劇を得意とする）グラン・ギニョル劇に出てくるような、あるいはバルビュスの『砲火』に散見されるような描写である（たとえば、『砲火』の語り手の戦友ポテルローが爆撃を受けて死ぬ場面では、吹き飛ばされた体が、「両手を大きく広げ、首のあったところから炎を吹き出している」様子が描かれる(8)）。しかし強調されているのは、暴力に無感覚になったというサン゠ルーが、息子を喪った父親の悲しみには心を動かされずにはおかないという続きの部分である。「あわれなヴォーグーベールの様子を見るとさすがにつらさをこらえることができなかった」。

近代兵器がもたらす身体の破壊にたいする無感覚、つまり習慣と義務感に支えられた感情の麻痺状態と対比されるかのように、そのほかのことがらにたいするサン゠ルーの多様な感受性が、この手紙の随所で強調されている。戦死した息子の葬儀において悲嘆にくれる老ヴォーグーベールへの同情にくわえ、おなじ部隊で戦う（庶民であれ貴族であれ）さまざまな社会階層の兵士の英雄的な行為への賛美、戦争のもつ「叙事詩」的な魅惑への感性、さらには戦場の風景にたいする美的な感性、そして敵国ドイツの芸術にたいするかわらぬ敬意である。サン゠ルーは、絵画から音楽にいたる（しかもドイツ芸術を含む）さまざまな作品に言及しながら戦場の風景を描いてみせる。美的感性はこのフランス人将校の人物像の軸となり、戦場の暴力の衝撃を緩和する役割を果たす。

さて、ここで考えてみたいのは、「どこをとっても好感の持てる」(p. 331)と語り手に評されるサン＝ルーの手紙と彼の態度が、どのくらいオリジナル(プルーストの創作)なのか、それとも類型的(同時代の兵士の書簡の模倣)なのかという問題である。

「前線からの書簡」という新ジャンルの登場

戦時中の新聞雑誌においては、文学にたいする戦争の影響がしばしば論じられた。そうした出版界において無視できない位置を占めるようになっていくのが、前線の兵士の書簡である。たとえば一九一五年五月十五日の『両世界評論』誌で、ある批評家が前線からの手紙をとりあげ、新しい可能性を秘めたジャンルと見なした。「あらゆる新聞に掲載されている『兵士の手紙』は、「抒情性の豊かな刷新」を告げるものだというのである。(9) プルーストは戦地に赴いた友人知人からの手紙を読んでいただけでなく、こうした出版界の流行を察知していたはずである。

もちろんサン＝ルーからの手紙は、前線との文通という社会的な行為を単純素朴に反映した記録ではない。小説のなかの手紙は、新聞雑誌のなかの手紙を下敷きにした一種のパスティーシュとして、つまり創造的な模倣の産物として読むべきであろう。作家は、同時代の新聞雑誌によって流布した「兵士の手紙」に注目しつつ、自作の総合的な狙いにそって、この新ジャンルの社会的言説を模倣あるいは変形し、一般通念を揺さぶるようなやり方で提示することができるからだ。

じっさい、語り手のコメントを添えられたサン＝ルーの手紙は、ありふれているようでいて特異なもの、すらすら読めるけれども奇妙なものである。全体としては理想化された将校の前線からの模範的な告白でありながら、どこか過剰な、予期せぬ要素が潜んでいる。このくだりの独特さと凡庸さを見きわめるための比較対象として、ここでは一九一五年八月の『パリ評論』に掲載された一連の手紙を引用し、類似と差異を検討してみたい。

『パリ評論』には、「ある兵士の手紙」というタイトルのもと、二回に分けて、六十五通の手紙が匿名のまま掲載された。その手紙を書いた兵士が消息を絶っていること、もともとは画家だったこと、一九一四年九月から一九一五年四月まで前線にいたことが註記されている。[10] 興味深いことに、この兵士の態度とサン＝ルーのそれとのあいだには、いくつも共通点がある。前線からの手紙が提示される箇所について、草稿までふくめて考えるならば、サン＝ルーの美学的態度の特徴はつぎのように整理できる。まず戦地の風景の具体的な描写、敵国ドイツあるいは中立国滞在中の作家にたいする好意的言及（ニーチェとロマン・ロラン）、絵画作品の引用（草稿ではレンブラントの名前があげられている）、ドイツ音楽（シューマンとワーグナー）への言及である。[11] さらに色彩感覚をつけくわえてもよい。数ページ先、語り手がパリでサン＝ルーと再会する場面では、自然に感嘆する兵士のコケットリーとして、こんな台詞を挙げている。「すばらしい、なんてバラ色だ！　それにこの青白い緑ときたら！」（p. 337）草稿では、『ジャン・クリストフ』や『トリスタンとイゾルデ』を引用することをためらわないような芸術愛好家の兵士たちが「森を見て忘我の境地に達し」、

「ヨーロッパ戦争と言ったって、自然と比べたら、やっぱり本当にたいしたことないな」と言うさまが喚起されている（p. 772）。『パリ評論』に掲載された若い画家の手紙は、まさに風景描写や、絵画・音楽への言及をいくつも含んでいる。いくつかのくだりを引用しよう。

自然に囲まれ、たえまない震えを感じていると本当にうっとりしてしまう。昨日の晩、ぼくたちはこの地平線がめざめゆく様子を目にしたのだが、そのおなじ地平線がバラ色の光のなかで起き上がるのをぼくは見た。それから満月がやさしい空に昇り、その上に珊瑚色とサフラン色の木々がレース模様を描き出していた。(12)

色彩への言及や抒情的な高揚は、ほかの手紙にも含まれている。「今朝、帰り道、青色とバラ色の雪の上に、バラ色と緑色の日の出。［中略］ああそれにしても美しい！(13)」つづけて絵画作品への言及を見てみよう。

はだかになった木々に飾られた小山があって、素敵な横顔を見せている。ぼくはプリミティフ派の画家たちを思い浮かべる。ほんとうに繊細で丹念に描かれた彼らの風景画を。なんという細密な威厳、一目見ただけで、その偉大さに圧倒され、細部に深く感動させられる！(14)

ほかの手紙では、ブリューゲルやデューラーの名前があげられている[15]。また、十九世紀の画家への言及としては、「今日ぼくたちは、なによりも繊細で心にしみいるコローの風景画のなかで暮らしている[16]」という文がある。街道、水たまり、切り株、草原、小川に沿った柳の描く線、家並みといった田舎の風景を詳細に描写したあと、この匿名の兵士は最後にこう記す。「今朝の平穏はこんなぐあいだった」。どこかサン＝ルーの「朝の歓喜」を思い起こさせる言葉である（p. 333）。けれども画家は、憂愁に満ちた皮肉な述懐をつけくわえる。「振り向いたらもはや、火事と廃墟しかないなんて、誰が信じるだろう！[17]」

サン＝ルーとおなじように、元画家の兵士は、音楽にも言及し、ドイツの作曲家をためらわずに引用する。ヘンデル（英国に帰化した作曲家だが）、ベートーヴェン、シューマンについては敬意を惜しまず、「愛するあわれな巨匠たち！　彼らがドイツ人であるのは犯罪だろうか？　とりわけシューマンなど、いったいどうやったら野蛮人と結びつけられるだろう」と述べるが、ワーグナーにたいしては否定的である。『ラインの黄金』を想起したうえで、ワーグナーを「卑しい男」と呼び、こう結論づける。「彼の音楽がどれだけ美しく、彼の天才がどれだけ魅力的な異論の余地のないものであっても、たとえワーグナーを聞けなくなったところで、フランス文化の精髄にとっての損失は、彼の同国人である偉大な古典作曲家たちを責めて聞かなくなった場合と比べればたいしたことはないと思う[18]」。

そして最後に、プルーストの草稿にも似て、画家の手紙は自然と戦争を対比させてみせる。

疲れ果て、浮き沈みをへても、ぼくは見事な自然を眺めることによって支えられている。［中略］なんて美しいのだろう！　日夜刻々と、葉叢が燃え上がるさまを追うことができるのは、秋の一日いちにち、何という天の恵みだろう！　人間のおぞましい喧噪も、自然の厳かな静謐をかき乱すにはいたらないのだ！(19)

人為的な破壊と、変わらない自然の営み。両者を対立させる点で、この記述はプルーストの草稿と似ているが、前線の無名画家の立場はさらにはっきりとしている。灰燼と化した村々、住民の悲惨な境遇といった周囲の光景に無関心ではいられないけれども、自然の観照という「よりすぐれた慰め」のなかに避難する必要を感じているのである。

このように、戦場に消えた若き画家の手紙を読むことで、小説のなかのサン＝ルーの書簡の特徴がより鮮明に浮かび上がる。プルーストは、ワーグナーへの賛嘆を繰り返させることによって、この作中人物のドイツ愛好を完全なものにすることを選択した。自然の観照についていえば、無名の画家が廃墟を意識してみずからの芸術愛好家的な態度を正当化する必要を感じているのにたいし、サン＝ルーはみずからの態度を問いに付すことはない。プルーストの小説では、サン＝ルーという模範的かつ愛国的な、知的かつ芸術家肌の将校の耽美的態度を相対化するのは、語り手「私」の役割なのである。たとえば、戦場の生活を「カモ狩り」に喩えるサン＝ルーの言葉を「私」が引用するくだりには、ある種のアイロニーが読みとれる（p. 333）。

サン＝ルーは暴力と犠牲を引き受け、部下の英雄性を賛美し、自然の美しさに酔いしれる。愛国心に支えられた美的感嘆は、精神的な動員を補強するのに役立つが、それでもサン＝ルーは、排他主義的なドイツ嫌いに同調することはない（この点のモデルとして、序章で紹介したベルトラン・ド・フェヌロンの名前があがる）。彼の抒情性は、偏狭なナショナリズムに陥ることなく愛国感情と美的感受性をあわせもった模範的な態度の証であると言ってよい。けれども、サン＝ルーの提示する戦争の美学が、語り手のそれとは合致しないことには注意したい。貴族の青年将校が表明するのは、共同体を襲う歴史的な出来事の偉大さを強調する「叙事詩」的なヴィジョンである。「あまりに見事な叙事詩だから、きっと君もぼくみたいに、もはや言葉なんて何にもならないと思うだろう」とサン＝ルーは語り手に書き送る（p. 332）。それにたいして、語り手は最終的に、個人の「印象」の解読に基づく別の美学を肯定することになる。問題は、首都にまで空爆という名の暴力が侵入してきたとき、「私」はいかにして「印象主義」と愛国心を同時に引き受けることができるのかということである。

「印象主義」と愛国心——戦時中のパリの空

プルーストは複数の段落にわたって、ドイツ軍の攻撃を待つパリの「ほとんど無防備な美しさ」

を、月の「無用な美」とあわせて描く（この記述が一九一四年のマルヌの戦いの直前の体験に依拠していることは、序章で確認した）。空襲がただの珍しい見世物ではなく、殺戮と悲劇をもたらすことを「私」が悟る決定的な瞬間は、そのとき訪れる（p. 380–381）。

この長い詩的描写を分析する前に、ふたつ指摘しておくべきことがある。まず、このときの「美」の印象は、首都の歴史的建造物が破壊される懸念と切り離せない。モーリス・リューノーが指摘したとおり、ここでは「プルーストの愛国心は美的感情と不可分」であり、祖国の文化への愛が美的な慨嘆を支えている[20]。さらに、サーチライトと照明弾の横切る夜空を見上げるという行為そのものが、戦時中のあらたな美学的トポスだった。フランスにおけるラスキンの紹介者として知られる美術批評家ロベール・ド・ラ・シズランヌは、一九一八年に「近代戦争のもっとも興味深くもっとも新しい一面」として、「光をちりばめた中天の夜」をあげた[21]。『見出された時』のなかでも、前衛趣味のヴェルデュラン夫人が戦時中にヴェネツィアを訪れたさい、興味を抱いたのはただ「空中のサーチライトの効果」だけだったという点が、語り手の揶揄の対象となっている（p. 304）。

それでは、語り手自身がドイツ軍機から投下された爆弾によって身の危険を感じる瞬間については、どのような描写が展開されるのか。「私」はそれまで戦闘機のことを「天上の星のような存在」としてしか見ていなかった（p. 381）。要するに、暴力とは切り離された無害な美的対象と捉えていたのである。この思い込みに代わり、何がどのように描かれるのか。プルーストは、光の幾何学的な運動の背後に潜む人間の「意図」を強調することによって、詩的印象の定義に意外な要素をつけくわえる。

じっさいの危険がもつ独自の現実を知覚できるのはただ、既知のものに還元できないあらたなもの、印象と呼ばれるものによってである。それはしばしば、ここでもそうだが、一本の線に集約される。線は意図をあらわにする。そこには何かを実現するための潜在的な力があって線をゆがめる。(p. 381)

具体的には、落下する爆弾の描く放物線が攻撃の意図を示すように、「空中で屈折するサーチライトの噴水」もまた「意図にあふれた線であり、強力で賢明な兵士たちの、予測して防御しようとする意図にあふれた線」である。この描写を語り手はこう締めくくる。「私はわざわざ彼らの力がこれほど見事に正確にわれわれを見守ってくれていることに感謝していた」(p. 381)。

読んでわかるとおり、ここで問題になる「印象」とは、光と闇の戯れではあっても、もはや第二篇『花咲く乙女たちのかげに』に登場したエルスチールの海景画を特徴づける光学的・遠近法的な錯覚(モネを思わせる画法)ではない。美的印象の描写が、最終的にはフランス軍の「強力で賢明な」兵士たちへの賛辞と結びついているからである。描写の重心は、「私」個人の純粋知覚から愛国的賛同へと移動し、「われわれ」という共同体への帰属感情が強化される。ここではプルーストの「印象主義」が自律性を喪失し、戦争遂行のために国家に積極的に協調するものになっているとすら言えそうである。もちろん、語り手「私」は外交官ノルポワや大学教授ブリショや音楽家モレルのように公然とプロパガンダに参加するわけではない。とはいえ、文筆による戦争協力とは無縁でありながらも、美的な知覚を、軍の「力」にたいする賛美へと回収していることにかわりはない。この場面は、前章で引用した国家間の争いの「すばらしい美」を語るくだりとおなじく、戦争という暴力への集団的な動員を前にした愛国的な芸術家としての「私」のポジションが、きわめて不安定であることを示唆している。

ふたつの利己主義──作家とナショナリスト政党

ここまで「復員文学」という概念を出発点に、戦争の暴力の表象をいくつかのパターンに分類しながら検討してきた。伝聞のなかの暴力（収容所、残虐行為）が、きまぐれに見える発想や不条理なユーモアによって緩和されたり、ほとんど無視されたりするケース。銃後の暴力（空襲）が、同性愛の主題、とりわけ被虐趣味と結びついた枠組みのなかで劇的な演出に流用されるケース。前線の暴力（塹壕戦による荒廃）が、愛国心をもちながらも敵国ドイツの文化に敬意を払う兵士によって甘受されるケース。潜在的な暴力（爆弾の軌跡とそれに対抗するサーチライトの光）が、愛国心と美的感性の両面からの反応を引き出すケース。戦争のもたらした暴力は、ときに過剰とも思える諷刺的なトーンやロマネスクな演出を通じて、もっぱら間接的に表象され、非現実化される。けれども、小説の自律性が揺るがないわけではない。パリ壊滅の危機を目前にした「私」は、おのれの愛国心（国民「われわれ」との一体化）と美学的信念（芸術は社会から自律した個人的な営みであるという信念）とのあいだの矛盾を解消できないからだ。おそらく、この矛盾は引き受けるしかないのである。

『見出された時』における「愛国芸術」批判についてはすでに前章で検討したが、もしかすると、プルーストの考える芸術家もまた、バレスのようなナショナリストと意外な共通点をもっているのかもしれない。少なくとも作中（戦後の場面）で用いられている予想外の隠喩に着目すると、そんな疑念を抱かずにはいられない。そのくだりで「私」はこう述べる。ナショナリスト政党の主張によって戦争が継続されていた場合、彼らは犠牲者の増加が政党の成功に利したことに責任を感じたかもしれないが、おなじように、そもそも作家という存在もまた、作中人物のモデルとして利用した人びとにたいして、ある種の象徴的な暴力をふるったという後悔に苛まれるのではないか——。このとき問題になる暴力とは、語り手がようやく明確に構想するにいたったみずからの生を素材とする作品に内在するものである。すなわち忘却や一般化と結びついた自伝的小説の根幹にある文学的な暴力、一人ひとりの想い出を冒瀆するという暴力である。

［そう考えると］私はじぶんでじぶんに嫌悪を覚えそうだった。もしかして、どこかのナショナリスト政党の名において戦争状態が続き、ただその政党のためだけに多くの尊い犠牲者が苦

しみ、戦いの結末も知らずに命を落とした場合に［中略］、その政党が感じる想いも似ているのだろうか。［中略］一冊の書物とは広大な墓地であり、そこにある墓石の上の名前はたいてい消え去って、もう読みとれない。（p. 481–482）

この仮定的な文章の解釈は難しい。語り手の（潜在的な）作家としての利己主義と、好戦主義的なナショナリストの利己主義が重ねあわされていることは明白だ。場合によっては、プルーストの反戦主義の証を見ることも可能であろう。たしかに条件法（もしも……ならば、……かもしれない）を駆使したこの文において、ナショナリスト政党の好戦主義は、あくまで仮定のものとして喚起されているにすぎないが、後悔すべき主張として非難されていると読めるからだ。しかし、それが文学創造にたずさわる者としての悔悟と表裏一体になっていることが核心なのではないか。

前線からもプロパガンダからも遠く離れたところにいる芸術家でも、なんらかの暴力を行使することを免れない。プルーストは、語り手の「私」を通じ、モラリスト小説としての『失われた時を求めて』における一般化の暴力（個人の唯一性の剝奪）と関連づけることによって、戦争の暴力を非現実化するが、他方で戦争への芸術の動員に抵抗しながらも、多くの人びとをモデルとして動員し、名前を奪って作中に埋葬してしまう自身の隠れた暴力性を自覚する。おそらく、前章でとりあげたとおり、フランソワーズのいとこの、銃後の模範的な市民の「実名」として、ラリヴィエールという名前が作中に書き込まれているのは、その罪滅ぼしのためでもあるだろう（p. 425）。

作家は、たとえ祖国存続のための暴力に加担しなくとも、作品創造のために暴力を行使せずにはいられない。ふたつの暴力は、プルーストの倫理的な観点からすれば比較可能な利己主義なのである。そもそも利己的であることによってしか利他的になれない以上、作家とはけっして無垢の存在ではない。「自然界の豊穣な利他主義はいずれも利己主義的に発達するのであり、人間の利他主義もまた、利己主義的でなければ不毛である。たとえば不幸な友人を迎え入れたり、公職を引き受けたり、プロパガンダ記事を書いたりするために、じぶんの仕事を中断する作家の利他主義がそれである」[22](p. 613)。戦時中の文化的動員に貢献したり、大量犠牲の意義にお墨付きを与えたりしなくても（それは不毛な利他主義にすぎないのだが）、豊穣な利己主義を選ぶ作家の暴力性にかわりはない、という認識がここには読みとれる。じつは、ここでもまた、サン＝ルーが語り手の反例になる。貴族の将校が部下のために死ぬのとは対照的に、芸術家の名にふさわしい者は、みずからのために、みずからの作品のために、他者を象徴的に死なせることになるからだ。作家にとって、利己主義は利他主義の条件であり、戦争という暴力がこの葛藤を強める。このように、プルーストの小説においては、銃後の社会批評がなされるだけでなく、戦時中の文学観をめぐる批評と弁明と反省、自己正当化と償いの意志が複雑に絡み合いながら、芸術家による動員離脱の可能性と困難が示唆されているのである。

第五章　軍事戦略と動員の力学

機動性と不動性

戦時文学としての『見出された時』の特徴は、作者の文学観をめぐる弁明（「愛国芸術」の台頭にたいする自作の擁護、正当性の主張）と、戦時社会にそそがれる批評的な眼差しにある。本章では、主人公「私」がサン゠ルーと語り合う戦略論における機動性の問題と、国民の動員の表象、なかでもジュピアンのホテルにおける男娼たちの愛国心の描かれ方に着目し、それぞれの比喩的な意味を読み解いてみたい。

多数の証言とフィクション（文学、映画、漫画など）が定着させた塹壕戦の記憶により、第一次世界大戦は機動性よりも不動性のイメージと結びついている。西部戦線は一九一四年十一月には膠着し、その状態が一九一八年春まで続いた。『見出された時』のなかでも、ヴェルデュラン夫人が社交界に君臨し、落魄のシャルリュス氏が秘かな快楽に耽る首都パリから「自動車で一時間のところで」、「たえまなく更新される血まみれの防壁」によってドイツ軍が「動きを止められている」さまが喚起され（p. 351）、「前線の膠着現象」の意味を理解できない女中フランソワーズの困惑が描かれる（p. 422)。

ところが実際の戦局とは対照的に、サン＝ルーと主人公の戦略談義では、機動性への関心が中心を占める。一九一六年五月のガリマール宛の手紙に関連して序章で述べたとおり、プルーストは、小説の最終第七篇に大戦を導入するさい、第三篇の駐屯地ドンシエール滞在のエピソードに遡って、伏線となる戦略談義をあとから挿入した。最終篇で主人公「私」は、前線から休暇で戻ったサン＝ルーに、かつてドンシエールで語り合った「戦いの文体模写」、つまり歴史上すでに用いられた作戦を模倣する例が、現在の戦局に見られないかとたずねる。(1) サン＝ルーは答えとして、ドイツ軍のヒンデンブルクによる「ナポレオン精神」の模倣を挙げる（p. 340)。ヒンデンブルクが東部戦線でロシア軍を相手に実践した迅速な移動、牽制、陽動、奇襲、後退の「すべてがナポレオン流だ」という作中人物の断言は、プルーストが戦時中、例外的に評価していた「ジュルナル・デ・デバ」紙のアンリ・ビドゥーによる戦局解説からの借用である。一九一八年四月十九日付の記事では、「ヒンデンブルクの作戦において、ナポレオン流のモデルが見られないことはきわめてまれである」と述べられている。(2)

はたしてプルーストの注意はもっぱら前世紀の機動戦術の反復に注がれているのか。戦略談義の要点はナポレオン戦役の栄光へのノスタルジーなのか。一九一四年の戦争の新しさは無視されているのか。じっさいには、大戦は陣地戦や消耗戦につきるものではなかった。むしろ膠着した前線に機動性を再導入する試みの連続だったという見方も可能である。そのために新たな移動手段の軍事利用が進んだ。自動車、戦車、潜水艦、航空機である。

新技術のうち『見出された時』では飛行機への言及がもっとも多い。サン＝ルーは開戦当初から偵察目的の航空機利用を主張する。「飛行機はいくらあっても足りない。それがあれば敵が何を準備しているのかがわかる。そのおかげで敵の攻撃の最大の利点、奇襲の利点が奪える。最強の軍隊はおそらく最高の眼をもつ軍隊だ」(p. 326)。「それぞれの軍が百の眼をもつアルゴスになるべきだ」という彼の言葉を、寡婦となったジルベルトは戦後に回顧し、語り手は、この予言がソンムの戦いで実現したこと、「まず敵の眼をつぶし、飛行機と偵察用気球を破壊して、視力を奪った」ことを認める(p. 559)。ここで神話化されている飛行機は、ポール・ヴィリリオが指摘したように、「視覚の装置」としての兵器である。[3] さらにプルーストの小説では、飛行機は「見る」だけでなく、「見せる」役割をも担う。空襲を「きわめて美的にすぐれたスペクタクル」として嘆賞するのもサン＝ルーである(p. 337)。軍機が夜空に描く軌跡を新たな「星座」の形成と解体、「黙示録」の光景になぞらえ、警報の響きを「ワルキューレの騎行」に重ねる場面は、第一章で分析した。

陣地戦の停滞にとどまらず、新旧二種類の軍事的な機動性(過去の模倣と新たな知覚)が喚起されるのにくわえ、戦争の動き、すなわち可変性への言及もなされる。戦争は「たえまない生成状態にある」と、サン＝ルーは前線から「私」に宛てた手紙に記す(p. 331)。ここでは戦術そのものの変動、戦争の長期化にともない、軍事的な理論と実践そのものが予想を超えて変化する過程が問題になる。これもまた同時代人の注意と関心をひいた現象である。一九一六年四月十五日の『両世界評論』誌には、「眼の前で変容する戦争」と題する記事が掲載されている。「現在おこなわれている戦争のもっとも著しい特徴のひとつは、その可塑性である。正確には、その進展性である。それは継続しつつ変容する。われわれの眼の前、われわれの手のなかで変化するのだ」[4]。この記事は、技術と産業の進歩を戦術の変化の主要な一因と見なし、毒ガス、飛行機、潜水艦をとりあげている。

しかしながら、プルーストがサン＝ルーを介して提示している戦略論は同時代の紋切型に回収されない。それにはいくつかの理由がある。まず「軍事的な文体模写」への関心は、単純な技術決定論（新発明のインパクトによって社会が直線的に進歩するという考え）を否定する。サン＝ルーは飛行機の軍事利用にくわえ、「昔の手段」への回帰の可能性をも予言していた。戦後の回想では、実際に「最古のカルデア人」の用いたゴンドラをイギリス軍がイラクで使用していたことが示される（p. 560）。

このように、戦略論からはプルーストの歴史観がうかがえる。戦争の「可塑性」は、技術の進歩という直接的な原因ではなく、予期せざる循環的な因果関係によって説明される。前線の膠着を打開するための「突破」の理論が、敵陣への集中爆撃によって実行されると、戦場に無数に生じる穴が歩兵と砲兵の進軍を不可能にしてしまうという例が具体的にあげられる（p. 331）[5]。プルーストの興味をひくのは、現実の具体的な戦局よりもむしろ、理論と実践とその帰結の不一致であり、当初の予想を超えた展開、意識されなかった因果関係の連鎖である。

いささか単純化されてはいるが、この例が示すように、大戦が「たえまない生成状態にある」のは、戦略家の予想が裏切られるからである。将軍たちはじぶんが発する命令の帰結も敵軍の作戦も知ることはできないと語り手は示唆する。この点にこそ、戦略論の逆説的な教訓が隠されている。戦略論そのものの正当性が脅かされることによって露呈するその教訓は、ジルベルトとの会話における「私」の言葉によると「人間的な」戦争観である。

戦争にこんな側面があるとサン＝ルーは気づきはじめていたと思う。それは戦争が人間的だということです。戦争は愛や憎しみのように生きられる、小説みたいに語ることだってできるかもしれない、だから誰彼が戦略は科学だと繰り返しても、戦争を理解する助けには全然なりません。だって戦争は戦略的ではないのですから。(p. 560)

サン＝ルーと「私」の「人間的な」戦争観には少しずれがある。たしかにサン＝ルーはドンシエールの戦略談義で「人間」という語を用いたが、ライプニッツやポワンカレに依拠しつつ強調していたのは「人間の弱さからくる偶然」(予期せぬ原因による作戦の変更) と「人間の偉大さ」(当初の計画に事後的に付け加わる意味) ゆえに戦争が多様な「可能性」を秘め、「不確実」になるということだった。(6) ところが語り手はむしろ、戦争の進展は人間の愛憎の論理に即して説明できると主張する。これは、戦争を「個人の心理」の問題に還元するくだり (第三章参照) の延長線上にある。戦争が小説のように語れるものであるなら、なによりも小説に書くことが「戦争を理解する助け」

になるだろう。戦争を潜在的な小説と見なすに等しいこの主張は『見出された時』の有名な一節とおなじ図式にもとづいている。「真の生、ついに発見され解明された生、したがって唯一じゅうぶんに生きられた生、それは文学である」(p. 479)。戦争が(じつはすでに)文学であるとすれば、必要なのは戦局をまさにプルースト独自の恋愛小説のように解釈すること、他者の認識不可能性に煩悶する嫉妬者の文学として解釈することにほかならない。語り手の発言の続きはまさにそのことを示唆している。

> 敵がわれわれの作戦を知らないのは、われわれが愛する女性の目的を知らないのとおなじだ。われわれの作戦というけれど、じぶんでもわかっていないかもしれない。ドイツ軍の一九一八年三月の攻撃は、アミアンを奪う目的だったのか。われわれには皆目見当もつかない。もしかしたらドイツ軍もわかっていなくて、アミアン方面、西への進軍が計画を決定づけたのかもしれない。(p. 560)

科学を標榜する戦略論は、戦争を知的に構想し、戦略家が戦局を意識的に統御できることを暗黙の前提とする。ところが戦争は統御できない。ただ技術の進歩が予想不可能な効果をもたらすせいだけではなく、軍人というものが、あらゆる人間の例にもれず、恋するすべての人間とおなじく、相手の意図を知ることができず、じぶんの意志すら知ることができないからである。こんなふうにプルーストは、戦局の可変性の背後に、動機の不透明性を浮上させる。しかも動機は予測を超えて変化する。人間の動機は、たえまない文脈の動きに応じて変容し、多様化し、複数化し、隠蔽され、あくまで事後的にしか認識できない。戦争が「たえまない生成状態にある」のは、不可能な恋愛のコミュニケーションに似ているからなのである。

戦争を文学化する比喩はこれだけではない。戦争は執筆途中の書物のように変化するとサン゠ルーは語る。「将軍とは戯曲か本を書きたい作家のようなもの。本のほうが予期せぬ可能性をこちらで見せたかと思えば、あちらでは袋小路を呈するせいで、当初の計画から極端に逸れてしまう作家とおなじなのだ」(p. 341)。例としてあげられるのは、陽動作戦が主要作戦となるケースである。ここでプルーストは、脱線にもとづく小説作法——みずからのスタイル——を弁護している。一九一八年九月の手紙で『花咲く乙女たちのかげに』の説明をするさいに用いられている軍事的な隠喩がその証拠である。「この第二巻は、最初は戦術で離心作戦と呼ばれるものに見えますが、全五巻が刊行されたあかつきには、独特の意味を持つことになります(7)」。

こうした軍事の比喩は、小説全体のラストで「私」がついに取り組む決意をした作品の構想を語る場面に収斂する。来るべき書物を形容するために、健康、料理、建築、服飾といった多様な領域の比喩が用いられるが——「大聖堂」の比喩が有名である——、そのなかに戦略も含まれる。作家は「綿密に、攻撃を準備するように、たえまなく力を集結しながら書物を準備する」ことが必要だと「私」はいう (p. 609)。さらにはサン゠ルーの表現を転用するかのように、構想段階の書物の動的な生成過程が強調される。「私の作品は頭のなかでつねに同一でありながら、たえまなく生成していた」(p. 619)。

このように軍事戦略というテーマをその動的な側面に注目しながら検討すると、大戦の進行にたいするプルーストの反応の特徴がより明確に見えてくる。戦争は、読むべきテクスト、書くべきテクスト、さらにいえば、解釈し翻訳すべきテクストとして現れる(8)。戦局も外交も、銃後の小説家にはもっぱら新聞記事という形式でしか知りえないのだから当然と言えば当然かもしれない。戦時中、毎朝七紙を購読していたプルーストは『見出された時』のなかで、この日常的な習慣がもつ危険性と限界に注意を促している。「新聞とは好きなように、目隠しをして読んでしまうものだ。ひとは事実を理解しようとはしない。編集長の甘言を、愛人の言葉のように聞く。敗北しても満足なのは、敗者ではなく勝者だと思いこむからである」(p. 330)。また「新聞を通じてしか戦争にかかわる人物や事態を知らない読者が、じぶん自身で判断をしていると確信している」ことに、シャルリュス氏は驚きを隠さない(p. 367)。

結局、戦争を理解するとは、新聞をあたかも小説のように読むこと、錯覚や誤謬、奸計や陽動、牽制とカムフラージュに満ちた不透明なテクストとして読むことではないか。プルーストの小説から導き出される戦略の最終的な教訓は、読むことをめぐる困難——文学的リテラシー——に集約される。新聞紙上とおなじように、プルーストの小説でも兵士の経験が小さな位置しか占めていないのは、社会言説に還元された戦争にたいし、文学的な方法による理解の可能性と正当性を主張することを選択したからである。プルーストが絶賛した「ジュルナル・デ・デバ」紙の戦局解説者が文芸批評家を本業としていたのは偶然ではない。戦局を文学のように批評したアンリ・ビドゥーを模倣し援用すること。事後的に見ると、すべては戦前に構想した小説の正当化へとつながっている。無意識と無意志的記憶の小説、人間心理の複雑性と可変性を描く小説。戦争とは無縁に、戦前に構想されたにもかかわらず、戦争への応答として拡張した小説を擁護するためにこそ、戦略の限界が指摘されると同時に、戦略の語法が文学に応用されているのである。

プロパガンダ論とサン＝タンドレ＝デ＝シャン神話

このように機動戦術のテーマは、文学的・小説的な戦争観を正当化する役割を担う。兵士の肉体への暴力を捨象し、戦争を「人間的な」いさかいの一種と見なす語り手の主張は、戦中に作者自身が維持しつづけた社会的な立場と不可分であると考えられる。プルーストは健康状態を理由に兵役を免除されていたし、戦時中の奉仕活動などにも従事しなかった。たしかに傷病兵の帰還や空襲により、戦争の暴力は首都パリにも浸透していた。しかし、すぐれた批評家でもあったプルーストにとっての大戦とは、生命を脅かす物理的な現実である以上に、新聞に代表される社会言説が媒介する間接的な体験だった。戦争をテクストと見なす作中の記述は、戦争を「する」よりも「読む」側にあった作家の立場に対応している。とはいえ、私生活と小説の双方において、プルーストの立場は、ジュネーヴからロマン・ロランが宣言した「争いを超越した」立場、俯瞰的な反戦主義者の立場とは異なっている。(9)私信と作品で集団の心理的な動員というテーマがどのように扱われているのかを分析してみると、愛国心にたいするプルーストの立場の――私人として作家としての――両義性が見えてくる。

序章で論じたとおり、親しい友人にあてた手紙をみると、私人プルーストの戦時中の態度は良識的で穏健な「愛国的賛同者」のそれであると言える。彼の明かす愛国心には排他性も敵国への憎悪もなく、ただ脅かされる祖国への愛着と、称賛に値する国民のひとりとして認知される素朴な歓びだけがある。みずからの意志を免れる情念としての愛国心が、非理性的でありながら、それゆえにこそ自明の「本物」として引き受けられると同時に、一定の批判的距離とユーモアをもって自覚され、対象化されている。新聞紙上にあふれる排外主義的な言説を正面から断罪する一方で、愛国心そのものを否定したり、批判したりする気配はなく、正面から反戦を訴えるような主張は皆無である。(10)

それでは、小説において、国民の動員はどのように表象されているのか。動員といっても、ここで問題になるのは、狭義の出征ではない。むしろ、愛国心の高揚と維持にもとづく国民の精神的な戦争努力である。動員の文化的・政治的側面を重視する歴史家にならえば、「さまざまな交戦国のおこなう戦争努力への想像的な――集合表象・信念やそれらを生み出した価値体系を通じての――参加、国家と市民社会を通じての組織的な参加」と定義できる。(11)プルーストの提示する国民動員の文学的表象は両義的であり、矛盾を含んでいるようにすら見える。ここでは、新聞によるプロパガンダ、「サン＝タンドレ＝デ＝シャン教会のフランス人」と呼ばれる神話的なフランス国民像、前線志願と男性同性愛の関係という三つの問題にしぼって検討してみたい。

参戦した各国の知識人が激しいプロパガンダ活動を繰り広げたことは周知のとおりである。[12] 銃後の士気を維持するための情報操作は、当時「頭に（偽の情報を）詰め込む（人をだます）こと bourrage de crâne」と呼ばれた。[13] すでに見たとおり、プルーストは書簡のなかでたびたび新聞の「偽りの愛国心」を痛烈に批判している。小説のなかでは、そうした戦時ジャーナリズム批判はシャルリュス男爵の台詞に組み込まれた。[14] 戦時社会におけるマージナルな特性（ドイツびいき、敗北主義者、同性愛者）をあわせもつこの特異な作中人物は、大学教授ブリショや外交官ノルポワといった「愛国者たちの論理の誤りをひとつひとつ鋭く指摘」し、好戦的な紋切型や排外主義的なレトリック、「残忍で嬉々とした愚かな発言」を精緻に分析し、嘲弄する（p. 354–355）。

しかし、シャルリュスがブリショやノルポワの記事の内的矛盾を暴いていく場面は、プロパガンダが無垢な国民を操作し動員しているという図式には帰着しない（ちなみに国民を受動的な犠牲者と見なすこの図式は、一九二〇年代に反戦主義運動とともに広まった）。動員のメカニズムを説明する役割は、小説の語り手「私」が担っている。国民の精神的動員は、知識人およびメディアの権力によってではなく、むしろ、有機的な統一体と見なされた国民にたいして一人ひとりが抱く帰属意識と、そこから生まれる非合理的な「希望」によって説明される。

「頭に偽の情報を詰め込む」という言葉には意味がない。［中略］真の「詰め込み」とは、じぶん自身にたいし、希望ゆえにおこなうものだ。希望は国民の自己保存本能の一形式である。ほんとうに国民の生きた一員なら、そうしてしまうのである。（p. 353）

新聞の読者がじぶんから目を覆ってしまうという記述はすでに引用したが、ここに第一の両義性がある。プルーストは、シャルリュス氏に痛烈な戦時ジャーナリズム批判を託す一方で、語り手を通じ、プロパガンダへの単純な糾弾が無意味であることを指摘する。語り手が依拠しているのは、いわば循環的ないし再帰的なコミュニケーション理論（読者はたんなるメッセージの従順な受け手ではないという認識）と、有機体的な国民国家観（国を生体組織、国民一人ひとりを細胞と見なす思想）である。このような国民国家観がコンブレー近郊の教会の、サン＝タンドレ＝デ＝シャンという名前と結びついて一種の神話を形成するとき、国民動員をめぐる第二の両義性が浮上する。

フランソワーズのいとこであるラリヴィエール夫妻の献身が、フランスの「魂の偉大さ」の証拠として提示され、マルヌの戦死者、「崇高なすべての兵士」に匹敵する「サン＝タンドレ＝デ＝シャンのフランス人全員からなる無数の群衆」の一例として特筆されるくだりは、第三章でとりあげたとおりである。ところが物語の続きにおいて、国民の一体性にたいする礼賛に一度ならず留保がつけられる。まずは社会階級の差異が、フランソワーズと給仕長の会話の場面で浮かび上がる。

「金持ちは危険にさらされない」と思いこんでいるふたりは、裕福な大貴族サン゠ルーが本気で前線任務に志願するなど信じない（p. 420）。このサン゠ルーの志願をめぐる心理分析もサン゠タンドレ゠デ゠シャン神話を壊乱する。中世フランスの領主の末裔であるサン゠ルーは『ゲルマントのほう』で、サン゠タンドレ゠デ゠シャンのフランス人の領主の好例、完璧な「フランス国民ノ作 opus francigenum」として賛美された[15]。このラテン語表現は、ドイツの学界に対抗してゴシック芸術のフランス起源を主張する文脈で、美術史家エミール・マールが戦時中にも用いたものである[16]。ところが語り手は、一見すると純粋な愛国心に由来すると思われたサン゠ルーの志願に隠れた動機があると明かす。それは同性愛趣味であり、「部隊を守るためにみずからの命を危険にさらし、死んで部下から熱狂的に愛されたい」という欲望である（p. 325）。こうして同性愛が愛国心を冒瀆する役割を担う[17]。

同性愛、愛国心、「生存環境」

すでに何度か示唆したとおり、戦争小説としての『見出された時』の独自性は、同性愛の主題との関連づけに大きく由来する[18]。ジュピアンのホテルでは、性的倒錯の暴力（被虐趣味）が、前線の暴力を模倣する。空襲というかたちで首都に到達した軍事的暴力は、ソドムに降り注いだ「天の業火」になぞらえられる。しかし「正真正銘の魔窟」と形容されるジュピアンの男娼館に集まるのは、

「兵役逃れ」の同性愛者たちだけではない。主人公「私」がサン＝ルーを思わせる人影と謎めいた灯火に導かれ、「スパイのアジト」ではないかと疑って足を踏み入れようとしたそのとき、室内では庶民階級出身の若者たちが「愛国的な考え」を口にしていた（p. 390）。危険な戦場への配属が決まり、翌日旅立とうとしている二十二歳の青年、「汚いボッシュを撃ちまくるために」みずから前線を志願したジュロという若者にたいし、より経験豊富な、ドイツの戦闘機を五機撃墜した飛行兵という英雄的な存在が忠告をしている様子が描かれるのである。

素朴な愛国心の発露という主題は、男娼館という特殊な文脈にどのように組み込まれ、どのような効果を生んでいるのか。まず、俗語まじりの台詞が直接話法で提示されたあと、会話の「凡庸さ」ゆえに主人公が聞く気を失くす点に注意したい（p. 391）。第一次世界大戦を機に、異なる社会階級の言語が塹壕で交雑した結果、小説への俗語の導入が加速したことは知られている[19]。この『見出された時』の一節は、バルビュスの『砲火』を筆頭に、前線体験の「証言」を標榜する作品群の自然主義的なスタイルを戯画化し、その不自然さを模倣・実演するものとして読める。物語の先では「無理をして俗語をつかう作家」の「わざとらしさ」への皮肉ものぞく（p. 406）。さらには愛国的な闘争心を語る紋切型の貧しさが浮き彫りになり、愛国心そのものが空虚で浅薄に見えてくる。しかし、もっとも興味深いのは、戦争の問題が同性愛者への売春という行為を介して道徳の問題に接続することにより、この若い愛国者たちの評価が両義的になるということである。

富裕階級の倒錯趣味を満足させることで金銭をえる「若者たち」の道徳性を、語り手はふたつの論拠をもとに擁護する。まず「戦場ではすばらしい兵士であり、比類なき『勇者』であっただけでなく、民間でもしばしば、完全な正直者とは言えなくとも、やさしい心の持ち主であった」ことと、「ずいぶん以前からもう、じぶんたちの生活のどこが道徳的でどこが不道徳的なのか、まわりとおなじ生活をしているせいで、わからなくなっていた」ことである（p. 415–416）。いいかえると、悪は若者たちが日々を送る生活環境（ここでは男娼館）に由来するのであり、本人たちは戦場での態度が示すとおり、「根っからの悪人ではない」というレトリックである。こんなふうに、前線の愛国心（戦中の支配的な表象体系における美徳）によって銃後の同性愛的売春（二重の悪徳）が擁護、免罪され、それによって美徳と悪徳の境界があいまいになる。

しかし話はそれでは終わらない。つづいて語り手は、集団心理の観点にくわえ、過去（古代史）と未来（二千年後）というふたつの歴史的な観点を導入することで、戦時という現在を相対化する。

古代史のある種の時代を研究するとき、われわれは、一人ひとりでみれば善良な人びとが、良心の呵責もなく大量殺戮や人身御供にくわわるのに驚かされる。おそらく、かれらにとっては自然なことに思えたのだろう。われわれの時代もたぶん、二千年後にその歴史を読むひとにとっては、やはりおなじように心やさしく純粋な良心の持ち主が、おぞましいほど有害な生存環境に浸ったまま、適応していたように見えるだろう。(p. 416)

「生存環境 milieu vital」とは、プルーストが博物学的な比喩としてたびたび作中で用いている表現であり、世紀初頭にルネ・カントンが提示した用語「細胞の生存環境」を思わせる。[20] ここでは社会集団の道徳性が問題となるが、はたして「有害」だと指弾されているのは戦時中の男娼業界のみだろうか。「大量殺戮」と「人身御供」への言及につづき、「われわれの時代」という包括的な表現がある以上、ジュピアンのホテルに対象を限定することはできない。ここでいう「生存環境」とは、大量殺戮戦争へと動員された同時代人すべての「生存にかかわる環境」であろう。死と犠牲を第一の特徴とする社会環境を、「生存（に必要不可欠な）環境」と呼ぶアイロニー。下層階級出身の若者たちが知らないうちに「適応」している大量死と愛国主義的な環境もまた、未来の読者の目には、性倒錯者のための売春とは違う意味で「有害」に映るのではないか。

この読解を補強するものとして、『見出された時』のなかで二度だけ言及される無名の登場人物に注目したい。まさに「心やさしく純粋な良心の持ち主」の典型であり、しかも前線と銃後、塹壕と男娼館というふたつの暴力の舞台をつなぐ存在、それは「私」の女中フランソワーズが兵役免除にしてやりたがっていた肉屋の少年である。作中、一九一四年の開戦直後には、この名もない少年が「最初に勤めたのは屠畜場だった」にもかかわらず、職業に似合わず恐がりで臆病なだけに、まだ徴兵の年齢に達していないのをフランソワーズはありがたがっていた（p. 330）。主人公がしばらくパリを離れ、一九一六年に帰還したころには、この「臆病な動物殺しが別の肉屋に移ってしまってからずいぶん時間が経っており」、フランソワーズはあちこちパリの肉屋を探しまわるが再会はかなわない（p. 336）。

銃後の肉屋（boucherie）に勤める無名の若者が、つかのまとはいえ読者の視界を横切るのはなぜか。それは前線で続くもうひとつの殺戮（boucherie）を想起するためにほかならない。フランソワーズが「血まみれの臆病な青年」を見つけ出せなかったのは、首都に肉屋が多すぎた（そのうちのかなりの数の店をまわってもまわりきれなかった）せいではなく、青年が前線という遠く異なる流血の舞台へと赴いたからではないか。プルーストは、肉屋という職業への言及を通して、性格と行為のあいだの矛盾、臆病さと残酷さの矛盾が、この青年だけでなく、ひとりならずの兵士のうちにあると示唆しているように思われる。

「心やさしく純粋な良心」をもつにもかかわらず、環境への「適応」により、倒錯者の欲望を満たし、戦場で殺すことを自然に思うようになった若者たち。こうした庶民階級の愛国者が銃後で集うジュピアンのホテルにおいて、消えた肉屋の青年の面影が浮かびあがる瞬間がある。シャルリュス氏の被虐趣味を満足させるように命じられたモーリスという青年は、氏に向かい「まるで暗記させられたみたいに『下衆野郎』と呼ぶ」。そのぎこちなさを不満に思ったシャルリュスにたいし、ジュピアンはかわりに「牛殺し、屠畜場の男」を提案するのである（p. 396）。実際には「ホテルの従業員」だと語り手はいう。もちろん屠畜という職業をめぐる凡庸なイメージの使用例が重なっただけだと考えることもできる。しかし肉屋＝殺戮、屠畜という語が前線と銃後をつなぎ、道徳と不道徳の区別を混乱させながら、「われわれの時代」への批判的な視座を支える要素となることにかわりはない。
模倣の集団心理学（環境への適応による道徳観念の喪失）が、娼館につとめる「心やさしく純粋な」青年たちの無意識的な「不道徳性」を説明すると同時に相対化し、それが最終的に、戦争という暴力を愛国心の名において受け入れることへの暗黙の批判につながる。未来の歴史家という仮定的な視点の導入によって、大戦期のフランス社会は道徳的な吟味の対象となる。このとき語り手が秘かに退けているのは、あらゆる「犠牲」の必要性というレトリックをとおして大量死を正当化する「動員の倫理」である[21]。時間のなか、歴史のなかを移動する眼差しによって、プルーストの小説は動員解除の可能性を示唆し、戦時中の「生存環境」から離脱する可能性を先取りする。

プルーストは戦略上の機動性の問題を、非直線的な歴史観と、不透明性の心理学と、脱線にもとづく文学観にそって解釈する。動くこと、それは、予測不可能性の別名である。戦時フランス社会を描く小説は、サン＝タンドレ＝デ＝シャン神話による国民動員への賛辞と、集団心理学的な批判とのあいだで揺れ動く。男性同性愛の主題により、道徳と不道徳の境界はあいまいになり、大量殺戮を正当化する「生存環境」への断罪が素描される。一九一四年から一九一八年にかけての時事問題を文学的に表象しながらも、プルーストはアイロニーによる現在時からの離脱と、終戦に先立つ精神の動員解除を示唆する。この点に、集団動員の倫理にかわる倫理、文学による動員解除の倫理が見出せるのである。

第六章　二十世紀の『戦争と平和』

ナポレオン戦争から第一次世界大戦へ

第一次世界大戦をめぐる出版物を幅広く精査し、『証言者たち』という大著を一九二九年に刊行したジャン・ノルトン・クリュによると、トルストイの『戦争と平和』は、当時の兵士の回想録で「題名があげられる頻度がずばぬけて多い」作品である。(1) たとえ相手が小説家であろうと歴史的事実に反する記述や潤色をした場合には徹底的に批判したこの「証言」至上主義の批評家が、「前線で体験しつつあった現実を兵士になにかしら思い起こさせた唯一の小説」と絶賛したロシア文学と、もっぱら銃後のパリ社会を描いたプルーストの『見出された時』とを重ねあわせるようにして読みなおすことは、無謀で無意味な試みに見えるかもしれない。

たしかに、戦争という観点からふたりの作家を比較するという問題設定は、かならずしも自明ではない。まず、現在公刊されている書簡や資料を読むかぎりでは、プルーストが大戦の衝撃を受けとめて小説に組み込もうとする際に、特に『戦争と平和』を参考にした形跡は見当たらない。戦時中の書簡にかぎれば、トルストイの名はせいぜいロシアを代表する（尊敬に値する）作家のひとりとして挙げられる程度である。当時、ワーグナー排撃に憤慨したプルーストは、「ドイツのかわりにロシアと戦争していたら、トルストイやドストエフスキーについてどんなことが言われただろうか」と嘆いた。[2] このような言及を再読の確かな証拠と見なすのはためらわれる。先行研究をふりかえっても、長いあいだトルストイの影響はプルーストの青年時代特有のものと見なされ、『楽しみと日々』に収録されている初期作品に限定される傾向があった。他方で『失われた時を求めて』の構想と執筆においては、もうひとりのロシアの文豪、ドストエフスキーの影響が強調されてきた。

ところが近年、比較文学の観点からプルーストを論じているフィリップ・シャルダンは、「『戦争と平和』の〝無意識的な影響〟が、作品のフィナーレの主要な特徴のいくつかと無縁ではないことは確かである」と断言し、今後の研究のための道筋を整理して提示した。[3] 最終章では、比較文学者のこの示唆をより詳細に検討しつつ、あらたな読解の展望を提示することによって、プルーストが二十世紀最初の大戦期に、十九世紀を代表する戦争小説をどのように書き直し、再創造したのかという問題を考察してみたい。

一八一二年のナポレオン軍によるロシア遠征を半世紀後にとりあげた戦争文学の古典と、一九一四年の大戦下のパリ社会をリアルタイムで描いた知られざる戦時文学。一世紀の隔たりを超え、ふたつの戦争、二篇の小説は、どの地点で、どのくらい重なりあうのか。戦争と戦争のあいだ、小説と小説のあいだで、なにが継承され、いかなる断絶が起きているのか。まず、プルーストが四十三歳年上のトルストイの著作をどのように読み、どのような反応を示したのか、歴史の流れにそって確認することからはじめよう。それから、前章で見た戦略の科学性という問題にくわえ、軍事的天才の位置づけに着目して、二作品を比較したあと、最後に「異化」をキーワードとして、銃後の作家プルーストのトルストイ的側面を明らかにしたい。

論敵としてのトルストイ

ときおり手紙のなかでさりげなく言及される場合にくわえ、プルーストが正面からトルストイを論じた短い文章が三篇、草稿として残されている。ロシアの文豪が世紀転換期のフランス文学界に及ぼした影響力の大きさを物語ると同時に、プルースト個人の持続的な関心を示す証拠である。遠くから深い敬意を抱きつつ、異論を表明することもあった受容過程の変遷を整理しておこう。

最初の文章（無題）は、一八九四年に書かれたと推定される。この年、プルーストは二十三歳。すでに「イワン・イリッチの死」のような複数の短篇にくわえ、おそらく『アンナ・カレーニナ』は読んでいたと思われるが、書簡集を見るかぎりでは、まだ『戦争と平和』の世界に浸った気配はない。(4)露仏同盟の結ばれたこの年、トルストイは『キリスト教精神と愛国心』と題する小著を発表し、愛国心の発露を痛烈に批判した。プルーストは、この論争の書に反駁するために、短い論文を――おそらくは新聞か雑誌に投稿するつもりで――執筆したのである。トルストイの論旨を要約すると、愛国心とは「愚かしく不道徳な」感情であり、崇高でもなければ自発的でもなく、ただ統治者が、戦争を引き起こして「みずからの野心的で利己的な狙いを実現する」ために、作為的に民衆に吹き込む感情にすぎない。このような統治者の愛国心に対立するものとして、社会主義が民衆のあいだに次第に着実に浸透している。これがトルストイの主張である。(5)

こうした主張は、若き日のプルーストにとって受け入れられるものではなかった。かくして敬愛する大作家は反駁すべき論敵となる。プルーストは、トルストイの主張に自己矛盾があることを論証しようと試みる。まさにトルストイの標榜するキリスト教道徳の立場から、愛国心と戦争を擁護しようとするのである。第一に、トルストイが推奨する社会主義は、富裕層の立場としては利他的だが、貧困層の立場としては利己的なものではないかとプルーストは言う。つまり、トルストイの図式──愛国心は支配階層の利己主義（不道徳）であり、社会主義は民衆の利他主義（美徳）である──を転覆させようとする。この指摘によって社会主義から距離をおいたうえで、愛国心は「利己的な本能を利他的な本能へと従属させる(6)」と、青年プルーストは断言する。さらには、戦争においても、憎しみあうことなく、ただ「義務として」闘う場合は、ある種の「道徳性」があると述べる（逆に、義務として暴力を振るうという、まさにそのことがトルストイを憤慨させるのだが）。最後にプルーストは、正義と隣人愛の名において、社会主義を退ける。おそらく暗黙のうちに、このとき社会主義は当時のフランスでテロ事件を繰り返していたアナーキズムと同一視されている。

この最初の文章において、若き日のプルーストはトルストイを論敵と見なし、「無私無欲の源(7)」としての愛国心という理想を肯定しようと試みている。しかし、フィリップ・シャルダンが指摘したとおり、二十年あまりの歳月が流れ、大戦中に書かれることになる『見出された時』の一節においては、このような立場は問いに付される。[8] 第三章で見たとおり、戦争は、恋愛や家庭における個人の諍いと同一視され、愛国心は、無私無欲どころか、利己的な盲目性の源として批判的に描かれるのである (p. 352)。結果的にプルーストは、トルストイの社会主義的な愛国心批判とは別の経路をとり、むしろ情念論的な——おそらくアランと近い——観点から、愛国心の批判に到達する。[9] しかし、トルストイ的な反戦思想のかすかなこだまが、『見出された時』のなかに聞き取れるかもしれない。その検討は本章の終盤にとっておこう。

模範、分身としてのトルストイ

第二の文章は、一九〇六年にトルストイが発表した別の論争的な著作、今度はシェイクスピアにたいする攻撃の書についてのアンケートへの回答の下書きであり、世紀転換期のフランス言論界におけるトルストイの存在感とプルーストの反応のよさを物語る一例だが、戦争と小説という本稿の問題設定に関連する要素には乏しい。[10] むしろ第三の文章のほうが興味深いため、より詳細に検討することにしたい。このときトルストイは、もはや論敵ではなく、プルーストの模範であり、さらには分身の役割を果たすことになる。

第三の文章は『失われた時を求めて』の出発点となった『サント゠ブーヴに反論する』のための

草稿帳のうちの一冊、カイエ25に含まれる断章であり、真の意味で批評的なトルストイ論の試みと呼べる。カイエ25全体の執筆は、おおまかに一九〇九〜一九一一年に位置づけられる。この断章にかぎれば、一九一〇年十一月二十日のトルストイ死去の知らせを契機に、一種の追悼記事として、あるいは一連の追悼記事への反応として、執筆されたとも考えられそうだ。しかし、トルストイの死への明示的な言及が含まれない点を考えれば、むしろそれ以前の時期に書かれたと見なすべきかもしれない。たとえば同年一月三十一日のロベール・ドレフュス宛の書簡で「アンドレイ公爵の頭上に広がる『戦争と平和』の広大な青空」に言及していることから、その前後にカイエ25のトルストイ論が書かれたと考えることもできる。(11) いずれにせよ、この草稿を読むことにより、当時の文学論争のなかで、プルーストがいわば共通の敵を前にして、ロシアの文豪に自己同一化していたことを確認することができる。まず、断章のいささかユーモラスな冒頭を引用しよう。

今、バルザックをトルストイよりも上におく人がいる。狂気の沙汰だ。［中略］バルザックは偉人の印象を与えることがある。トルストイにおいては、すべてが当然のごとくバルザックより偉大である。まるで象の糞と山羊のを比べるようなものだ。(12)

この草稿の執筆時期を厳密に確定するのは難しいが、トルストイの死の翌日にポール・ブールジェが「エコー・ド・パリ」紙に発表した追悼記事と読み比べてみると、興味深いことがいくつか確

きなき類比が豪文のアシロ、はェジルーブたいてっ誇を力響影てしと客論の派守保当。[13]るきで認

「観察力」と「喚起力」によって、見事に登場人物を書き分け、感情や風景を描き出したことを称賛しつつ、いくつかの欠点を正面から非難する。第一に、小説の「構成」が欠けていること。よく知られているとおり、ブールジェの考える小説の構成は古典演劇を理想としていたが、トルストイの小説は、その枠（少数の登場人物による単一の危機の経験）におさまるものではない。[14]第二に、「原因をつかむ感覚」が欠如していること。ブールジェに言わせると「個人は社会によって決定される」が、トルストイは社会的な「決定作用」を理解していない。興味深いのは、このふたつの点いずれにおいても、ブールジェがバルザックをトルストイより優れた作家と見なしていることである。ただし、具体例として題が挙げられているのは、『独身者の暮らし』（または『ラブイユーズ』）のみであり、おそらくバルザックの長篇作品の大半がブールジェの主張する小説の理想像にあてはまらない以上、この比較はいかにも恣意的である（ほかにも、トルストイの評価を相対的に低下させるための比較対象として、モリエール、シェイクスピア、スコット、ジョージ・エリオットを賛美してはいる）。

要するにブールジェはトルストイのことを、個人主義者ないしアナーキストであり、観察者としてはすぐれているが、一般化したり構成したりすることのできない作家、「極端な印象主義」[15]の代表として、政治と美学の両方の観点から断罪しているのである。このようなかたちでトルストイの観察眼を強調しつつ批判したのは、ブールジェが最初ではない。じっさい、問題の追悼記事のなか

では、多大な影響力を持った『ロシア小説』の著者メルキオール・ド・ヴォギュエの言葉が引用されている。「『戦争と平和』は大全である。人間が織りなすスペクタクルのすべてに関する作者の観察の集大成である」(16)。これは賛辞として読むこともできるが、裏には大きな留保が隠れている。トルストイは「生の諸現象」にかかわる詳細な研究には優れた才能を発揮するが、その「一般的な関係」を認識したり、「関係を司る法則や、到達できない原因まで遡る」ことを目指したりするせいで混乱してしまうというのが、ヴォギュエの『ロシア小説』の主張であり、ブールジェはそれを反復しているのである(17)。ここで指摘したいのは、まさにそのようなトルストイ批判に真っ向から反論することが、プルーストのカイエ25の断章の狙いだということだ。

この［トルストイの］作品は、観察ではなく、知的な構築の作品である。観察にもとづくと言われる特徴ひとつひとつは、単に、小説家が引き出した法則、理性的ないし非理性的な法則の、外装、証拠、例なのである(18)。

明らかに、ここでプルーストが擁護しているのはトルストイだけではない。トルストイを通して、彼自身がまさに実践しつつあった小説美学――一九一四年二月のジャック・リヴィエール宛書簡によると『失われた時を求めて』はひとつの「構築物」である(19)――を提示し、細部の観察偏重という批判にあらかじめ反論しているのである。

このように、ブールジェの追悼記事を読むと、カイエ25を執筆していた時期のプルーストにとって、トルストイがいわば分身としての役割を果たしていたことがいっそう鮮明になる。この記事がさらに興味深いのは、トルストイの「構成を欠いた」小説を形容するために、ブールジェが映画(シネマトグラフ)の比喩を用いていること、そしてその比喩が、プルーストの『見出された時』で使われている比喩に似ていることだ。ブールジェはこう述べる。

『戦争と平和』と『アンナ・カレーニナ』、続けようと思えば際限なく続けられそうなこれらの物語のなかでは、出来事がまるで映画のなかの映像のようにつぎつぎと生じる。進展もなく、展望もなく、全体のプランもない。場面は、おなじ光のなかで繰り広げられ、どんなに些細な起伏も、すべて等しく重要なものとして際立たせられる。(20)

映画はここで、アナーキーと「構成の欠如」の同義語となっている。政治的にも文学的にもフランス古典主義的な秩序を重んじるブールジェにとって、映画という技術は無秩序と平準化の象徴なのだ。プルーストの用いる映画の比喩と比較するため、あまりにも有名だが『見出された時』の一節を引用しよう。

われわれが現実と呼ぶものは、われわれを同時にとりまく感覚と回想とのあいだにある何らかの関係である――この関係は単なる映画的な視覚によっては抹消されてしまい、かくして映画は真実に限定すると標榜すればするほど真実から遠ざかる――。この唯一の関係を、作家は再び見出し、関係をつくるふたつの異なるタームを、永遠におのれの文章のなかに繋ぎ止めなくてはならない。描写のなかでは、描写する場所に存在している対象を、際限なくつぎつぎと提示してもかまわないのだが、真実はただ、作家がふたつの異なる対象をとりあげ、両者の関係――芸術の世界にあって、科学の世界における因果関係の法則に似た関係――を措定し、両者を美しい文体の必然的な円環のなかに閉じ込めるときにしか始まらないのである。(21) (p. 468)

厳密には、プルーストがここで論じているのは小説全体の構成ではなく、むしろ文における描写の技法であり、マクロ構造ではなくミクロ構造である。それでもやはり、カイエ25の断章でトルストイの小説における「知的な構築」と一般的な「法則」への関心を擁護したのとおなじようなやり方で、この『見出された時』でもまた、プルースト自身の文学的な企てが定義され、正当化されているのは明らかである。文学とは「真実」の探究であり、文学の真実は「科学の世界における因果関係の法則」に等しい一般性と必然性をもっている。そのことをプルーストは、ブールジェの用いた映画の比喩の矛先を変えながら主張しているように思われるのだ。トルストイの小説もプルーストの文体も、ともに（ブールジェの考える）映画に比較されうるような無秩序なものではなく、科学に匹敵する知的な営みの成果だというのである。

ブールジェの追悼記事は、カイエ25のトルストイ論断章と『見出された時』の映画の比喩の特権的な発想源であるとは断定できないまでも、プルーストが、トルストイの敵をみずからの仮想敵として、自己弁明から自己定義へとつながるレトリックを組み立てていることを示唆する貴重な文献である。トルストイの小説を論じることは、プルースト自身の小説観を提示することだった。そのことを確認したうえで、カイエ25のトルストイ論については先で立ち戻ることにして、いったん第一次世界大戦の時代に移行し、ナポレオン戦役への言及について検討してみることにしたい。

ナポレオン、ヒンデンブルク、ヴィルヘルム二世——軍事的天才と戦略の科学性

『見出された時』のなかで、ナポレオン戦役と第一次世界大戦とが明示的に重ねあわされるのは、語り手「私」とサン＝ルーおよびシャルリュスとの対話においてであり、ふたつの異なる観点からナポレオン像が提示される。一見すると、トルストイと『戦争と平和』はプルーストにとって不可欠な触媒の役割を果たしてはいない。けれども、プルーストがここでとりあげている軍事的天才と戦略の科学性という問題の射程は、ナポレオン神話の解体を目論んだ十九世紀最大の戦争小説との比較を通して、よりよく把握できるはずである。

一九一四年の大戦をめぐって、プルーストの小説では、ふたつの対立する歴史観・戦争観が提示されている。はたして「戦争をめぐる観念が完全に覆され」、二十世紀の戦争は絶対的に新しい戦

争となるのか、それとも「ナポレオンの戦争が未来にも模倣され」、十九世紀の戦争が反復され続けるのか（p. 340）。後者の立場は「軍事的な文体模写」という言葉でも呼ばれる（p. 338, var. *a*., p. 1215–1216）。第五章で見たとおり、プルーストは「ジュルナル・デ・デバ」紙のアンリ・ビドゥーによる戦況分析を高く評価していた。ビドゥーがドイツ軍司令官ヒンデンブルクによるナポレオンの模倣を論じているのとおなじやり方で、プルーストは作中人物サン＝ルーに大戦初期の東部戦線の状況を語らせているのである（p. 340, 559, n. 3）。

模範的な軍人、愛国者として描かれるサン＝ルーの言葉に、敵軍指揮官ヒンデンブルクとその先駆者であるナポレオンにたいするある種の敬意が読み取れるのにたいし、「敗北主義者」すなわち一種の反戦主義的な立場を示すシャルリュスは、軍事的天才への賛美とは無縁である。シャルリュスは、ナポレオンをもうひとりの敵軍指揮官、皇帝ヴィルヘルム二世と重ねあわせることで、フランス国内の好戦的な論客の自己矛盾を批判する。戦時中のフランスでは、ヴィルヘルム二世こそが戦争を望んだ責任者であるという非難が繰り広げられていた。しかしシャルリュスは、そうした非難をする当の人びとが、じつは「四十年前」の普仏戦争敗北からずっと対独復讐を望んできた「ナポレオンの追従者」ではないか、つまり、ヴィルヘルム二世よりも以前に、彼以上に、ナポレオンこそが侵略戦争を始めた張本人として断罪されるべきではないか、と示唆する（p. 376）[22]。

このように『見出された時』の作中人物の対話からは、両義的なナポレオン像が浮かびあがる。しかし、それ以上に興味深いのは、語り手「私」が、直接は戦争に関係のない話題、シャルリュスとモレルの不幸な関係をとりあげるさいに、喩えとして目下の大戦とナポレオンのロシア遠征を喚起するときである。恋愛においては地位も財産も役に立たない。名門貴族のシャルリュスがどんな特権をもち、どんな特権をモレルに提供したとしても、申し出を断られれば失望を受け入れるしかない。

その場合、シャルリュス氏の立場は、ドイツ軍とおなじであっただろう。氏はそもそもの出自からしてあちらに属していたわけだが、ドイツ軍はたしかに目下進行中の戦争において、男爵がいささか嬉々として言いすぎていたとおり、あらゆる前線で勝利を収めていた。けれども勝利は何の役にも立たないのだ。なにしろ勝利のたびに連合軍はますます断固として、ドイツ軍が手に入れたかった唯一のもの、平和と和解を拒むのだから。そんなふうに、ナポレオンも、ロシア国内に軍を進めるなか、面会を求めにくるよう敵軍司令部に要求していた。けれども誰も来なかったのだ。(p. 399)

ここでプルーストはロシア遠征から汎用性の高い心理学的な説明を引き出している。同性愛者の恋愛の失敗と第一次世界大戦の長期化は、ともにナポレオンの経験をモデルとして説明されるのである。同性愛者の悲運を通し、フランス軍事史上の栄光であるナポレオンを、天敵と呼ばれ忌避されるヴィルヘルム二世と同一視することによって、敵と味方を明確に区分する戦時中の表象体系

（「戦争文化」）は攪乱される。ただし第一次世界大戦中のドイツ軍を、ロシア遠征時のナポレオンと比較したのはプルーストだけではない。彼の友人であり、作中人物のモデルともなったジョゼフ・レナックもまた、一九一六年一月一日の「フィガロ」紙の記事で類似した比較をおこない、「もしドイツが勝利を確信していたら、クレムリンにいたナポレオンのように、敵が和平を求めてこないかと、じれたりはしなかっただろう」と述べている(23)。

こうしたささやかな比較によって、一九一四年にドイツ軍の攻撃を受けたフランスは、一八一二年にフランス軍の侵攻を受けたロシア、まさにトルストイが『戦争と平和』で描いたロシアと重ねあわされることになる。プルーストもトルストイも、小説で描いたのは自国が侵略され占領されるような戦争であり、戦争によって脅かされるもののひとつとして、故郷の村を描いている点が共通している。つまり、一世紀の距離を越え、『戦争と平和』と『見出された時』という二篇の戦争小説は、幼年時代の記憶と結びついた土地が侵略戦争によって荒廃するという主題を通じて呼応しあうのである。『戦争と平和』では、アンドレイの生家ルイスイエ・ゴールイがナポレオン軍の進路に位置づけられている。この先例が、『失われた時を求めて』のなかで当初はボーヌ地方に位置づけられていたコンブレーの村を、大戦勃発を契機として、前線に近いシャンパーニュ地方に移動させたというプルーストの選択のきっかけのひとつになったと考えられるかもしれない(24)。

いずれにせよ、ナポレオンという存在は、十九世紀と二十世紀のふたつの侵略戦争を重ねあわせるための起点となり、軍事的天才（ヒンデンブルクの肯定的モデル）、軍国主義者の偶像（ヴィルヘルム二世の否定的モデル）、無力な強者（ドイツ軍およびシャルリュスの両義的モデル）という三種類の異なるイメージのあいだで揺れ動く。ここに『戦争と平和』の遺産を見ることはできないだろうか。周知のとおり、トルストイは、ナポレオンを筆頭に、軍人の神話化を徹底的に攻撃しつづけ、戦争を決定づけるのは司令官ではなく兵士の士気であると主張した作家である。この問いを考察するには、『失われた時を求めて』第三篇『ゲルマントのほう』の駐屯地ドンシエールを舞台にした挿話のなかで、語り手とサン＝ルーが展開する戦略談義を思い浮かべる必要がある。語り手は「司令官の天才」に関心をひかれていた。

私はそれ［司令官の天才］がどこにあるのか理解したかった。天才をもたない司令官ならば敵に抵抗できなくなるような、ある特定の状況下で、天才的な司令官ならばどのように行動して、危うくなった戦況を立て直すのか。サン＝ルーによれば、それは大いに可能で、ナポレオンによって何度も実現されたことがあるのだった。(25)

「天才」についての問題はすべて、『失われた時を求めて』の中心テーマである文学という天職の物語（どうすれば「私」は作家になれるのか、「私」に才能はあるのか）にかかわってくるはずである。にもかかわらず――あるいはそれゆえに――、このドンシエールにおける会話の続きにおいても、『見出された時』の大戦の挿話においても、この軍事的天才という問題への明確な答えは提示されない。おそらくプルーストは、軍事的天才を定義したり、あるいは根拠のない神話ないし欺瞞として拒絶したりすることによって、結果として文学的天才の可能性をも破壊する危険を冒すのを避けたのだろう。そのかわりに彼は、作家を将軍に喩え、それによって、天才の謎を解くのではなく、別の問題に焦点をずらす。つまり、いったん始まった戦争や、いったん書きはじめられた作品が、当初の計画から逸れ、ある種の自律性を帯びて、予見不可能になるということを強調するのである。前章でとりあげたサン゠ルーの言葉をふたたび引用しよう。

将軍というのは、なにかの戯曲か本を書こうとする作家のようなもので、その本じたいが、こちらでは予期せぬ可能性を明らかにし、あちらでは袋小路を呈するものだから、前もって立てたプランから極端に逸れていってしまうのだ。（p. 341）

将軍について語るふりをして、プルーストはここで、みずからの作家としての仕事を描いている。書くこととは、あらかじめ完成したプランの実現ではなく、作品の「たえまない生成」に対応していく作業である（p. 619 ; p. 331）。トルストイが文学から軍事的天才を放擲したのにたいし、プルーストは、予測不可能性をめぐる将軍の努力を、文学作品執筆のモデルとして提示する。

とはいえ、ふたりの作家は、戦略の科学性を否定する点では共通している。まず『戦争と平和』の主人公アンドレイにとって、「軍事科学は［中略］存在しなかったし、存在するはずがなかった」[26]。

『失われた時を求めて』の語り手は、前章で見たとおり、終戦後しばらくして、ゲルマント大公夫人邸でサン＝ルーの寡婦となったジルベルトと昔話をするさい、戦争は科学的でもなければ戦略的でもなく「人間的」なものであり、さらには小説的なものなのだと述懐する。戦争を理解する点では、小説は科学に勝るというのである。

それでは、小説のなかで戦争をどのように描けばよいのか。この問いへの答えとして、プルーストは、トルストイではなくドストエフスキーを喚起する。

たとえ戦争が科学的だと仮定しても、やはり戦争を描くには、エルスチールが海を描いたように、別の方向から、錯覚や思い込みから出発してそれが少しずつ修正されていくさまを、ちょうどドストエフスキーが人生を語ったように、描かなくてはならないだろう。(p. 560)

『戦争と平和』を知る者にとって、いささか意外な選択である。『失われた時を求めて』執筆時のプルーストにとっては、戦争を描くことが問題になる場合ですらドストエフスキーに地位を譲るほど、トルストイの意義は小さくなっていたのだろうか。『戦争と平和』の遺産を『見出された時』のなかに探し求めることは無意味なのだろうか。

プルーストのトルストイ的側面

この疑念を晴らすため、フィリップ・シャルダンが提示したなかでもっとも有望な手がかりを再検討してみたい。『失われた時を求めて』においては、重要な場面で「忘我の観照」が描かれているが、「その先行モデルがあるとすれば、トルストイの小説のなかに探すべきなのは間違いない」とシャルダンは断定する。(27) カイエ25の断章でプルーストがトルストイに自己同一化し、ふたりに共通する小説作法を共通の敵に反論するかたちで弁明していることは先述したが、そこではさらに、二十世紀後半に発展するテーマ批評を先取りするような指摘がなされていた。すなわちプルーストは、トルストイの複数の小説において、比較的限られたおなじテーマが「異なる装いをまとい、一新され」ながらも反復されていると指摘しているのである。(28) その例として彼は、星や空を見上げる場面を列挙する。シャルダンは、まさにそのうちの『戦争と平和』の一場面、アウステルリッツの戦いで重傷を負ったアンドレイが広大な天空を仰ぐ場面をとりあげ、『見出された時』の大戦の挿話において、語り手がパリのトロカデロ付近で「広大な海のような」空を見つめる場面のモデルだと指摘している。(29)

『戦争と平和』において、かぎりなく高い空は、静寂と平安を宿し、遙かな永遠を思わせる。その果てしなく高い空のおかげで、アンドレイは、それ以外のすべて、彼を惑わせていたすべての空虚さに気づく。それまで彼の崇拝の対象だった敵軍の将ナポレオンが、ちょうどそこを通りかかり、救助を命じたおかげで彼は一命を取り留めるのだが、「かぎりない空とじぶんの魂のあいだで起こっていることに比べれば、ナポレオンはあまりにちっぽけで、無意味な存在に思えた」。「あの美しい、正義と善意に満ちあふれた空、彼の魂が見渡して理解したあの空」と比べれば、かつての英雄の卑小さばかりが目立つのだった。[30] そして『見出された時』でもまた、空を見上げることによって、戦争の虚しさにたいするもっとも明白な批判が展開される。第二章でパリのオリエント化の一例として見た文章だが、ふたたび引用しよう。

トロカデロの塔から見下ろせる地区全体で、空は広大な海のように見えた［中略］。海はこのときトルコ石の色に染まり、気づかないうちに人間たちを押し流していく。人間たちは地球の壮大な公転［révolution］に巻き込まれながら、その地球上で愚かにもじぶんたちなりの革命［révolutions］と空しい戦争を続ける。たとえばこのときフランスを血に染めていた戦争のように。(p. 341–342)

大空のトルストイ的なヴィジョンが、愛国的な戦争にたいする批判と結びつけられているのは偶然だろうか。ここに一八九四年の『キリスト教精神と愛国心』および『戦争と平和』の反響を読み取ることはじゅうぶん許されるのではないか。少なくとも断言できるのは、この一節が「異化」の手法を用いたモラリスト文学の系譜に位置づけられるということだ。

周知のとおり「異化」とは、ロシア・フォルマリズムの理論家ヴィクトル・シクロフスキーの提唱した概念であり、日常の習慣によって麻痺し自動化した知覚を再活性化させる芸術の手法を指すが、歴史家カルロ・ギンズブルグは、マルクス・アウレリウスを出発点として、モンテーニュ、ラ・ブリュイエール、ヴォルテールをへてトルストイにいたる系譜を辿り直しつつ、「異化」のもつ「道徳的および社会的な批判」としての側面を明らかにした。(31)

異化すること、それは支配的な世界観の正統性を揺るがすことである。けれども同時にギンズブルグは、もうひとつ別の異化があると述べ、その代表としてプルーストの名前を挙げる。問題となるのは「印象主義的な即時性の経験」であり、『失われた時を求めて』のなかでは、セヴィニェ夫人の書簡、エルスチール（ターナーやモネをモデルとした架空の画家）の絵画、ドストエフスキーの小説という三つの例を通して主張されている手法である。この場合の異化とは、「ものごとを論理的な順序にしたがって提示する代わりに、つまり原因から始めるのではなく、まずわれわれに効果を見せること、われわれを驚かせる錯覚を見せること」である。(32)

このようにしてギンズブルグは、「トルストイ流の十九世紀の異化」と「プルースト流の二十世紀の異化」、道徳的な異化と美学的な異化とを区別する。(33)しかし、戦時中のパリの空を描いた『見出された時』の一節においては、このふたつの異化、ふたつの世紀が出会っていると言えるのではないか。なぜなら、国家間の戦争にたいする「トルストイ流の」道徳的・社会的批判が、広大な海に変容した空という「エルスチール流の」印象主義的なヴィジョンと分かちがたく結びついているからだ。プルーストの論理にしたがえば、それはまた、錯覚から描くという意味では、「ドストエフスキー流の」描写とも呼べるかもしれない。こうして戦時中の世界にたいする道徳的かつ美学的な二重の異化によって、プルーストの「トルストイ的側面」と「ドストエフスキー的側面」が——スワン家のほうとゲルマントのほうが交わるように——つながることになるのである。

樹木の観照

トルストイとプルーストの小説に共通する「忘我の観照」の例はこれだけではない。本章を締めくくるにあたり、二作品において、樹木を見つめる場面が、作中人物の生涯における決定的な転換点を予告する役割を担っていることを指摘しておきたい。

ひとつだけ例を挙げる。陽光を浴びた樹々を見る場面である。『戦争と平和』第三部、アウステルリッツの戦いから七年後、ボロジノの戦いでアンドレイは再び瀕死の重傷を負うのだが、その前夜、許嫁ナターシャの裏切りによって深く傷ついた彼は、人生の無意味さを想うと同時に、生まれて初めて、死の可能性をありありと思い描く。トルストイは、この啓示の場面のなかに、つぎのような白樺の描写を導入する。

彼［アンドレイ］は並んだ白樺を見つめた。白い木肌が、単調な色合いから浮かび上がり、陽に輝いていた。「いいだろう、俺は明日殺されるのだ。終わってしまえばよい、もう俺のことなど無となればよいのだ」。彼はじぶんのいない生をありありと思い描いた。影と光に満ちたこの白樺も、あの綿雲も、野営の火も、すべてが突然、恐ろしく不穏な気配を帯びた。(34)

この「影と光に満ちた白樺」を想わせるイメージが、主人公のおなじような転換点を予告するものとして、『見出された時』のなかに現れる。大戦後、国外の療養所への滞在をへて、鉄道でパリに帰ってくる途中、「田舎の真ん中の停車駅で」、「私」は「みずからに文学の才能が欠如していること」を、「かつてないほど無惨に強烈に」意識し、衝撃を受ける。そのとき線路沿いに並ぶ樹々が彼の注意をひく。停車駅という状況での失望体験そのものは、おそらくラスキンから着想を得たもので、執筆は戦前に遡る。(35) しかし、大戦をへて、『失われた時を求めて』が戦争文学となってからこの場面を読むと、樹々を介した自己との対話が奇妙にトルストイの小説と重なって見える。

陽射しが、線路沿いに一列に並ぶ樹々の幹の半ばまでを照らしていた。「樹々よ」と私は心に思った、「おまえたちはもはや私に何も語りかけてはくれないし、私の冷えきった心にはおまえたちの言葉はもはや届かない。こうして自然のただなかにいるのに、それなのに私の眼は、冷ややかに、退屈して、おまえたちの光り輝く頂と影になった幹とを分ける線を確かめているだけだ。かつて私がじぶんで詩人だと思いこんだことがあったとしても、今ではもうじぶんが詩人ではないことはわかっている［以下略］」。(p. 433)

いずれの場面においても、太陽を浴びて光る部分と暗い部分とに分けられた樹々の幹を目にすることが、主人公の生涯と物語の転換点をしるしづけている。樹々を前にして、おのれの生への失望が声にならない声となり、直接話法で語られる。しかし、この絶望は、どちらの小説においても、やがて新たな啓示の瞬間の訪れとともに消え去ることになる。というのもまもなくふたりの主人公は真の救済に遭遇するからだ。

アンドレイは致命傷を負って運び込まれた野戦病院にて、『失われた時を求めて』の「私」は久しぶりに訪れたゲルマント大公夫人邸にて、ふたりとも生の意味を発見する。それは、一方にとっては人類にたいする憐れみと愛情であり、他方にとっては文学の力であるが、いずれの場合も、たて続けに生じる無意識的な記憶の蘇りを通して、啓示は訪れる。ゲルマント家の中庭の不揃いな敷石に躓いたときのよろめき、皿にぶつかるスプーンの音、なにげなく口にあてたナプキンの糊の硬さ、とるに足らないそれぞれの感覚によって、ヴェネツィア、上に見たパリ郊外の失意の停車駅、海辺の避暑地バルベックで「私」が生きた過去の瞬間がよみがえる至福の場面は、あらためて引用するにはおよぶまい（p. 446–447）。ここではむしろ『戦争と平和』における無意志的想起のくだりを抜粋しておきたい。

この恐ろしい苦痛［手術］のあと、アンドレイは言葉にできない充足感をおぼえた。じぶんの人生でいちばん心地よかった瞬間が目の前を横切った。とりわけ子供時代の、服を脱がされて揺りかごに寝かしつけられたときのこと、ばあやが子守唄を歌ってくれたときのこと。じぶんは生きていると感じて幸せだった。しかもこうした過去すべてが現在になったように思えた。

そのときアンドレイはかたわらに、アナトール・クラーギンの姿を認める。かつてナターシャを誘惑した男が、足を切断され、泣きわめいている。

すると突然、愛と清らかさに満ちたあの理想の世界の顔のように、ナターシャが目の前にたち現れた。一八一〇年の舞踏会ではじめて見たときのままの姿で、細長い首と手をして、輝くばかりに晴れやかで、怯えたような、今にも興奮しそうな顔をして……。そうすると彼女にたいする愛情と思いやりがこれまでにないほど強く生き生きと呼び覚まされた……。そのとき彼は、この男とじぶんのあいだに存在する絆を思い出した。涙で潤み、赤くなった男の眼は、彼のほうに向けられていた。アンドレイはすべてを思い出した。すると、情愛深い共感の念が、彼の歓びにあふれる心を貫いた。アンドレイはもはやこらえきれず、愛情と憐れみの涙を流し、人類と、彼自身と、彼自身の弱さと、この不幸な男の弱さを思って悲嘆にくれた。『そうだ、これが憐れみだ。隣人愛だ。われわれを愛してくれる人びとにもわれわれを憎む人びとにも注がれる愛、神が地上で説き、マリア［妹］が俺に教えてくれたのに、あの頃の俺は理解していなかった……。これこそが、俺がまだ人生で学ぶべきことだったのだ。死ぬのが惜しいのはこのせいだ……。しかし俺は感じる、今はもう遅すぎるのだ(36)」。

見てのとおり『戦争と平和』においては、死が避けがたくなったときに贖罪の瞬間が訪れるのにたいし、『失われた時を求めて』においては、迫る死と闘いながら作品を書きつづけていく決意が示されるという違いはある。しかし、決定的な類似点を見逃すことはできない。戦争のあとに、精神的な復活の瞬間が、予期せぬ過去の回帰によって到来し、苦しむ主人公を救済するということである。空による異化とおなじく、あるいはそれ以上に、この構造を『見出された時』における『戦争と平和』の本質的な残響と見なせるのではないか。

書く決意をもたらした決定的な啓示のあと、「私」は、『千夜一夜物語』の語り手、夜明けまで王に興趣あふれる物語を語ることで処刑を猶予されつづけたシェヘラザードに自身をなぞらえる。作品を完成させるには、無数の夜を執筆に捧げなくてはならない。ただし、明くる日の晩に執筆を再開できるとはかぎらない。突然の死が作品を中断するかもしれない。そんな不安を述べるくだりに、つぎのような文がある。

それはもしかしたら『千夜一夜物語』とおなじくらい長い本になるかもしれないが、まったくの別物だ。たしかに、好きな作品があると、そっくり似たものを作りたくなる。しかし、そのときの思い入れを捨て、じぶんの好みではなく、真理を思わなくてはならない。こちらの好き嫌いなどたずねず、好き嫌いを考えるのを禁じるような［有無をいわせぬ、個人の生が記憶に刻み込んだ］真理。そんな真理にしたがうときにだけ、気づくと断念したものに出会っていることがありうる。原典を忘れて、別の時代の『アラビア物語』や『サン＝シモンの回想録』を書いてしまっていることがあるのだ。とはいうものの、私はまだ間に合うのだろうか。遅すぎはしないだろうか。(p. 621)

語り手の表現を模倣するならば、まさにプルーストは「別の時代の」――二十世紀初頭フランスの――『戦争と平和』を書いたと言えるのではないか。『失われた時を求めて』における十九世紀ロシアの文豪の遺産目録を作成するための手がかりは、ほかにも多く残されている。けれども晩年のトルストイの代表作と組み合わせつつ、この段階ですでに、プルーストは予期せぬ危機を作中に取り込むことにより、彼の時代の『戦争と復活』を書いてしまったのだと結論づけても許されるだろう。

おわりに

一九一七年七月二十七日、ドイツ軍の戦闘機がパリの空に現れた夜、プルーストは、バルコニーから見上げた光景を「すばらしい黙示録」と呼び、光を放つ飛行機の運動を「星座」の生成と解体になぞらえて賛美した。『失われた時を求めて』の作者は、世界の終わりにすら美を見出すことを優先する芸術至上主義者なのか。

話はそれほど単純ではない、という確信が本書のひとつの出発点だった。「戦争文化」においては、美と政治、芸術と国民性の問題が混同された。たとえば、ドイツ軍の空襲を非難し、その脅威を否認することと、ワーグナー音楽の美的価値を否定し、そのフランス文化への影響を排除することが一体化していた。プルーストは、そうした「戦争文化」特有の紋切型を批判するために、多様な文体模写をおこない、作中人物に託して物語世界に組み込んだ。

本書では、コクトーの詩やブランシュの公開手記におけるワーグナー音楽への言及にはじまり、レナックの衒学的な中東戦局解説、ドイツ人の民族心理をめぐる雑誌記事、愛国的な芸術観を示すバレスの新聞記事、美的感性をもつ兵士の前線からの手紙、ビドゥーの戦略論、戦前のトルストイの愛国心批判やブールジェのトルストイ批判にいたる多数の文献を発掘し、「戦争文化」のトポスを再構成した。プルーストの小説には、戦時中の言説の自明の前提を「異化」するしかけが組み込まれている。ただ純粋な知覚によって意外な美を発見する（エルスチール的な）「異化」ではなく、社会における支配的な価値観の不条理を暴く道徳的な（トルストイ的な）「異化」によって、終戦を待たずに、「戦争文化」からの——文学の文学による文学のための——「復員」を準備していたと言える。

『失われた時を求めて』は、もともと一九〇八年ごろ、作者の美学理論（反サント＝ブーヴ論）をいわば実演し、証明するための物語として構想され、一九一三年の第一巻刊行時にはすでに最終章（芸術創造をめぐる啓示）の第一稿が書かれていた。そのことを思うと、予想外の大災厄を物語に吸収して、独自の戦争小説に変貌したことは、あらためて驚嘆に値する。

しかし、偶然を引き受けることで戦時文学になった小説は、もうひとつの不幸な偶然により戦時文学として読まれる機会を失った。大戦の挿話を含む最終篇『見出された時』の刊行は、作者の死後五年、休戦から九年を経た一九二七年。戦時文学として受容されるには遅すぎた。もっぱら後世が記憶しているのは、終戦まもない一九一九年、前線の兵士の受難を描いたロラン・ドルジュレスの『木の十字架』をしりぞけて、もっぱら戦前の有閑階級の恋を描いたように見える『花咲く乙女たちのかげに』がゴンクール賞に選ばれ、物議をかもしたという事実である(1)。プルーストは、戦中の悲惨とは対照的な、遡及的に美化されたベル・エポックを追憶した作家、終戦直後の読者のひそかな願望に応えて戦禍の緊張を忘却させ、まさにそれゆえに「復員の栄光」を享受した作家と見なされた。それと引き換えに『失われた時を求めて』の戦時文学としての射程、その歴史性、社会性、政治性は忘却されることになった。

百年後の今、「戦争文化」の観点から、プルーストの小説を終戦直後の言論界への批評的介入の試みとして読みなおすこと。それが本書の狙いだった。『見出された時』は、戦時中の新聞にたいするプルーストのいらだちと銃後の作家ゆえのジレンマを起点として、文学が直面した問い——国が危機に瀕するとき、文学の存在意義はどこにあるのか——にたいする答えを提示する。もちろん答えといっても、あらかじめ定められた選択肢のなかから選ぶわけではない。プルーストはむしろ、刊行途中のライフワークに潜在していた可能性を利用して、独自の選択肢を創り出した。社会言説の二次的な使用（暗示的な言及や創造的な模倣）と、男性同性愛のテーマを媒介にした戦争の再解釈（暴力の幻想化や愛国心の冒瀆）によって「戦争文化」を内側から「異化」すること。これこそがプルーストの発明した答えである。結局、彼にとって、小説は「戦争文化」の内と外に同時に立つための装置だったのではないだろうか。

語源に遡ると「黙示録」は「啓示」を意味する。出版の経緯によって、終戦直後に読まれる機会を失った書物は、二十一世紀の読者に「銃後」の論理を啓示するように思われる。戦時中のパリを見つめる『失われた時を求めて』の語り手の立場は、文化的な動員と復員のあいだでゆらぎ、愛国心の擁護と批判のあいだで引き裂かれている。この類例のない戦争小説は、相対的な安全地帯である「銃後」で危機を生き、危機を思考するためのひとつの方法を教えてくれる。それは、メディア上で増殖する言説を素材に選び、その言説を加工し、その「情念の論理」に抗いながら危機を書くことである。たしかに、そのとき「前線」の他者の苦しみと痛みはますます遠ざかるにちがいない。それでもなおその他者は、どうしようもないほどに近い「われわれ」の一員であり続けるだろう。この遠さと近さを同時に生きながら、みずからの生と一体化した語りを創造すること。それだけが銃後の文学の倫理だとプルーストは告げているのかもしれない。

註

はじめに

(1) André Gide, *Journal, 1887–1925*, éd. Éric Marty, Gallimard, « Bibliothèque de la Pléiade », t. I, 1996, p. 849.

(2) プルーストの小説を「戦中の反戦文学として代表的」とする加藤周一の表現は、少なくとも一般的に当時の反戦文学を代表する作品群（たとえばロマン・ロランやバルビュスの小説）との差異を看過している。加藤周一「戦争とプルースト」、『失われた時を求めて13 第七篇 見出された時Ⅱ』鈴木道彦訳、集英社文庫ヘリテージシリーズ、二〇〇七年、三二一頁。

(3) *Corr.*, t. XV, p. 132. コルブは五月三十日の手紙と推定しているが、フランソワーズ・ルリッシュが編集した書簡選集では十二日に修正されている。Marcel Proust, *Lettres (1879–1922)*, éd. Françoise Leriche, Plon, 2004, p. 768, n. 1.

(4) じつは、大戦の章が『見出された時』の一部をなすことすら、プルーストの最終的な意図を反映したものかどうか定かではない。この章は、ときに「戦時中のシャルリュス氏――その意見と快楽」と呼ばれるが、この章題が用いられたのは、一九一八年に印刷が完了していた第二巻『花咲く乙女たちのかげに』（刊行は翌年）に付された予告のなかである。この時点で『失われた時を求めて』はまだ五巻編成とされ、第三巻『ゲルマントのほう』、第四巻『ソドムとゴモラⅠ』につづく第五巻『ソドムとゴモラⅡ――見出された時』のなかに、この章題は含まれる。その後、同性愛を中心主題とする『ソドムとゴモラ』の膨張と再編成（第五篇『囚われの女』と第六篇『消え去ったアルベルチーヌ』への展開）により、大戦の章が、『見出された時』の導入というよりはむしろ、同性愛をめぐる一連の物語のエピローグとしての役割をもつことが明確になった。最終的にプルーストは、戦後のゲルマント大公夫人邸のエピソードだけを『見出された時』と呼んだと考えたほうが納得できるくらいである。Nathalie Mauriac

Dyer, « Entre apocalypse et farce : la guerre, épilogue du cycle de *Sodome et Gomorrhe* », Philippe Chardin et Nathalie Mauriac Dyer (dir.), *Proust écrivain de la Première Guerre mondiale,* avec la collaboration de Yuji Murakami, Dijon, Éditions Universitaires de Dijon, 2014, p. 161–175.

（5）アントワーヌ・コンパニョンはこの二重の観点から『ソドムとゴモラ』を分析し、プルースト研究に新領域を開拓した。Antoine Compagnon, *Proust entre deux siècles,* Seuil, 1989.

（6）平野千果子「フランスにおける第一次世界大戦研究の現在——国民史の再考から植民地へ」、『思想』一〇六一号、二〇一二年九月、七～二七頁。松沼美穂「兵士はなぜ耐えたのか——フランスの第一次世界大戦研究」、『歴史評論』七二八号、二〇一〇年十二月、七四～八四頁。ジャン＝ジャック・ベッケール、ゲルト・クルマイヒ『仏独共同通史　第一次世界大戦』剣持久木・西山暁義訳、岩波書店、全二巻、二〇一二年。

（7）Antoine Prost, Jay Winter, *Penser la Grande Guerre. Un essai d'historiographie*, Seuil, « Points Histoire », 2004, p. 42 *sq.* ベッケール、クルマイヒ、前掲書、下巻の訳者解説（二〇九頁以下）も参照。

（8）Stéphane Audoin-Rouzeau et Annette Becker, « Violence et consentement : la "culture de guerre" du premier conflit mondial », Jean-Pierre Rioux et Jean-François Sirinelli (dir.), *Pour une histoire culturelle*, Seuil, 1997, p. 251–271, p. 252.「諸国民が紛争に精力を注ぐ枠組みとなったさまざまな表象、態度、慣習行動、文学的・芸術的な生産物の集合」として定義されたこともある。Stéphane Audoin-Rouzeau, *L'Enfant de l'ennemi, 1914–1918,* Aubier, 1995, p. 10. この概念をめぐる論争については以下を参照。Christophe Prochasson, « La guerre en ses cultures », Jean-Jacques Becker (éd.), *Histoire culturelle de la Grande Guerre*, Armand Colin, 2005, p. 255–271; Frédéric Rousseau, *La Guerre censurée. Une histoire des combattants européens de 14-18* [1999], Seuil, « Points Histoire », 2003, p. 7–23.

（9）プルーストとドレフュス事件の関係を分析した以下の論考は、戦争との関係を考えるうえでも参考になる。Elisheva Rosen, « Littérature, autofiction, histoire : l'affaire Dreyfus dans *La Recherche du temps perdu* », *Littérature*, n° 100, décembre 1995, p. 64–80.

（10） Marion Schmid, « Ideology and Discourse in Proust : The Making of “M. de Charlus pendant la guerre” », *The Modern Language Review*, n° 94-4, 1999, p. 961–977; « Idéologie et discours : le témoignage des manuscrits », Nathalie Mauriac Dyer et Kazuyoshi Yoshikawa (dir.), *Proust aux brouillons*, Turnhout (Belgique), Brepols, « Le Champ proustien », 2011, p. 137–149.

（11） 日本語で読める主要な先行研究をあげておく。吉田城『『失われた時を求めて』草稿研究』平凡社、一九九三年、三三五～三五〇頁。小倉孝誠『歴史と表象――近代フランスの歴史小説を読む』新曜社、一九九七年（第八章）。湯沢英彦『プルースト的冒険』水声社、二〇〇一年（第二章）。小黒昌文『プルースト 芸術と土地』名古屋大学出版会、二〇〇九年（第七章）。フランス語の研究については、巻末の文献一覧を参照。

（12） 二〇一四年二月、草稿や同時代資料の調査に力点がおかれてはいないものの、プルーストと戦争をあつかったおそらく最初のモノグラフィーが刊行された（Brigitte Mahuzier, *Proust et la guerre*, Honoré Champion, 2014）。フランス国立科学研究センター（ＣＮＲＳ）の近代テクスト草稿研究所（ＩＴＥＭ）プルースト班は、「『失われた時を求めて』は戦争小説か？」という問いをめぐって二〇一〇～二〇一一年度の通年セミナーを開催し、その成果が二〇一四年に論文集『第一次世界大戦の作家プルースト』（Philippe Chardin et Nathalie Mauriac Dyer (dir.), *Proust écrivain de la Première Guerre mondiale*, op. cit.）として刊行された（本書第二章のフランス語版も同書に収録されている）。また二〇一五年には、ドイツのプルースト協会で「マルセル・プルーストと大戦」というシンポジウムが計画されている。

序章

（1） 戦時中のプルーストの生活について、詳しくはジャン＝イヴ・タディエ『評伝プルースト』吉川一義訳、筑摩書房、下巻、二〇〇一年を参照。戦時中の書簡の一部は『プルースト全集18 書簡Ⅲ』筑摩書房、一九九七年に収録されている。書簡集の編者コルブおよび保苅瑞穂の解説にくわえ、以下の研究が参考になる。Luc Fraisse, *Proust au miroir de sa correspondance*, SEDES, 1996, p. 359–380 ; Pyra Wise, « Proust et la “langue poilue” », *Proust écrivain de la Première Guerre mondiale*, op. cit., p. 51–76. 第一次世界大戦の通史的な叙述として、最新の以下の文献が簡潔にまとまっているので活用した。André Loez, Nicolas Offenstadt, *La Grande Guerre, Carnet du centenaire*, Albin Michel, 2013 (chap. 1, « Récit : Cinq ans d'une guerre interminable », p. 6–29). ちなみに「戦中派不戦作家」とは、山田風太郎『戦中派不戦日記』の転用である。

（2）ジッドからプルーストに宛てた一九一四年一月十日か十一日の手紙および三月二十日の手紙（*Corr.*, t. XIII, p. 50–51, p. 114）、プルーストからリヴィエールに宛てた同年二月六日の手紙（*ibid.*, p. 98–100）を参照。

（3）*Corr.*, t. XIII, p. 283. 一九一四年八月二日のリオネル・オゼール宛の手紙。

（4）Jay Winter, « Victimes de la guerre : morts, blessés et invalides », Stéphane Audoin-Rouzeau et Jean-Jacques Becker (dir.), *Encyclopédie de la Grande Guerre*, t. II, Perrin, « Tempus », 2012, p. 717.

（5）*Corr.*, t. XIV, p. 307. 一九一四年十月十七日のカチュス夫人宛の手紙。平和的 pacifique であって、反戦主義的 pacifiste ではないことに留意したい。

（6）ちなみに彼自身、一八九七年にリュシアン・ドーデとの同性愛関係をほのめかした批評家ジャン・ロランと決闘し、命よりも名誉を重んじたことを誇りにしていた。

（7）*Corr.*, t. XIII, p. 328. 一九一四年十月頃のバレス宛の手紙。「数年前の手紙」とは、一九一一年十月一日の手紙（*Corr.*, t. X, p. 351–353）を指すとコルブは推測している。

（8）「明らかに、マルクス主義を採用したフランスの労働者や、ワーグナーの夢に身を委ねた愛好家や、ニーチェのたわごとを絶賛した好事家は、フランスの大義を裏切った。おのれの祖国に奉仕しなかったのである」。Maurice Barrès, « Nous élargirons notre nationalisme. (Ce qu'il en sera de notre littérature après la guerre) », *L'Écho de Paris*, 19 avril 1915 ; *Chronique de la Grande Guerre*, Plon, 1920–1924, 14 vol., t. IV, p. 175.

（9）*Corr.*, t. XIII, p. 351. 一九一四年十一月二十二日のジョゼフ・レナック宛の手紙。

（10）Esteban Buch, « "Les Allemands et les Boches" : la musique allemande à Paris pendant la Première Guerre mondiale », *Le Mouvement Social*, 2004/3, n° 208, p. 45–69.

（11）Bruno Cabanes et Anne Duménil (dir.), *Larousse de la Grande Guerre*, Larousse, 2007, p. 71–75を参照。
（12）Maurice Barrès, « Les ivrognes sur le charnier », *L'Écho de Paris*, 15 octobre 1914 ; *Chronique de la Grande Guerre*, t. II, p. 2.
（13）*Corr.*, t. XIV, p. 98–100, n. 2. 一九一五年四月十一日のポール・スーデー宛の手紙。
（14）*Corr.*, t. XIV, p. 40. 一九一五年一月二十三日のコクトー宛の手紙。
（15）*Corr.*, t. XIII, p. 331. 一九一四年十一月十六日のダニエル・アレヴィ宛の手紙。
（16）同上。
（17）Daniel Halévy, « Les Trois Croix (d'après le récit d'un soldat anglais) », *Le Journal des débats politiques et littéraires*, 17 novembre 1914.
（18）*Corr.*, t. XIII, p. 358. 一九一四年十一月三十日のジョルジュ・ド・ロリス宛の手紙を参照。
（19）*Corr.*, t. XIV, p. 119. 一九一五年五月三日のロベール・ド・ビイ宛の手紙。
（20）*Corr.*, t. XIII, p. 346. 一九一四年十一月二十一日のレーナルド・アーン宛の手紙。
（21）*Corr.*, t. XIV, p. 49. 一九一五年二月初旬のカチュス夫人宛の手紙。
（22）André Loez, *La Grande Guerre*, La Découverte, 2010, p. 23.
（23）公刊された手紙では名前が伏せられているが、書簡集の編者コルブによると、コクトーがでっちあげた噂をシュヴィニエ夫人に語り、それがプルーストの耳に入ったらしい。しかもコクトーはみずから申し出、「ガラスケースに入ったようなプルーストの生活」を「総合する」見事なイメージだと悦に入って、プルーストが喜んでしかるべきだという態度をとった。*Corr.*, t. XIV, p. 77, n. 7を参照。
（24）*Corr.*, t. XIV, p. 66. 一九一五年三月七日のリュシアン・ドーデ宛の手紙。
（25）*Corr.*, t. XVII, p. 120. 一九一八年二月十九日のジャック・ポレル（レジャーヌの息子）宛の手紙。
（26）*Corr.*, t. XIV, p. 175. 一九一五年七月初旬のリュシアン・ドーデ宛の手紙。
（27）Yuji Murakami, « Proust et l'antisémitisme en 1898 », communication présentée au colloque « *Du côté de chez Swann* ou le

cosmopolitisme d'un roman français », Collège de France, 13 juin 2013を参照。

(28) 『失われた時を求めて』のなかでプルーストは「無意識的な愛国心」という表現を用いる。「無意識的な愛国心によって給仕頭は、病気になってからの私とおなじ蜃気楼の犠牲者である全フランス人と同様、戦勝は——治癒は——間近だと思いこんでいた」(*RTP*, t. IV, p. 422)。

(29) *Corr.*, t. XIV, p. 71. 一九一五年三月八日すぎのルイ・ダルビュフェラ宛の手紙。

(30) 同上。「それほど愛せなかった je ne savais pas tant aimer」は、「じぶんがそれほど愛しているとは知らなかった je ne me savais pas tant aimer」の誤記と解釈したい誘惑に駆られる。

(31) 小説のなかの記述は以下のとおり。「一九一四年にはパリのほとんど無防備な美が、近づく敵の脅威を待ち受けるさまを見たが、たしかに今［一九一六年］もあのときとおなじように、古代を思わせる不変の月の輝きが、残酷なまでに謎めいた静謐さをたたえ、いまだ無傷のモニュメントに、その光の無用な美を注いでいて［以下略］」(*RTP*, t. IV, p. 380)。

(32) *Corr.*, t. XIV, p. 71. 一九一五年三月八日すぎのルイ・ダルビュフェラ宛の手紙。

(33) [Jean Cocteau], « La fin de la Grande Guerre », *Le Mot*, n° 13, 6 mars 1915. Claude Arnaud, *Jean Cocteau*, Gallimard, 2003, p. 134, n. 9を参照。

(34) *CSB*, p. 573.

(35) *Corr.*, t. XVII, p. 270. 一九一八年五月三十一日のストロース夫人宛の手紙。

(36) *RTP*, t. IV, 375, n. 1. Maurice Barrès, « La cathédrale en flammes », *L'Écho de Paris*, 20 septembre 1914 ; *Chronique de la Grande Guerre*, t. I, p. 241–242.

(37) 小黒昌文、前掲書、第七章「第一次世界大戦と〈土地〉の破壊」を参照。

(38) *Corr.*, t. XIV, p. 150–151. 一九一五年六月五日頃のカチュス夫人宛の手紙。

(39) *Corr.*, t. XIV, p. 167. 一九一五年七月初旬のロベール・ド・モンテスキウ宛の手紙。

（40） *Corr.*, t. XIV, p. 150–151. 一九一五年六月五日頃のカチュス夫人宛の手紙。

（41） ブランシュ自身「戦時中の今、何を書くことができるのか」と問う日々であり、プルーストだけでなく、ジッドにも相談をしていた。Georges-Paul Collet, *Jacques-Émile Blanche. Biographie*, Bartillat, 2006, « 10. La Grande Guerre. Les Cahiers d'un artiste. André Gide — François Mauriac », p. 139–179.

（42） *Corr.*, t. XIV, p. 179–180. 一九一五年七月七日頃のジャック＝エミール・ブランシュ宛の手紙。

（43） *RTP*, t. IV, p. 473を参照。

（44） 記録性の標榜にもかかわらず不整合があることを、プルーストは見過ごさない。最初の指摘は、一九一四年八月九日付の手紙に「塹壕」という語を用いるのは史実に反するという、日付と記述の不整合に関するものだった。*Corr.*, t. XIV, p. 112–114. 一九一五年四月二十五日から三十日頃のブランシュ宛の手紙。

（45） Jacques-Émile Blanche, « Lettres d'un artiste (1914–1915). III », *La Revue de Paris*, 15 avril 1915, p. 867.

（46） *Corr.*, t. XIV, p. 158. 一九一五年六月末頃のブランシュ宛の手紙。

（47） *Corr.*, t. XIV, p. 211–213. 一九一五年八月二十七日のリオネル・オゼール宛の手紙。

（48） *Corr.*, t. XIV, p. 228–229. 一九一五年九月のリュシアン・ドーデ宛の手紙。兵員不足を解消するためにイギリスが徴兵制を導入するのは翌年のことである。

（49） *RTP*, t. I, p. 87–88. 岩波文庫、第一巻、二〇二～二〇四頁を参照。

（50） 具体例として、外交官ノルポワの言い回しについて分析した拙論を参照。« Quelques allusions à la presse dans les cahiers de la guerre », *Bulletin d'informations proustiennes*, n° 42, 2012, p. 53–60.

（51） ヴェルダン攻防の要所のひとつが「三〇四高地」と呼ばれた。George Painter, *Marcel Proust*, trad. G. Cattaui et R.-P. Vial, éd. revue, corrigée et augmentée d'une nouvelle préface de l'auteur, Mercure de France, 1992, p. 692.

（52） *RTP*, t. I, p. 46. 吉川一義訳（岩波文庫、第一巻、一一六頁）を使用。

（53） *Corr.*, t. XV, 129–133 ; *Lettres (1879–1922)*, *op. cit.*, p. 768, n. 1. 一九一六年五月十二日のガストン・ガリマール宛の

手紙。

（54） コルブの註、および「ゲルマントのほう」の校訂をしたThierry Lagetの指摘を参照。*RTP*, t. II, p. 1509. ヴィルヘルム二世を「侮辱」する箇所とは、おそらくゲルマント公爵夫人が皇帝を（オスカー・ワイルドのファッションの一部として知られていた）「緑のカーネーション」になぞらえ、彼の同性愛傾向を暗示するくだりを指す。Nathalie Mauriac Dyer, « Entre apocalypse et farce : la guerre, épilogue du cycle de *Sodome et Gomorrhe* », art. cit. ; *RTP*, t. II, p. 815; 岩波文庫、第七巻、四〇四頁。

（55） バルビュスが青年時代に同人誌「饗宴」に寄稿してきたことを回想する手紙はある。*Corr.*, t. XX, p. 47. 一九二一年一月五日のポール・スーデー宛の手紙。

（56） *Corr.*, t. XV, p. 290–291. 一九一六年九月十日頃のウォルター・ベリー宛の手紙。

（57） *Corr.*, t. XV, p. 316. 一九一六年十月のグレフュール伯爵夫人宛の手紙。同年五月二十二日のナタン夫人宛の手紙（*ibid.*, p. 105）も参照。

（58） *Corr.*, t. XVII, p. 279. 一九一八年六月三日のリオネル・オゼール宛の手紙。

（59） *Corr.*, t. XVII, p. 416. 一九一八年十月二十日のスーゾ大公妃宛の手紙。

（60） *Corr.*, t. XVI, p. 32. 一九一七年一月十二日のストロース夫人宛の手紙。ほぼ同一の内容をふくむ、前年末に出しそこねた手紙も公刊され、コルブがクレマンソーについて注記している。*Corr.*, t. XV, p. 344, n. 7.

（61） クレマンソーは、主筆として政府対応への批判を展開した「自由人」紙が検閲にかかったのち、「鎖に繋がれた人間」と改称して刊行したが、まもなく首相に就任して「勝利の父」と呼ばれることになる。

（62） *Corr.*, t. XVI, p. 272. 一九一七年十月二十九日か三十日のスーゾ大公妃宛の手紙。

（63） この記事の詳細な分析は前掲の拙論（« Quelques allusions à la presse dans les cahiers de la guerre », art. cit.）を参照。ブランシュへの忠告とは裏腹に、プルーストの資料的な正確さへの無頓着ぶりがうかがえる。

（64） Camille Duguet, « Propos féminins », *Le Figaro*, 15 janvier 1917.

(65) クリヨン（消灯が午前二時だった）に『花咲く乙女たちのかげに』のゲラを持ち込んで校正することもあった。一九一七年九月八日か九日のジャック・トリュエル宛の手紙（*Corr.*, t. XVI, p. 287）を参照。

(66) *Corr.*, t. XVI, p. 196–197. 一九一七年七月末頃のストロース夫人宛の手紙。

(67) おなじ比喩が一九一八年にも繰り返される。「あるご婦人をリッツに送って部屋で歓談していたとき、爆弾がリッツの庭にひとつ、ヴァンドーム広場にひとつ落下しました。ヴォードヴィル劇のような大騒ぎで、リッツも自由交換ホテルのようでした。不幸にも少し知っているボーイが何人か負傷しました」（*Corr.*, t. XVII, p. 292. 一九一八年六月二十七日のアルマン・ド・ギッシュ宛の手紙）。

(68) ポール・モランが七月十七日の日記で、この表現をレナック風のものとして引用しているが、コルブは厳密にはコクトーの詩のほうが近いと指摘する。*Corr.*, t. XVI, p. 197, n. 11 を参照。Paul Morand, *Journal d'un attaché d'ambassade, 1916–1917*, nouvelle édition avec un complément établi, présenté et annoté par Michel Collomb, Gallimard, 1996, p. 286.

(69) *Corr.*, t. XVII, p. 288–289. 一九一八年六月二十四日のエチエンヌ・ド・ボーモン宛の手紙。

(70) *Corr.*, t. XVI, p. 139–140. 一九一七年五月十九日か二十日のコクトー宛の手紙。

(71) *Corr.*, t. XVI, p. 143. 一九一七年五月二十一日頃のコクトー宛の手紙。

(72) *RTP*, t. IV, p. 184, n. 1.

(73) 「コクトーが『芸術ではつねにぼくは左に行く』と言うたびに、言葉も観念も間違っていると何度言っただろうか」。*Corr.*, t. XIX, p. 99. ジャック・リヴィエール宛の一九二〇年一月二十六日の手紙。

(74) 厳密にいえば、戦時中のコクトーの活動には、前衛性と古典回帰と愛国プロパガンダが混在していた。プルーストは、おそらく一九一五年頃、「モ」の論説におけるコクトーの文体を模倣し、新古典主義（兵士の古典的な美化）が未来派マリネッティや愛国的諷刺画家アベル・フェーヴルに接近する傾向を揶揄した。この未完のパスティーシュ（Carnet 2, 48 r°, 48 v° ; *Carnets*, édition établie et présentée par Florence Callu et Antoine Compagnon, Gallimard, 2002,

p. 222–223）については、Emily Eells, « Proust pasticheur de Cocteau : présentation d'un pastiche inédit », *Bulletin d'informations proustiennes*, n° 12, 1981, p. 75–85を参照。

（75） *Corr.*, t. XVII, p. 43. 一九一八年一月四日のウォルター・ベリー宛の手紙。

（76） Laure Murat, *La loi du genre, Une histoire culturelle du « troisième sexe »*, Fayard, 2006, p. 335–345 ; Régis Revenin, *Homosexualité et prostitution masculine à Paris 1870–1918*, L'Harmattan, 2005, p. 131–132を参照。

（77） *Corr.*, t. XVII, p. 97. 一九一八年二月四日のジャック＝エミール・ブランシュからプルーストへの手紙。

（78） *Corr.*, t. XVII, p. 104. 一九一八年二月十三日頃のストロース夫人宛の手紙。

（79） *Corr.*, t. XVII, p. 175–176. 一九一八年四月九日のスーゾ大公妃宛の手紙。

（80） *Corr.*, t. XVII, p. 152. 一九一八年三月末頃のジャック・ポレル宛の手紙。*Ibid.*, p. 169, 283, 405も参照。

（81） *Corr.*, t. XVII, p. 159–160. 一九一八年四月三日のリオネル・オゼール宛の手紙。

（82） *Corr.*, t. XVII, p. 175–176. 一九一八年四月九日のスーゾ大公妃宛の手紙。戦争のなかで「見ています」と訳した部分（原文 vois）を、編者コルブは「生きている vis」の書き間違いであるとしているが、原文にしたがう。

（83） *Corr.*, t. XVII, p. 215–216. 一九一八年四月二十八日のリオネル・オゼール宛の手紙。蜜蜂についての詩句（原文ラテン語）は、ウェルギリウスからの引用。この蜜蜂のテーマについては、坂本さやか「『ウェルギリウスの蜜蜂』ミシュレの『虫』における復活」、中里まき子編『トラウマと喪を語る文学』朝日出版社、二〇一三年、一四九～一五八頁も参考になる。

（84） *Corr.*, t. XVII, p. 448. 一九一八年十一月十一日のストロース夫人宛の手紙。

（85） *Corr.*, t. XVII, p. 453. 一九一八年十一月十二日のストロース夫人宛の手紙。

（86） *Corr.*, t. XVI, p. 239. 一九一七年十月頃のジッド宛の手紙。

（87） *Corr.*, t. XVI, p. 266. 一九一七年十月二十五日の少し前のルネ・ボワレーヴ宛の手紙。

第一章

（1） Stéphane Audoin-Rouzeau et Annette Becker, « Violence et consentement : la "culture de guerre" du premier conflit mondial », art. cit., p. 252.
（2） Jules Poirier, *Les Bombardements de Paris* (1914–1918), *Avions-Gothas-Zeppelins-Berthas*, préface du général Niessel, Payot, 1930.
（3） Maxime Vuillaume, *Paris sous les Gothas*, F. Rouff, « Patrie », 1918, p. 6 et 20.
（4） *Ibid.*, p. 13 et 22.
（5） Camille Mayran, « Raid sur Paris », *Je sais tout*, n° 152, 15 juillet 1918, p. 65–72.
（6） Romain Rolland, *Pierre et Luce* [1920], Albin Michel, 1958. ロマン・ロラン『ピエールとリュース』宮本正清訳、みすず書房、新装版、二〇〇六年。
（7） *Ibid.*, p. 14 et 36.
（8） 湯沢英彦、前掲書、第二章「血、接触、書き込み――『失われた時』における「ドレフュス事件」と「第一次大戦」」を参照。語り手がジュピアンのホテルを出た直後に、ホテルの方角に落下する爆弾を目撃する場面も参照のこと（*RTP*, t. IV, p. 412）。
（9） Marion Schmid, art. cit.
（10） *Corr.*, t. XIII, p. 283 ; t. XVIII, p. 587. 一九一四年八月二日のリオネル・オゼール宛の手紙と一九一〇年三月十九日のダニエル・アレヴィ宛の手紙。H. G. Wells, *La Guerre dans les Airs*, trad. Henry-D. Davray et B. Kozakiewicz [Mercure de France, 1910], Gallimard, « Folio », 1984, p. 257–258 ; *The War in the Air* [1908], ed. Patrick Parrinder, London, Penguin Books, 2005, p. 190.
（11） Jean Cocteau, *Le Cap de Bonne-Espérance* [1919], dans *Œuvres poétiques complètes*, éd. Michel Décaudin *et al.*, Gallimard, « Bibliothèque de la Pléiade », 1999, p. 60. 「海賊の仲間」はガロスを指し、「角笛」をめぐる二行は挿入句的な位置づけ

である。

(12) Jean Cocteau, *Dans le Ciel de la Patrie*, illustrations de Benito, croquis d'appareils de Capelle, suivi de « Du Sport à la Guerre, grâce à la Vitesse » par Jean Mortane, Société Spad, 1918, p. [4].

(13) Cahier XVII, f° 37 ; *Corr.*, t. XVI, p. 196. 一九一七年七月末頃のストロース夫人宛の手紙。

(14) « Surhommes », *Le Mot*, n° 2, 7 décembre 1914, p. [2]. コクトーが偽名で執筆した記事。

(15) Maurice Barrès, « Les Walkyries et nos jeunes héros. (Une messe pour le repos de l'âme d'Ernest Psichari.) », *L'Écho de Paris*, 30 novembre 1914, ; *Chronique de la Grande Guerre*, t. II, p. 205.

(16) Dominique Bonnaud, « La Visite d'un Zeppelin sur Nancy », *Les Annales politiques et littéraires*, n° 1648, 24 janvier 1915, p. 130.

(17) プルーストは、サン＝ルーと女優ラシェルの関係が話題になったさいに「愛とは神秘的なものだ」と語るゲルマント公爵夫人の態度を、「[反ワーグナー的な] クラブ会員にたいして『ワルキューレ』には騒音しかないわけではないと断言するワーグナー愛好家の妥協を許さぬ確信」になぞらえている。*RTP*, t. II, p. 524. 岩波文庫、第六巻、一二五頁。

(18) Jules Combarieu, « Musiciens allemands et Musiciens français », *La Revue de Paris*, 1er mars 1915, p. 174–193, p. 191–192.

(19) Maurice Barrès, « L'Échec du Pirate des Airs », *L'Écho de Paris*, 21 mars 1915 ; *Chronique de la Grande Guerre*, t. IV, p. 46.

(20) Anonyme, « Incursion de Paris », *Le Journal des débats politiques et littéraires*, 31 janvier 1916.

(21) Saint-Saëns, *Germanophilie*, Dorbon-Ainé, 1916, p. 23, 32 et 41.

(22) Jacques-Émile Blanche, « Cahiers d'un Artiste. I », *La Revue de Paris*, 15 août 1915, p. 721–765, p. 746. 「ソニア」とはパリ芸術界の「女王」と呼ばれたミシア・ゴデブスカ＝エドワルスを指す。ジッドは実名で登場する。Arthur Gold et Robert Fizdale, *Misia. La Vie de Misia Sert* [1980], trad. Janine Hérisson, Gallimard, « Folio », 1984, p. 203 も参照。モードリス・エクスタインズの『春の祭典　第一次世界大戦とモダン・エイジの誕生』（金利光訳、みすず書房、新版、二

〇〇九年、原著一九八九年）にも引用されているが、「戦争を芸術の一形式、すぐれた生の表現とみる傾向」を読みとるばかりで、芸術と政治の混同という本質的な要素を指摘していない（二四七頁）。

（23） Paul Poupard (dir.), *Dictionnaire des religions*, 3e éd. revue et augmentée, PUF, 1993, entrée « Valkyrie » par Jules Ries, p. 2099–2100.

（24） 工藤庸子は、プルーストの小説において男色家が愛する少年を女性名詞で呼ぶ傾向があると指摘したうえで、このサン＝ルーの台詞にワーグナー愛好と同性愛趣味の合致を読みとっている。『プルーストからコレットへ　いかにして風俗小説を読むか』中公新書、一九九一年、一四四頁。

（25） ツェッペリンの乗組員の勇気を賛美するシャルリュスの態度もまた、おなじ系列に属している（*RTP*, t. IV, p. 381）。

（26） André Loez, « "Lumières suspectes" sur ciel obscur. La recherche des espions et le spectacle de la guerre dans Paris bombardé en 1914–1918 », Christophe Prochasson et Anne Rasmussen (dir.), *Vrai et faux dans la Grande Guerre*, La Découverte, 2004, p. 166–188.

（27） *RTP*, t. III, p. 713–714 も参照。

第三章

（1） 「パリ小説」という表現は、一九〇八年五月五日か六日のルイ・ダルビュフェラ宛の手紙に見られる。*Corr.*, t. VIII, p. 112.

（2） ただし、それ以降の出来事（とりわけ一九一八年のゴータによる空襲）もエピソードのなかに取り込まれ、整合性はつけられていない。すでに述べたとおり、「清書ノート」といっても完成原稿ではないのである。

（3） Charles Maurras, « La Grosse Bertha », *L'Action française*, 24 mars 1918 ; *Les Nuits d'épreuve et la mémoire de l'État. Chronique du bombardement de Paris*, Nouvelle Librairie Nationale, 1923, p. 54.

（4） 以下を参照。Emily Eells, « Proust et le sérail », *Cahiers Marcel Proust*, n° 12, Études proustiennes, V, 1984, p. 127–181 ; Alain Buisine, « Marcel Proust : Le côté de l'Orient », *Revue des sciences humaines*, n° 214, avril-juin 1989, p. 121–144 ; Dominique Julien, *Proust et ses modèles, les « Milles et Une Nuits » et les « Mémoires » de Saint-Simon*, José Corti, 1989 ; Margaret Topping, « Les Milles et Une Nuits proustiennes », *Essays in French Literature*, n° 35–36, 1998–1999, p. 113–130 ; Francine Goujon, *« Mille et Une Nuits (Les) »*, Annick Bouillaguet et Brian G. Rogers (dir.), *Dictionnaire Marcel Proust*, Honoré Champion, 2004, p. 628–630 ; Anne Simon, « D'un engouement Belle Epoque à un motif littéraire structurant : l'Orient chez Proust », conférence prononcée le 11 mai 2008, publiée sur le site internet du Centre de recherches proustiennes, dernière mise à jour le 22 janvier 2009.

（5） *RTP*, t. III, p. 230–231 ; t. IV, p. 206.

（6） 「地理的文脈」とは、ドンシエールの戦略談義でサン＝ルーが好んで用いた表現である。*RTP*, t. II, p. 409. 岩波文庫、第五巻、二三八頁。

（7） プルーストにおけるオリエンタリズム表象の政治性については、以下の先行研究がある。吉田城、前掲書、三三五〜三五二頁。André Benhaïm, « From Baalbek to Baghdad and beyond : Marcel Proust's foreign memories of France », *Journal of European Studies*, vol. 35, n° 1, 2005, p. 87–101 ; Mireille Naturel, *Proust et le fait littéraire : réception et création*, Honoré Champion, 2011, « L'"orientalisation" de la guerre », p. 105–110. 本章の特徴は、プルーストのオリエンタリズムへの言及を、一九一四〜一九一八年の集合表象のなかに具体的に位置づけなおす点にある。

（8） ここであげた第一の情景に先立って、エピソードの冒頭から、総裁政府時代のファッションが大戦中に流行したことが喚起されるさいに、さりげなく服飾のオリエンタリズムが問題になっていることも確認しておこう（*RTP*, t. IV, p. 302）。第二の情景に関連して、プルーストの作品におけるカルパッチョへの言及については、以下の先行研究を参照。Annick Bouillaguet, « Entre Proust et Carpaccio, l'intertextualité des livres d'art », *Proust et ses peintres, CRIN*, 2000, p. 95–101 ; Kazuyoshi Yoshikawa, *Proust et l'art pictural*, Honoré Champion, 2010, « La mère et l'amie dans Carpaccio », p. 23–38. 吉川一義『プルースト美術館――『失われた時を求めて』の画家たち』筑摩書房、一九九八年、一一七〜一四七頁。

（9） Carnet 2, f° 56, 56 v°, 57 : *Carnets*, éd. citée, p. 233–235 ; *RTP*, t. IV, Esquisse XIX, p. 786–787.

（10） *Corr.*, t. XV, p. 132. 一九一六年五月十二日のガストン・ガリマール宛の手紙。「はじめに」の註（3）を参照。

（11） *Corr.*, t. XV, p. 56–58, 62–63. 一九一六年二月十七日と三月九日のマドラゾ夫人宛の手紙。

（12） Kazuyoshi Yoshikawa, « Genèse du leitmotiv "Fortuny" dans *À la recherche du temps perdu* », *Études de langue et littérature françaises*, n° 32, mars 1978, p. 99–119.

（13） Carnet 2, f° 57, 57 v°, 58 : *Carnets*, éd. citée, p. 235–236 ; *RTP*, t. IV, Esquisse XIX, p. 787.

（14） この勘違いのエピソードと似た話が、ボードレールの「通りすがりの女」のパロディのようにして『花咲く乙女たちのかげに』で語られている（*RTP*, t. II, p. 73. 岩波文庫、第四巻、一七一頁）。なお、『アジヤデ』への言及は適切とは言えない。ロティが恋人となるトルコの女性を初めて見かけるのは、午後四時頃のことである。Pierre Loti, *Aziyadé* [1879], Calmann Lévy, 1895, p. 5–7. ピエール・ロティ『アジヤデ』工藤庸子訳、新書館、二〇〇〇年、十一～十二頁を参照。

（15） ホテルがはじめて描写される場面でも光と影の戯れが強調される。「鎧戸を閉ざした窓という窓から漏れる光は、警察の命令により遮られてはいたものの、いっさい節約など気にかけていないことをうかがわせた。ひっきりなしにドアが開き、新たな来客が出たり入ったりしていた」（*RTP*, t. IV, p. 388）。

（16） André Loez, « "Lumières suspectes" sur ciel obscur. La recherche des espions et le spectacle de la guerre dans Paris bombardé en 1914–1918 », art. cit.

（17） 語り手のパリ滞在が一九一六年で「夏時間への変更」への言及があるため、この場面は一九一六年六月四日午後八時半頃に位置づけられる。語り手は、ふたつの時間（夏時間と冬時間）を区別し、人間界の人工的な時間と天空の自然な時間との違いを強調し、すでに「夜らしく照らされた」街と、まだ少し澄んだ空の一角とを対比する。ちなみに、おなじ場面における「ゴータ」への言及は、やや不自然である。大型爆撃機ゴータによるパリ空襲がはじまったのは一九一八年一月末だからだ。ほかにもシャルリュスとの会話にはゴータへの言及が散見されるが、いずれも加筆部分に相当する。プルーストは、一九一八年以降にゴータ機による被害の拡大を見て、物語の年代設定（一九一六年）を修正しないまま、こうした矛盾する追記をおこなった。ゲラを校正することがあれば、修正した可能性はある。

（18） トロカデロ宮は一九三七年に解体され、跡地に現在はシャイヨー宮が建っている。Pascal Ory, *Le Palais de Chaillot*, Arles, Actes Sud, Paris, Cité de l'architecture et du patrimoine, 2006 を参照。

（19） *RTP*, t. III, p. 673–674.

（20） 「しかも、美しすぎる怠惰な空は、時刻変更などじぶんらしくないとでもいわんばかりに、灯りのついた街の上でだらだらと、あの青みがかったトーンのまま、ぐずぐずする日中を延長していたので、見ていると眩暈に襲われ、そうかと思うと空は、もはや海の広がりではなく、青い氷河の垂直のグラデーションになっていた。トルコ石の段階にあんなにも近く見えたトロカデロの塔は、じっさいには遙か遠くに隔たっているはずだった。ちょうどスイスの街に見られる二本の塔が、遙か遠くで山頂の斜面と接している気がするように」（*RTP*, t. IV, p. 342）。

（21） Cahier XVI, f° 21.

（22） Cahier XVII, f° 24.

（23） *RTP*, t. III, p. 34.

（24） シャルリュスのドイツびいきを示す台詞のひとつをあげておく。「フランスは、もし弱いままだったら、これほど戦争を長引かせたがりはしなかったかもしれないが、なによりドイツのほうが、強さを失いはじめたりしなければ、こんなに急いで戦争を終わらそうとはしなかったかもしれない。あれほどの強さを、というべきでしょう。なにしろ、強いかどうか、見ていてごらんなさい、まだまだ強いですから」（*RTP*, t. IV, p. 377–378）。ここで念頭におかれているのは、またしても物語の初期の時代設定を逸脱するが、ドイツ側が一九一六年十二月十二日に和平交渉を提案したことだと思われる。連合国側は、一九一七年一月十日にその提案を拒絶する。

（25） Jacques Frémeaux, *Les Colonies dans la Grande Guerre : combats et épreuves des peuples d'Outre-mer*, Verdun, 14–18 éditions,

2006, p. 186–187.

（26）シャルリュスはこのとき語り手と別れの握手をしているのだが、「ある種のドイツ人」（同性愛者）がするみたいに強く握りしめる。その理由は、セネガル兵を見て刺激された（満たされざる）欲望を、手近な接触（語り手との握手）を引き延ばすことで満足させるためだと語り手は解釈する。シャルリュスはさらに絵画的教養をひけらかすことで、欲望に火を注ぐ。

（27）Margaret Topping, « The Proustian Harem », *The Modern Language Review*, vol. 97, n° 2, avril 2002, p. 300–311, p. 301 を参照。

（28）Chantal Antier-Renaud, *Les Soldats des colonies dans la Première Guerre mondiale*, Rennes, Ouest-France, 2008, p. 21.

（29）Vincent Joly, « Sexe, guerres et désir colonial », François Rouquet, Fabrice Virgili, Danièle Voldman (dir.), *Amours, guerres et sexualité 1914–1945*, Gallimard / BDIC / Musée de l'Armée, 2007, p. 62–69.

（30）Claude Arnaud, *Jean Cocteau, op. cit.*, p. 144–146 を参照。

（31）Jean Cocteau, « La douche », *Discours du grand sommeil* [1916–1918], dans *Œuvres poétiques complètes*, éd. citée, p. 416.

（32）*RTP*, t. III, p. 12.

（33）*Corr.*, t. XIV, p. 151. 一九一五年六月のカチュス夫人宛の手紙。作中のブリショは「フィガロ」ではなく「タン」に寄稿している。ポリーブについての評価のゆれには、プルーストの兵役免除資格更新へのレナックの非協力的な態度の影響もあると思われる。一九一五年一月十五日のすぐあとのレナックへの手紙（*ibid.*, p. 36）と一九一六年三月十六日のすぐあとのロベール・ドレフュス宛の手紙（*Corr.*, t. XV, p. 65）を参照。ストロース夫人宛の手紙ではたびたび皮肉っている。一九一七年一月十二日の手紙（*Corr.*, t. XVI, p. 33）、同年七月末の手紙（*ibid.*, p. 196）を参照。

（34）Polybe [Joseph Reinach], « La leçon de Ctésiphon », *Le Figaro*, 8 décembre 1915 ; *Les Commentaires de Polybe*, Fasquelle, 1915–1919, 19 vol., 5e série, 1916, p. 178.

（35） Polybe [Joseph Reinach], « La bataille du Tigre », *Le Figaro*, 27 avril 1916 ; *Les Commentaires de Polybe*, 7e série, Fasquelle, 1916, p. 134.

（36） 前掲の一九一六年四月の記事で、レナックはクート＝エル＝アマラという地名の語源が「歓楽の館」であると蘊蓄を傾けている。

第三章

（1） Élie-Joseph Bois, « Variétés littéraires : “À la recherche du temps perdu” », *Le Temps*, 13 novemebre 1913 ; *CSB*, p. 557–558.「プルーストによる『スワン』解説」鈴木道彦訳、『プルースト評論選Ⅰ文学篇』（保苅瑞穂編、ちくま文庫、二〇〇二年）所収、三五五頁を参照。« À propos du “style” de Flaubert », *Nouvelle Revue française*, janvier 1920 ; *CSB*, p. 599.「フローベールの「文体」について」鈴木道彦訳、『プルースト評論選Ⅰ文学篇』、前掲書、二三七頁を参照。

（2） Nathalie Mauriac Dyer, « *À la recherche du temps perdu,* une autofiction ? », Jean-Louis Jeannelle et Catherine Viollet (dir.), *Genèse et autofiction*, Louvain-la-Neuve, Bruylant-Academia, 2007, p. 69–87. この論考からは、『失われた時を求めて』における「私」のステータスを考察するうえで大きな示唆をえた。

（3） Marion Schmid, art. cit. を参照。草稿におけるプルーストのじぶん用のメモは以下のとおり。「私が、紙くずとか、Kulturといった言葉［反独的な紋切型］を引用するときには［中略］、新聞各紙のかわりに、それをたとえば、ノルポワに感情をこめて紙くずといわせたり［中略］したほうがいいだろう。カンブルメール氏がこう言う。ああそうそう、例の司祭や子どもを銃殺するKultur［ドイツ文化］だ。まったく、万事がKolossal［巨大］だ」（「紙くず」はドイツによる条約違反を示唆する語。KulturもKolossalもドイツ語特有のKを用いるのが特徴）。「戦時中の新聞批判はすべてシャルリュスの口から言わせること」。「戦争の章にあるドイツびいきの議論は、客観的に提示されるかわりに、むしろシャルリュス氏という『悲観主義者』の典型が私と話しているなかで提示されるべきだろう」。Cahier 74, f° 65 v° ; f° 102 r° ; f° 64 v°, *RTP*, t. IV, Esquisse XIV, p. 782. なかにはサン＝ルーに託されたコメントもある

(*RTP*, t. IV, Esquisse IX, p. 772, var. *a*, p. 1377)。

（4）くわしくは、*RTP*, t. IV, p. 467, n. 3 (p. 1263–1264) を参照。プルースト自身、このティツィアーノについての記事がバレスの「愛国芸術」批判にかならずしも最適ではないことを自覚していた。以下の論文も参照。Elisheva Rosen, « Sur l'art de prendre position dans la *Recherche* », *Proust écrivain de la Première Guerre mondiale*, *op. cit.*, p. 87–99, p. 93.

（5）Maurice Barrès, « Une décision de l'Académie », *L'Écho de Paris*, 18 mars 1915 ; *Chronique de la Grande Guerre*, t. IV, p. 39.

（6）Maurice Barrès, « Que la mort au champ de bataille fait d'un simple écrivain un maître. La foire de Lyon », *L'Écho de Paris*, 25 avril 1916 ; *Chronique de la Grande Guerre*, t. VIII, p. 57.

（7）Maurice Barrès, « Lettre à Gabriele d'Annunzio », *L'Écho de Paris*, 20 mai 1915; *Chronique de la Grande Guerre*, t. IV, p. 318.

（8）Elisheva Rosen, « Sur l'art de prendre position dans la *Recherche* », art. cit., p. 96.

（9）*RTP*, t. IV, Esquisse XXIX. 2, p. 845 ; Cahier 74, f° 116r°.「たしか七月末か八月初めのエコー・ド・パリ」というメモが付記されている。一九一六年夏、バレスは、訪問したイギリスの知識人から「フランスは［中略］この戦争のあいだにさまざまな美点や美徳を見せており、世界の模範、人類をみちびく聖女のような存在になっている。どうしてフランスの作家たちは、国に息づくこの見事な力をわれわれに知らしめていなかったのか」といわれて有頂天になったと述べている。Maurice Barrès, « L'Angleterre pendant la guerre (cinquième article). Une visite à l'arsenal de Woolwich. Conversations avec des intellectuels anglais », *L'Écho de Paris*, 5 août 1916 ; *Chronique de la Grande Guerre*, t. VIII, p. 311.

（10）Maurice Barrès, « Que la mort au champ de bataille fait d'un simple écrivain un maître. La foire de Lyon », art. cit.; *Chronique de la Grande Guerre*, t. VIII, p. 53.

（11）*RTP*, t. IV, Esquisse IX, p. 771.

（12）一九一一年十月一日のモーリス・バレス宛の手紙。*Corr.*, t. X, p. 351–352, n. 6 ; Ph.-Emmanuel Glaser, « La littérature française et le sentiment national », *Le Figaro*, 22 et 25 septembre, 1er, 2, 10 et 14 octobre 1911. 国民感情に影響を与

えた作家として、たびたびバレスの名前があげられるようなアンケートにもかかわらず、「ばかげた」と形容する辛辣さには驚かされる。しかし実際にバレスに好意的な言及をした回答者（『オピニオン』誌の編集主幹アンドレ・リシュタンベルジエ）を「思っていたよりもすぐれた人物なのかもしれない」と評することで、バレス本人の機嫌はそこねない配慮がなされているあたり、文通の達人としてのプルーストの面目躍如というべきか。その回答の一部（コルブの註に引用あり）を訳出しておく。「おそらくペンを握る人間に課された至高の役割とは、周囲の環境に漂う特定の思想を抽出したあと、それを華々しい表現に凝縮し、その表現じたいがまた活力と活動を生み出すようにすることであろう。その意味でこそ、モーリス・バレスのような人物は、われわれの国民の魂のめざめに一役買っているのである」（*Ibid.*, 1er octobre）。

（13） Cahier 49, f° 2–3r°. Enid G. Marantz, « Proust et Romain Rolland », *Bulletin d'informations proustiennes*, n° 20, 1989, p. 7–46, p. 32 に部分的な引用があるが、ここではローランス・テッサンディエ Laurence Teyssandier が個人的に提供してくれた転写に依拠した（加筆修正部分については表記を簡略化）。

（14） *RTP*, t. I, p. 464 *sq.* 岩波文庫、第三巻、一一二頁以下の訳文を使用。新しい世代の作家や知識人の愛国主義的な傾向にたいして、ベルゴットを擁護している箇所（*RTP*, t. IV, p. 471–473）も参照のこと。また、草稿のある断章では、戦中戦後派の主張が「戦争によって、文体、文学、哲学は変わった」と要約されている（*RTP*, t. IV, Esquisse XXXIII, p. 854）。

（15） Enid. G Marantz, art. cit.; *RTP*, t. IV, Esquisse XXIV. 1, p. 799–800, Esquisse XXIX. 1, p. 843–844.

（16） また、草稿では、大衆芸術を信奉する若者たちがベルゴットの「ディレッタンティズム」を批判することにたいする反批判が繰り広げられている。Cahier 57, f° 8 v° ; *Matinée chez la Princesse de Guermantes. Cahiers du* Temps retrouvé, édition critique établie par Henri Bonnet en collaboration avec Bernard Brun, Gallimard, 1982, p. 307.

（17） Nathalie Mauriac Dyer, « *À la recherche du temps perdu*, une autofiction ? », art. cit.

（18） そもそも語り手としての「私」というものを、ある種の人格をそなえた存在のように考えるのではなく、ただ

「語りの審級」というものが機能していると考えたほうがよいという立場もある。Françoise Leriche, « Pour en finir avec "Marcel" et "le narrateur". Questions de narratologie proustienne », *Marcel Proust 2 : Nouvelles directions de la recherche proustienne 1*, Minard, 2000, p. 13–42. それなりの説得力をもつ提言だが、読者の体験においては、自身の過去を振り返りコメントする「私」を、ひとりの人間として想像するのは自然だろう。したがって、ここでは語り手としての「私」という考え方にこだわりたい。ちなみに「実在の人物」という表現は、フランソワーズが「コンブレー」で、おさない主人公「私」の耽読する小説の登場人物について、「実在ではない」と言っていたことを想起させる。*RTP*, t. I, p. 84. 岩波文庫、第一巻、一九六頁。たとえば物語のヒロインが悲惨な目にあったところで、現実にいる人間ではないのだから、同情して涙を流すのはおかしい、という素朴な理屈である。しかしフランソワーズの反応は、より高度な意味で正しいとされていた。現実世界で出会う人間がどこか理解できない不透明な存在にとどまるのにたいし、作中人物は、読者が完全に感情移入できるよう小説家が発明した透明な創造物だからである。

(19) Nathalie Mauriac Dyer, « *À la recherche du temps perdu*, une autofiction ? », art. cit.

(20) *RTP*, t. I, p. 149. 岩波文庫、第一巻、三二八〜三三一頁。

(21) 音楽家モレル（その父は「私」の大叔父につかえる従僕だった）は兵役を逃れて脱走することになっているため、この一節にモレルの名があるのは不自然だが、清書ノートを確認すると、この箇所では「モレル」ではなく、モレルの初期段階の名前「サントワ」が用いられている（Cahier XVII, f° 4 r°）。おそらくモレルの脱走をめぐる顚末を着想して加筆したあと、この部分の推敲をしていないのだろう。

(22) *Corr.*, t. XVIII, p. 335. 一九一九年七月十九日のダニエル・アレヴィ宛の手紙。保守派知識人による「知性党のために」という戦後の国粋主義的宣言を批判する文脈のなかで、プルーストはわざわざ「われらが人種 notre race」という表現に疑義を呈している。歴史家ステルネルによると、世紀転換期に確立した新たなナショナリズムは、人間の共同体を歴史的・生物学的・人種的な集合と見なすギュスターヴ・ル・ボン（『群衆心理』の著者）の思想に基礎をおく。Zeev Sternhell, *La droite révolutionnaire 1885–1914. Les origines françaises du fascisme*, Gallimard, « Folio histoire »,

1997, p. 186.

（23） Jean-Marc Quaranta, « Allemagne », *Dictionnaire Marcel Proust*, *op. cit.*, p. 55 を参照。

（24） *RTP*, t. III, p. 863. シャルリュスがゲルマン系であるという記述は戦前の草稿には存在しない。Laurence Teyssandier, *De Guercy à Charlus. Transformations d'un personnage de* À la recherche du temps perdu, Honoré Champion, 2013, p. 245, n. 48 を参照。

（25） Anne Simon, *Proust ou le réel retrouvé*, PUF, 2000, p. 59–63 を参照。「観念論」という十九世紀末の流行語のわかりにくさについては、鈴木隆美「無意志的記憶の思想的背景――プルーストのイデアリスム」、『思想』二〇一三年十一月号（第一〇七五号）、六七～八九頁を参照。

（26） 「私はわが国でつぎからつぎへと憎しみの対象が変わるのをすでに見ていた。そうした憎しみのせいで、たとえばドレフュス派は、ドイツ人にフランスを売り渡す裏切り者――そのドイツ人より千倍ひどい売国奴――と見なされたが、そのドレフュス派だったレナックが、今では愛国者たちと一致協力してドイツに対抗し、ドイツ人はみな必然的にうそつきで、獰猛なけだもので、愚か者で、例外はフランスの大義を支持したルーマニア国王やベルギー国王やロシア皇太后といったドイツ系の王族たちだけという始末である」（*RTP*, t. IV, p. 491–492）。

（27） 愛国心の欠如以外の理由をもう少し詳しく説明すると、情け深さからくる敗者への感情移入（ドイツの敗戦が確実視されている）、礼儀正しくて冷酷な社交人よりも悪党のほうが善良でありうるという発想（前者とイギリス、後者とドイツが同一視されている）、サドマゾ的な同性愛趣味の奇妙な反動（快楽追求のさいとは反対に、醜いドイツ人を粉砕するのは忍びない）である。この第三の理由を提示するくだりは、おそらく唯一「私」が反独感情に似たものを表明している箇所である。シャルリュスがドイツ人をドストエフスキーの小説に登場する悪党のように、本当は善良な存在であると見なすことを「私」はいちども理解できたためしがないと述べる。「嘘つきでずる賢ければ善良な心の持ち主であるということにはならない」し、「ドイツ人が善良な心を示したとは思えない」からである（*RTP*, t. IV, p. 355–356）。

（28） Philippe Chardin, « *[Esprit chrétien et le patriotisme] (L')*, de Tolstoï », *Dictionnaire Marcel Proust*, *op. cit.*, p. 348–349. Edward J. Hughes, « Patriotisme », *ibid.*, p. 749–750 も参照。

（29） A[uguste] Gérard, « L'Allemagne et la psychologie des peuples », *Revue des Deux Mondes*, 15 mars 1916, p. 366–389, p. 366. 引用の直前では、民族心理学という学問分野がドイツでうまれたことが皮肉られている。この紋切型の応用例をあげておく。一九一五年三月の「ジュルナル・デ・デバ」紙によると、ドイツ軍の飛行船による空襲は、敵国民の心理を理解できないドイツ人が有効だと思い込んでおこなっている無駄なプロパガンダにすぎない。「ドイツ人はいつもおなじ心理洞察上の誤りを犯す。他人をじぶんたちにあわせて判断するのだ。彼らはむなしい示威行動［飛行船の軍事使用］に精神的効果があると信じている。芝居がかった身ぶりが結果に相当すると思い込み、威光をふりかざす戦略をとるくせに、おのれをとりまく威光の乏しさには気づかない。［中略］ドイツの航空艦隊は、たいして害も及ぼさないが、それにもまして怖さもない案山子だ。あんなアルミの殻をした化け物、昼の光にも戦闘にもたえられない夜の鳥［飛行船］を使って夢のような侵略や恐ろしい爆撃ができるとまだ信じていられるのは、従順な信じやすさを助長するドイツ文化のせいである」。A. Albert-Petit, « La Visite des Zeppelins », *Le Journal des débats politiques et littéraires*, 22 mars 1915. バレスもまたおなじ時期に、ドイツの知識人が「なぜドイツ人は愛されないのかわからない」と嘆いている新聞記事を皮肉にとりあげて、他人の心理を理解できないドイツ民族という紋切型を強調している。Maurice Barrès, « Nous élargirons notre nationalisme. (Ce qu'il en sera de notre littérature après la guerre) », art. cit.

（30） 反戦主義文学における「美化」の問題を論じた以下の研究が参考になる。Luc Rasson, *Écrire contre la guerre : littérature et pacifisme (1916–1938)*, L'Harmattan, 1997.

第四章

（1） Maurice Rieuneau, *Guerre et révolution dans le roman français de 1919–1939* [1974], Genève, Slatkine Reprints, 2000, p. 79.

（2） 「いま言及した作家たち［両大戦期を代表するジッド、ヴァレリー、プルースト、ジロドゥー］、とりわけマルセル・プルーストが得たのは、復員の栄光とでも呼べるものだ。四年半の戦争中、思想が（とりわけフランスの習慣に照らしてみれば）厳しい規則にしたがわせられていたことにより、激しい反動が必要とされていた。それまでの生活をもっともよく忘れさせてくれるような作品に、人びとは殺到したのだ」(Ramon Fernandez, *Itinéraire français*, Éditions du Pavois, 1943, p. 68. 強調原文)。この一節は、じつは同年のプルースト論からの再録である（Ramon Fernandez, *Proust* [1943], Grasset, 2009, p. 28)。おもに『ＮＲＦ』の作家たちをまとめて論じながらも、プルーストに焦点がおかれているのはそのせいである。

（3）「愛国的賛同」という概念については、Christophe Prochasson, « La guerre en ses cultures », art. cit. を参照。

（4）Annette Becker, *Oubliés de la Grande Guerre*, Hachette, « Pluriel », 2003, p. 230–232.

（5）Pierre Purseigle, « Mirroring Societies at war : pictorial humour in the British and French popular press during the First World War », *Journal of European Studies*, vol. 31, 2001, p. 289–328.

（6）Maurice Rieuneau, *op., cit.*, p. 112.

（7）*RTP*, t. II, p. 408. 岩波文庫、第五巻、一三六頁。

（8）Henri Barbusse, *Le Feu (Journal d'une escouade)*, Flammarion, 1916, p. 181. アンリ・バルビュス『砲火』田辺貞之助訳、岩波文庫、一九五六年、上巻、一三二頁。

（9）Victor Giraud, « La littérature de demain et la guerre européenne », *Revue des Deux Mondes*, 15 mai 1915, p. 381.

（10）« Lettres d'un soldat », *La Revue de Paris*, 1er août 1915, p. 480–495 ; 15 août 1915, p. 797–824. 戦後に批評家ティボーデが言及していることから、一定の注目を集めたことがうかがえる。Albert Thibaudet, « Romans pendant la guerre », *Nouvelle Revue française*, 1er juin 1919 ; *Réflexions sur la littérature*, éd. Antoine Compagnon et Christophe Pradeau, Gallimard, « Quarto », 2007, p. 277.

（11）*RTP*, t. IV, p. 333–334 et Esquisse IX, p. 772 (Cahier 74, feuilles détachées).

（12）« Lettres d'un soldat », *La Revue de Paris*, 1er août 1915, p. 485.

(13) *Ibid.*, 15 août 1915, p. 813.
(14) *Ibid.*, 1er août 1915, p. 486.
(15) *Ibid.*, 15 août 1915, p. 797.
(16) *Ibid.*, 1er août 1915, p. 487.
(17) *Ibid.*, p. 487.
(18) *Ibid.*, p. 492.
(19) *Ibid.*, p. 491.
(20) Maurice Rieuneau, *op. cit.*, p. 121.
(21) Robert de La Sizeranne, « Ce que la guerre enseigne aux peintres : à propos du salon de 1918 », *Revue des Deux Mondes*, 1er juin 1918, p. 610–634.
(22) ひたすら作品創造に身を捧げることこそが「他人にも利用できる利己主義」であるという語り手の主張を分析した論文として、以下を参照。Joshua Landy, « "Un égoïsme utilisable pour autrui" : le statut normatif de l'auto-description chez Proust », Mariolina Bertini et Antoine Compagnon (dir.), *Morales de Proust, Cahiers de littérature française*, IX–X, Bergamo University Press / L'Harmattan, novembre 2010, p. 83–99.

第五章

(1) 「戦いの文体模写」、「軍事的な文体模写」という表現は、清書ノートに貼られた紙片（パプロール）に含まれるが、プレイヤッド版では異文扱いになっている（*RTP*, t. IV, p. 338, var. *a*）。ドンシエールの会話では「戦略上の転写、戦術上の文体模写」という表現が使用されている。*RTP*, t. II, p. 410. 岩波文庫、第五巻、二四一頁を参照。
(2) Henry Bidou, « Où en est l'Offensive allemande », *Le Journal des débats politiques et littéraires*, 19 avril 1918. ビドゥーの名前は、前掲の異文に書き込まれているほか、小説の終盤、ジルベルトとの会話で主人公によって引用される（*RTP*,

t. IV, p. 559）。ただしナポレオンの記憶の遍在にも注意したい。プルーストの書簡集では、一九一八年六月のドイツ軍による総攻撃のさいに、ヒンデンブルクへの言及がある。プルーストは敵国の将軍を陽動作戦にすぐれた偉大な戦略家と見なし、オイディプス（フランスのフォッシュ将軍）に謎をかけるスフィンクスに喩えている（*Corr.*, t. XVII, p. 274, p. 281）。これは前年に「フィガロ」紙でジョゼフ・レナックが用いた比喩「スフィンクスの前のヒンデンブルク」の反転であり、ナポレオンのエジプト遠征（あるいはジェロームの絵画『スフィンクスの前のボナパルト』）を想起させる（Polybe, « Hindenburg devant le sphinx », *Le Figaro*, 3 avril 1917 ; *Les Commentaires de Polybe*, 12e série, Fasquelle, 1918, p. 117）。

（3） ポール・ヴィリリオ『戦争と映画――知覚の兵站術』石井直志・千葉文夫訳、平凡社ライブラリー、一九九九年。

（4） Georges Blanchon, « La guerre qui se transforme sous nos yeux », *Revue des Deux Mondes*, 15 avril 1916, p. 845–864, p. 845.

（5） 突破戦略の失敗については、ベッケール、クルマイヒ、前掲書、下巻、七七頁以降を参照。

（6） *RTP*, II, p. 413–414. 岩波文庫、第五巻、二四九頁。

（7） *Corr.*, t. XVII, p. 352. 一九一八年九月前半のポリニャック夫人宛の手紙。

（8） 『ゲルマントのほう』で、戦争の記録が「上書きした羊皮紙写本」に喩えられていることはすでに指摘した。*RTP*, t. II, p. 408. 岩波文庫、第五巻、二三六頁。

（9） Romain Rolland, *Au-dessus de la mêlée* [1915], préface de Christophe Prochasson, note de Bernard Duchatelet, Payot & Rivages, 2013.

（10） 戦争末期、友人ジャック・トリュエルが、「戦争で足を切断され、もう和平が成立しようがしまいがどうでもいいはずなのに、どこまでも激しい反戦主義的な見解を、いちばん激怒しそうな人びとの前で主張し続けた」ことを褒め讃えている手紙があるが、これも「激しい反戦主義的な見解」そのものへの同調とは言いきれない。そもそも政治的な立場決定よりも、倫理的な判断基準を重んじるプルーストの姿勢を示す一例である。*Corr.*, t. XVII,

p. 424–425. 一九一八年十月二十三または二十四日のリオネル・オゼール宛の手紙。

（11） John N. Horne, « Mobilizing for "Total War", 1914–1918 », John N. Horne (dir.), *State, Society, and Mobilization in Europe during the First World War*, Cambridge, Cambridge University Press, 1997, p. 3.

（12） Christophe Prochasson et Anne Rasmussen, *Au nom de la Patrie. Les intellectuels et la Première Guerre mondiale, 1910–1919*, La Découverte, 1996.

（13） John Horne, « "Propagande" et "vérité" dans la Grande Guerre », *Vrai et faux dans la Grande Guerre*, *op. cit.*, p. 76–95.

（14） Marion Schmid, art. cit.

（15） *RTP*, t. II, p. 703. 岩波文庫、第七巻、一五〇頁の訳語にしたがう。

（16） Émile Mâle, « Études sur l'art allemand. III. L'architecture gothique », *La Revue de Paris*, 1er septembre 1916, p. 5–38, p. 7.

（17） ジャック・ランシエールの読解もこの点を強調する。ただし、作品内部の最終目的（書物の真理）を擁護するために別の真理の体制（愛国心や母への愛を例とする「受肉の真理」）を否定しなければならなかったのだと解釈する点で、本書の立場とは異なる。ここで問題にしたいのは、むしろ作品内部の目的論的な枠組み（ドグマティックな構成）に回収しきれないような、同時代の言論界との関係、政治的射程である。Jacques Rancière, « Proust : la guerre, la vérité, le livre », *La Chair des mots. Politiques de l'écriture*, Galilée, 1998, p. 137–153. ジャック・ランシエール「プルースト――戦争・真実・書物」西脇雅彦訳、『言葉の肉――エクリチュールの政治』芳川泰久監訳、せりか書房、二〇一三年、一七五～二〇三頁。

（18） 戦時下パリの男性同性愛と売春については以下を参照。Régis Revenin, *op. cit.*

（19） 久保昭博『表象の傷――第一次世界大戦からみるフランス文学史』人文書院、二〇一一年、七一～七八頁を参照。

（20） カントンは、一九〇四年の著作『海水、有機的環境』のなかで、動物細胞の生存環境の条件が海水のそれに等しいと論じ、殺菌した海水の注射を治療に用いて注目を集めた。René Quinton, *L'Eau de mer, milieu organique : constance du milieu marin originel, comme milieu vital des cellules, à travers la série animale*, Masson et Cie, 1904. バルベック滞在の挿話に、「もし本当に海がかつてのわれわれの生存環境であって、力を取り戻すにはそこに血液を浸さなければならないとしたら」という記述がある。*RTP*, t. II, p. 178. 岩波文庫、第四巻、三九一頁。

（21）Pierre Purseigle, « 1914–1918 : les combats de l'arrière. Les mobilisations sociales en Angleterre et en France », Anne Duménil, Nicolas Beaupré, Christian Ingrao (dir.), *1914–1945. L'Ère de la guerre. Violence, mobilisations, deuil, tome 1 : 1914–1918*, Agnès Viénot Éditions, 2004, p. 131–151, p. 142 *sq.*

第六章

（1）Jean Norton Cru, *Témoins* [1929], Presses universitaires de Nancy, 1993, p. 74.

（2）*Corr.*, t. XIII, p. 333. 一九一四年十一月十六日頃のリュシアン・ドーデ宛の手紙。

（3）Philippe Chardin, « Tolstoï (Léon) [1828–1910] », *Dictionnaire Marcel Proust, op. cit.*, p. 1005. プルーストとトルストイの関係については、以下も参照。Wladimir Troubetzkoy, « La relation complexe de Marcel Proust à Lev Tolstoï », *Cahiers Léon Tolstoï*, n° 9, 1995, p. 11–18.

（4）*Corr.*, t. I, p. 320. 一八九四年八月半ばのレオン・イートマン宛の手紙を参照。

（5）Tolstoï, *L'Esprit chrétien et le patriotisme*, Perrin, 1894, p. 44, 128, 77. 邦訳は「キリスト教と愛国心」、『トルストイ全集』河出書房新社、第十五巻所収。ここでは仏訳を参照する。

（6）*CSB*, p. 366.

（7）*CSB*, p. 365.

（8）Philippe Chardin, « "[*Esprit chrétien et le patriotisme (L')*, de Tolstoï]" », *Dictionnaire Marcel Proust, op. cit.*, p. 348–349.

（9）アランの戦争論については、以下を参照。Alain, *Mars ou La guerre jugée (1921)* suivi de *De quelques-unes des causes réelles de la guerre entre nations civilisées (1916)*, Gallimard, « Folio essais », 1995. アラン『裁かれた戦争』白井成雄訳、小沢

書店、一九八六年。

（10） *CSB*, p. 523–524.

（11） *Corr.*, t. X, p. 47–48. 一九一〇年一月三十一日のロベール・ドレフュス宛の手紙。

（12） « Tolstoï », *CSB*, p. 657 ; Cahier 25, f°12v°.

（13） Paul Bourget, « Tolstoï », *L'Écho de Paris*, 21 novembre 1910.

（14） ブールジェの小説観は、ティボーデとの論争によってよく知られている。以下を参照。Michel Raimond, *La Crise du roman, des lendemains du Naturalisme aux années vingt*, José Corti, 1966, « Les métamorphoses de la composition », p. 390–410 ; Albert Thibaudet, « Réflexions sur le roman. À propos d'un livre récent de M. Paul Bourget », *Nouvelle Revue française*, 1er août 1912 ; *Réflexions sur la littérature*, éd. citée, p. 102–127.

（15） Paul Bourget, art. cit.

（16） Melchior de Vogüé, *Le Roman russe* [1886], Lausanne, L'Âge d'homme, 1971, p. 269.

（17） *Ibid.*, p. 261–262. フランスにおけるトルストイの受容については以下の論考を参照。Thaïs S.Lindstrom, *Tolstoï en France (1886–1910)*, Institut d'études slaves de l'Université de Paris, 1952 ; Michel Aucouturier, « La découverte de *Guerre et Paix* par la critique française », *L'Ours et le Coq : trois siècles de relations franco-russes : essais en l'honneur de Michel Cadot*, textes présentés par Francine-Dominique Liechtenhan, Presses de la Sorbonne Nouvelle, 2000, p. 115–126.

（18） *CSB*, p. 658. プルーストのトルストイ擁護の論法は、ロマン・ロランのそれと類似している。Romain Rolland, « Tolstoï », *La Revue de Paris*, 1er mars 1911, p. 76–77を参照。一九一一年二月二十一日のレーナルド・アーン宛の手紙（*Corr.*, t. X, p. 249）によれば、プルーストはこの論考を読み、評価していた。

（19） *Corr.*, t. XIII, p. 98. 一九一四年二月六日のジャック・リヴィエール宛の手紙。

（20） Paul Bourget, art. cit.

（21） 映画の比喩は、すでにカイエ57のなかに見られる。*Matinée chez la princesse de Guermantes*, éd. citée, p. 158 (Cahier

57, f°14v°).

(22) シャルル・ダルトン宛の一九一六年二月十四日頃の手紙で、プルーストは皮肉をいっている。「最近は征服戦争にみな反対だが、そうはいってもナポレオン一世はやっぱりかなりいいのだ」。*Corr.*, t. XV, p. 52.

(23) Polybe [Joseph Reinach], « Esquisse d'un diagnostic », *Le Figaro*, 1er janvier 1916 ; *Les Commentaires de Polybe*, 5e série, Fasquelle, 1916, p. 295.

(24) コンブレーの移動については以下の研究があるが、『戦争と平和』への言及はない。Annick Bouillaguet, « Combray entre mythe et réalités », *Marcel Proust 3. Nouvelles directions de la recherche proustienne 2*, Minard, 2001, p. 27–44. コンブレーの破壊については、小黒昌文、前掲書、第七章を参照。

(25) *RTP*, t. II, p. 416. 岩波文庫、第五巻、二五四頁。*Ibid.*, p. 412（同上二四六頁）も参照。

(26) Léon Tolstoï, *La Guerre et la Paix* : roman historique, traduit avec l'autorisation de l'auteur par une Russe [princesse Irène Ivanovna Paskevitch], Hachette, 1884 [1ère publication : 1879], 3 vol, t. II, p. 260 (III-1-XI). トルストイ『戦争と平和』岩波文庫、第四巻、一一六頁。本稿では、プルーストが読んだと想定される仏訳版を日本語に翻訳するかたちで引用する。ただし、この仏訳は完全版ではなく、現在流通している版と比べると、章分けに異同があるため、括弧のなかに、完全版の部・篇・章番号を記しておく。たとえば、III-1-XI は、第三部・第一篇・十一章を指す。また、参考までに岩波文庫（藤沼貴訳、全六巻、二〇〇六年）の巻と頁も付記する。

(27) Philippe Chardin, « De la contemplation du "grand ciel" tolstoïen au dialogue critique : Proust lecteur de Tolstoï », *L'Ours et le Coq, op. cit.*, p. 127–138, p. 137.

(28) *CSB*, p. 658. この考えは『囚われの女』におけるアルベルチーヌを前にした語り手の文学談義のなかでも『戦争と平和』との関連で示唆されるが、結局、アルベルチーヌは話をドストエフスキーに引き戻してしまう（*RTP*, t. III, p. 880）。

(29) Philippe Chardin, « De la contemplation du "grand ciel" tolstoïen au dialogue : Proust lecteur de Tolstoï », art. cit., p. 129.

（30）*La Guerre et la Paix*, t. I, p. 312–313 (I-3-XVI), p. 323 et 325 (I-3-XIX). 岩波文庫、第二巻、二一四～二一五頁、二四一～二四三頁。

（31）Carlo Ginzburg, « L'estrangement. Préhistoire d'un procédé littéraire », *À distance. Neuf essais sur le point de vue en histoire*, trad. Pierre-Antoine Fabre, Gallimard, 2001, p. 15–36. カルロ・ギンズブルグ『ピノッキオの眼――距離についての九つの考察』竹山博英訳、せりか書房、二〇〇一年、第一章「異化――ある文学的手法の起源」、一二～五一頁。原著刊行は一九九八年。

（32）*RTP*, t. III, p. 880. *RTP*, t. II, p. 14（岩波文庫、第四巻、五二頁）も参照。

（33）Carlo Ginzburg, *op. cit.*, p. 31–34. 前掲邦訳、三七～四二頁。

（34）*La Guerre et la Paix*, t. III, p. 19–20 (III-2-XXIV). 岩波文庫、第四巻、四二九～四三〇頁。

（35）Annette Kittredge, « Des théodolithes et des arbres. L'arrêt du train, les arbres d'Hudimesnil (Couliville) », *Bulletin d'informations proustiennes*, n° 24, 1993, p. 39–65 ; Keiichi Tsumori, *Proust et le paysage. Des écrits de jeunesse à* la Recherche du temps perdu, Honoré Champion, 2014, p. 362–363.

（36）*La Guerre et la Paix*, t. III, p. 68 (III-2-XXXVII). 岩波文庫、第四巻、五二九～五三〇頁。

おわりに

（1）ジャン＝イヴ・タディエ『評伝プルースト　下』前掲書、三三一～三三四頁を参照。

あとがき

いったいなぜ、すでにこれだけ多くのプルースト論が書かれているにもかかわらず、この小説家を研究対象に選ぶ若手が続出するのか、とフランスの週刊誌『ヌーヴェル・オプセルヴァトゥール』の記者に訊かれたことがある。膨大な先行研究に圧倒されはしないか。今さら新しい発見など不可能だとは思わないのか――。そう問いただしたくなる気持ちは理解できる。

しかし、プルーストいわく、すべての「にもかかわらず」は隠れた「だからこそ」である。研究が蓄積するからこそ、新しい問題が浮上し、新しい読みが可能になる。『失われた時を求めて』とは、そうやって文学研究の刷新に寄与してきた稀有な作品なのだ。

しかも、この作品は、読者の関心に応じて意味を変え、読者の世界を照らす。二〇一一年三月の暗い東京は、プルーストが描く大戦下のパリを思わせた。あれは「銃後」の首都ではなかったか。本書は歴史的な関心から構想されたものだが、予期せぬ偶然によって、二十世紀フランスの危機が二十一世紀日本の危機と重なった。こうした時間を超えた共通性の発見こそが、プルーストの小説の最大のテーマであり、作者の生のすべてを事後的に統合する小説作法の核心であり、一人ひとりの読者にとっての貴重なレッスンなのだと思う。

　本書は、文化史（表象の歴史）という観点から、プルーストと第一次世界大戦の関係を再考する試みである。各章のプレオリジナルについての情報は別頁にまとめたので、ここでは簡単に本書の成り立ちを説明し、その完成を可能にしてくださった方々への感謝の言葉を綴っておきたい。

　着想はパリ第四大学（パリ＝ソルボンヌ校）に提出した博士論文の最終章に遡る。パリ留学中、私はアントワーヌ・コンパニョン教授に師事して「文学表象の考古学」と呼びうる方法論を学び、「マルセル・プルーストの作品における技術的発明」と題する論文を執筆した。とりあげたのは、世紀転換期に実用化された電話、自転車、自動車、飛行機。それぞれの発明がもたらした文化的な変容をプルーストがどのように小説に取り込んだのか、当時の文学作品はもとより、新聞雑誌の記事や視覚表象と比較しながら分析するうちに、大戦中のパリ空襲について調査することになった。大戦史研究の刷新（「戦争文化」概念の導入）がプルースト研究の欠落をうめる可能性を秘めていると気づいたのはそのときである。おなじころ、フランス国立図書館の資料のデジタル化が軌道に乗りはじめた。留学からの帰国後も大戦中の社会言説を調査できる研究環境が確立しなければ、本書は執筆できなかっただろう。今やプルーストの草稿ですら、インターネットへのアクセスさえあれば、いつでもどこでも誰にでも閲覧できるようになった。

　着想からほぼ八年にわたり、本書につながる研究を積み重ねられたのは、多くの方々のご指導とご鞭撻のおかげである。お名前をすべてあげることは差し控えるが、まず東大駒場の通称フランス科で諸先生方から受けた学恩は計り知れない。とりわけ「いちどプルーストのプの字も出てこない論文を書きなさい」と挑発してくださった工藤庸子先生からは、文学の外部と思われる領域にこそ文学の深奥への扉が隠されていることを学んだ。フランス語での口頭発表や論文執筆がよろこびになりえたのは、オディール・デュスッド先生(現・早稲田大学教授)の授業があったからだ。

プルースト研究の第一人者であり、私の在学中にちょうど駒場とパリに客員教授として招聘されていた吉川一義先生の授業は、草稿研究と歴史考証の深淵をかいま見る貴重な体験だった。その後も今日にいたるまで、たえず研究の進捗を気にかけ、激励の言葉を惜しまず、学術交流の場に招いてくださる先生には、なんとお礼を申し上げてよいのかわからない。

本書の構想と執筆は、幸運にも日仏共同のプルースト研究が劇的に活性化した時期と重なった。吉川先生とコンパニョン先生にくわえ、複数のシンポジウムの企画を支え、発表の機会を与えてくださった近代テクスト草稿研究所のナタリー・モーリアック研究主任に感謝したい。武者修行気分で参加したロンドンとケルンでのシンポジウムの主催者、アダム・ワット(エクセター大学教授)とマテイ・キハイア(ヴッパータール大学教授)の歓待も忘れがたい。

同志にめぐまれることもまた、プルーストを読む幸福のひとつだと思う。数が多すぎて、名前をあげられず心苦しいが、日本プルースト研究会の諸先生方や原稿を添削してくれたフランスの友人たちはいうまでもなく、「大戦の本が出るのいつ?」と急かしたり、わざと急かさなかったりしてくれた同世代の研究者の存在は、本書のはしばしに、遠い日の雪の記憶のようにしみ込んでいる。

立教大学のスタッフと学生にも感謝せずにはいられない。フランス文学専修の同僚諸氏からは、日ごろの連帯にとどまらず、今年度は研究休暇というかたちで特別なご配慮をいただいた。本書が大戦の勃発百周年にわずかに遅れて完成したのは、ひとえにそのおかげである。岩波文庫の吉川訳を用いたゼミや講義での学生の反応には、ときに予想もつかない嬉しい驚きが隠れていた。

なお、本書にいたる研究活動は、「プルーストと第一次世界大戦　戦時社会の表象に関する生成論的・歴史的研究」および「プルーストと同時代の『復員文学』をめぐる文化史的研究」という題目で科学研究費の助成を受けた。京都大学人文科学研究所のプロジェクト「第一次世界大戦の総合的研究」には名を連ねるだけで物理的には参加できなかったが、知的な刺激をいただいた。


本書の註で何度か言及した批評家アルベール・ティボーデがこんなことを書いている。「軍隊の価値は——この世に存在するものの価値はどれもそうだが——、その潜在的なエネルギーではなく、すぐその場で使用可能なエネルギーにある。規律と命令だけが、潜在的なエネルギーを使用可能なエネルギーに換える。放っておくと、使用可能なエネルギーはおのずから潜在的なエネルギーへと劣化する」。

ついにあとがきに辿り着いた著者としては、深い感謝とともに、「規律と命令」にくわえて編集者の熱意をあげねばならない。慶應義塾大学出版会の村上文さんが、本書の第一章のもとになった学会論文を手に、プルーストと「戦争文化」についての本を書きませんかと誘ってくれてから、早くも五年が経とうとしている。渡りに船とお話しした腹案のなかでも、専門家以外の読者に向けて評伝形式でプルーストの大戦を語るという挑戦が、村上さんの導きにより、ようやく書き下ろしの序章として結実した今、わずかでも期待にかなう書物になっていることを祈るばかりである。

潜在的なエネルギーを使用可能に換えるのは、おそらく規律や命令や熱意だけではない。私事にわたって恐縮だが、プルーストをディケンズのように読む楽しみをふくめ、無数の発見を与えつづけてくれる妻、さやかと、執筆の最後の一年を伴走してくれた娘、遙への感謝の言葉を記したい。

本書は、読書の幸福を最初に感じさせてくれた母、孝子に捧げる。

二〇一五年二月

坂本　浩也

著者紹介

坂本浩也　Hiroya Sakamoto

立教大学文学部准教授。1973年生まれ。1999年、東京大学大学院総合文化研究科地域文化研究専攻修士課程修了。2005年、同専攻博士課程単位取得満期退学。2008年、パリ第4大学博士課程修了。文学博士。2011年、国際フランス研究協会賞（Prix de l' AIEF）受賞。

プルーストの黙示録
──『失われた時を求めて』と第一次世界大戦

2015年3月30日　初版第1刷発行

著　者────坂本浩也
発行者────坂上　弘
発行所────慶應義塾大学出版会株式会社
〒108-8346　東京都港区三田2-19-30
TEL〔編集部〕03-3451-0931
〔営業部〕03-3451-3584〈ご注文〉
〔　〃　〕03-3451-6926
FAX〔営業部〕03-3451-3122
振替　00190-8-155497
http://www.keio-up.co.jp/
装　丁────中垣信夫＋林　映里［中垣デザイン事務所］
印刷・製本──中央精版印刷株式会社
カバー印刷──株式会社太平印刷社

©2015 Hiroya Sakamoto
Printed in Japan ISBN978-4-7664-2208-5

人名索引

・フィクション作品の登場人物名も収録し、実在の人物と区別するためにアステリスク（＊）をつけた。『失われた時を求めて』をのぞき、登場する作品の題も付した。

ア行

アゴスチネリ，アルフレッド Agostinelli, Alfred 5–6
アラン Alain 208, 262
アルバレ，セレスト Albaret, Céleste 8, 59, 130
アルベルチーヌ* Albertine 6, 91, 97, 136, 137, 146, 147, 149, 151, 152, 264
アレヴィ，ダニエル Halévy, Daniel 13–15, 26, 239, 245, 255
アーン，レーナルド Hahn, Reynaldo 16, 91, 239, 263
アングル，ドミニク Ingres, Dominique 49, 90, 105, 106
アンドレイ*（『戦争と平和』） Bolkonsky, André (prince) 34, 209, 217, 219, 221, 224, 225–227
イリブ，ポール Iribe, Paul 12, 74
ヴァレリー，ポール Valéry, Paul 159, 257
ヴィッテレスキ Vitelleschi degli Azzi, Gaspard, marquis de 48
ヴィリリオ，ポール Virilio, Paul 186, 260
ヴィルヘルム２世 Guillaume II 12, 24, 35, 36, 78, 161, 214–216
ウェルギリウス Virgile 57, 244
ウェルズ，H・G Wells, Herbert George 7, 57, 72
ヴェルデュラン夫人* Verdurin (Mme) 86, 93, 108, 131, 142, 165, 177, 184
ヴォギュエ，メルキオール・ド Vogüé, Melchior de 211
ヴォワザン，ガブリエル Voisin, Gabriel 75
エリオット，ジョージ Eliot, George 75
エル・グレコ El Greco 210
エルスチール* Elstir 33, 130, 178, 220, 223, 224, 232
オクターヴ* Octave 50
オゼール，リオネル Hauser, Lionel 7, 29, 55, 56, 238, 241, 242, 244, 245, 261

カ行

カイヨー（財務大臣） Caillaux, Joseph 18
カチュス夫人 Catusse (Mme) 26, 238–241, 251
ガリマール，ガストン Gallimard, Gaston 34, 35, 91, 185, 241, 249
カルパッチォ，ヴィットーレ Carpaccio, Vittore 37, 89, 90–92, 97, 99–102, 105, 248
ガロス，ロラン Garros, Roland 51, 73, 74, 245
カント，イマヌエル Kant, Emmanuel 11
カントン，ルネ Quinton, René 199, 261

カンブルメール侯爵* Cambremer (marquis de) 116, 149, 252
ギュイヌメール，ジョルジュ Guynemer, Georges 73
ギュルシー* Gurcy 124–126
ギンズブルグ，カルロ Ginzburg, Carlo 223, 265
クラーギン，アナトール*（『戦争と平和』） Kouraguine, Anatole 227
グラッセ，ベルナール Grasset, Bernard 35
クリュ，ジャン・ノルトン Cru, Jean Norton 204
ゲーテ，ヨハン・ヴォルフガング・フォン Goethe, Johann Wolfgang von 11, 150
ゲルマント公爵夫人* Guermantes (duchesse de) 58, 242
ゲルマント氏 Guermantes (duc de) 161
ゲルマント大公夫人* Guermantes (princesse de) 110, 117, 118, 136, 137, 220, 226, 235
コクトー，ジャン Cocteau, Jean 12, 13, 23, 24, 46, 48–51, 72–74, 79, 107, 108, 159, 164, 231, 239, 240, 243
コタール* Cottard 149, 150, 165
ゴリンジ将軍 Gorringe (général) 112
コルネイユ，ピエール Corneille, Pierre 26
ゴンクール兄弟 Goncourt (Frères) 28

サ行

サティ，エリック Satie, Erik 49
サン＝サーンス，カミーユ Saint-Saëns, Camille 12, 77, 79
サン＝シモン Saint-Simon (duc de) 229
サント＝ブーヴ，シャルル＝オーギュスタン Sainte-Beuve, Charles Augustin 50, 208, 232
サン＝ルー，ロベール・ド* Saint-Loup, Robert de 21, 36, 46, 63, 67, 71–74, 76, 77, 79–83, 104, 107, 108, 110, 117, 131, 135–137, 152, 157, 161, 167, 169–172, 174–176, 182, 184–188, 190, 196, 197, 214, 215, 218–220, 246–248, 252
シェイエス，エマニュエル＝ジョゼフ Sieyès, Emmanuel-Joseph 16
シェイクスピア，ウィリアム Shakespeare, William 57, 58, 208, 210
シェヘラザード*（『千夜一夜物語』） Shéhérazade 228
シクロフスキー，ヴィクトル Chklovski, Victor 223
シズランヌ，ロベール・ド・ラ Sizeranne, Robert de la 177
ジッド，アンドレ Gide, André 6, 35, 59, 62, 77, 159, 238, 242, 244, 246, 257
シャトーブリアン，フランソワ＝ルネ・ド Chateaubriand, François-René de 121
シャルダン，フィリップ Chardin, Philippe 205, 207, 221
シャルリュス男爵* Charlus (baron de) 19, 26, 37, 52, 63, 67–71, 81, 83, 86, 90–93, 100, 102–109, 116–118, 124–128, 131, 134–139, 141–151, 166–168, 184, 191, 194, 195, 200, 214–216, 218, 235, 247, 249–252, 256
シャルル（カチュス夫人の息子） Catusse, Charles 8
ジュピアン* Jupien 52, 68, 81, 89,

92, 94, 95, 127–129, 184, 196, 199, 200, 245
シューマン，ロベルト　Schumann, Robert　172, 174
ジルベルト*　Gilberte　32, 33, 110, 111, 186, 188, 220, 259
ジロドゥー，ジャン　Giraudoux, Jean　159, 257
スコット，ウォルター　Scott, Walter　210
スーゾ大公妃　Soutzo (princesse)　42, 46, 54, 55, 242, 244
スーデー，ポール　Souday, Paul　12, 239, 242
ストラヴィンスキー，イーゴリ　Stravinsky, Igor　53
ストロース夫人　Straus (Mme)　25, 41, 42, 46, 48, 53, 57, 58, 73, 240, 242–244, 246, 251
スワン*　Swann　32, 90, 91, 105
セヴィニェ夫人　Sévigné (Mme de)　223

タ行

タウンゼンド将軍　Townshend, Charles　110–112
ターナー，ジョゼフ・マロード・ウィリアム　Turner, Joseph Mallord William　223
ダヌンツィオ，ガブリエーレ　D'Annunzio, Gabriele　122
ダルビュフェラ，ルイ　Albufera, Louis, marquis d'　21, 23, 240, 247
ティツィアーノ　Titien (Le)　119, 253
デュフィ，ラウル　Dufy, Raoul　24
デュミエール，ロベール　Humières, Robert d'　16
デューラー，アルブレヒト　Dürer, Albrecht　174
デルレード，ポール　Déroulède, Paul　124
ドゥカン，アレクサンドル＝ガブリエル　Decamps, Alexandre-Gabriel　90, 105, 106, 108
ドストエフスキー，フョードル　Dostoïevski, Fédor　205, 220, 223, 224, 256, 264
ドーデ，リュシアン　Daudet, Lucien　18, 20, 29, 238, 239, 241, 262
ドーデ，レオン　Daudet, Léon　26, 27
ドラクロワ，ウジェーヌ　Delacroix, Eugène　90, 105, 106
ドルジュレス，ロラン　Dorgelès, Roland　158, 232
トルストイ，レフ　Tolstoï, Léon　34, 144, 204–214, 217–225, 229, 231, 232, 262–264
ドレフュス，アルフレッド　Dreyfus, Alfred　20, 104, 121, 139, 236, 256,
ドレフュス，ロベール　Dreyfus, Robert　209, 263

ナ行

ナターシャ*（『戦争と平和』）　Natacha　224, 227
ナポレオン　Napoléon　34, 98, 185, 204, 205, 214–218, 222, 260, 264
ニコライ大公　Nicolas (grand-duc)　13
ニーチェ，フリードリヒ　Nietzsche, Friedrich　150, 172, 238
ノルポワ*　Norpois　116, 125, 179, 194, 241, 252

ハ行

パスカル，ブレーズ　Pascal, Blaise　56
ハドリアヌス帝　Hadrien　107

バルザック，オノレ・ド　Balzac, Honoré de　209, 210
バルビュス，アンリ　Barbusse, Henri　38, 39, 158, 170, 197, 235, 242, 258
バレス，モーリス　Barrès, Maurice　9–11, 25, 26, 62, 75, 77, 79, 117–127, 134, 148, 169, 180, 231, 238, 253, 254, 257
ピカソ　Picasso　49, 50
ビドゥー，アンリ　Bidou, Henry　185, 192, 215, 231, 259
ヒンデンブルク，パウル・フォン　Hindenburg, Paul von　185, 214, 215, 217, 260
フェドー，ジョルジュ　Feydeau, Georges　47
フェヌロン，ベルトラン・ド　Fénelon, Bertrand de　21, 22, 59, 176
フェルナンデス，ラモン　Fernandez, Ramon　159
フォルスグレン，エルネスト　Forssgren, Ernest　8
フォルチュニー　Fortuny　91
フォーレ，ガブリエル　Fauré, Gabriel　53
プシカリ，エルネスト　Psichari, Ernest　75
プラトン　Platon　124
フランク，セザール　Franck, César　53
ブランシュ，ジャック＝エミール　Blanche, Jacques-Émile　24, 26–28, 53, 77, 231, 241, 242, 244
フランソワーズ*　Françoise　30, 36, 86, 128–130, 132, 146, 149, 151, 152, 163, 181, 184, 195, 199, 200, 235, 255
ブリショ*　Brichot　110, 116, 178, 194, 251
ブリューゲル，ピーテル　Bruegel, Pieter　174
ブールジェ，ポール　Bourget, Paul　209, 210–214, 231, 263
プルースト，ロベール（弟）　Proust, Robert　7, 32, 112
プルプ，マルク　Pourpe, Marc　74, 75
フロマンタン，ウジェーヌ　Fromentin, Eugène　105, 106
ベートーヴェン，ルートヴィヒ・ヴァン　Beethoven, Ludwig van　9–11, 53, 174
ベリー，ウォルター　Berry, Walter　38, 52, 242, 244
ベルゴット*　Bergotte　125, 254
ヘンデル，ゲオルク・フリードリヒ　Händel, Georg Friedrich　174
ホイッスラー，ジェームズ・マクニール　Whistler, James Abbott McNeill　33
ボーモン夫妻　Beaumont (comte et comtesse de)　46
ボロディン，アレクサンドル　Borodine, Alexandre　53
ボワレーヴ，ルネ　Boylesve, René　59, 244
ポワンカレ，アンリ　Poincaré, Henri　188

マ行

マシーン，レオニード　Massine, Léonide　49
マドラゾ夫人　Madrazo (Mme)　91, 249
マリア*（『戦争と平和』）　Marie　228
マール，エミール　Mâle, Emile　196
マルクス・アウレリウス　Marc Aurèle　223

マンテーニャ，アンドレア Mantegna, Andrea 97
モネ，クロード Monet, Claude 178
モラス，シャルル Maurras, Charles 88
モラン，ポール Morand, Paul 46, 74, 143
モーリアック・ダイアー，ナタリー Mauriac Dyer, Nathalie 115, 128, 268
モレル* Morel 132, 179, 216, 255
モーロワ，アンドレ Maurois, André 159
モンテスキウ，ロベール・ド Montesquiou, Robert de 26, 27, 240

ラ行

ライプニッツ，ゴットフリート・ヴィルヘルム Leibniz, Gottfried Wilhelm 188
ラヴォワジエ，アントワーヌ Lavoisier, Antoine 56
ラシェル* Rachel 137, 246
ラスキン，ジョン Ruskin, John 116, 128, 177, 225
ラディゲ，レーモン Radiguet, Raymond 159, 166
ラリヴィエール* Larivière 129, 130, 132–134, 181, 195
リヴィエール，ジャック Rivière, Jacques 6, 51, 211, 238, 243, 263
リューノー，モーリス Rieuneau, Maurice 156, 166, 177
ル・キュジア，アルベール Le Cuziat, Albert 52
レオニー叔母* Léonie (tante) 88
レジャーヌ Réjane 18, 239
レナック，ジョゼフ Reinach, Joseph 46, 48, 111, 217, 231, 238, 243, 251, 252, 256, 260
レーニン，ウラジーミル Lénine, Vladimir Ilitch 41
レンブラント Rembrandt 172
ロシュフーコー，ガブリエル・ド・ラ Rochefoucauld, Gabriel de La 53
ロティ，ピエール Loti, Pierre 89, 92, 93, 95, 249
ロラン，ロマン Rolland, Romain 12, 38, 54, 62, 66, 125, 172, 193, 235, 245, 263

ワ行

ワーグナー，リヒャルト Wagner, Richard 11–13, 55, 56, 63, 71–73, 76–82, 118, 135, 172, 174, 175, 205, 231, 238, 246, 247

作品名索引

ア行

『悪の華』（シャルル・ボードレール） *Les Fleurs du mal* 86
『アジヤデ』（ピエール・ロティ） *Aziyadé* 92, 94, 249
「アメリーまたは戦争気質」（ルネ・ボワレーヴ） « Amélie ou une humeur de guerre » 59
『争いを超越して（戦いを超えて）』（ロマン・ロラン） *Au-dessus de la mêlée* 38
「ある芸術家の手紙」（ジャック゠エミール・ブランシュ） « Lettres d'un artiste » 26
『ある芸術家の手帳』（ジャック゠エミール・ブランシュ） *Cahiers d'un artiste* 27
『アンナ・カレーニナ』（レフ・トルストイ） *Anna Karénine* 206, 212
「イワン・イリッチの死」（レフ・トルストイ） « La Mort d'Ivan Ilitch » 206
「エコー・ド・パリ」（新聞） *L'Écho de Paris* 10, 75, 120, 209, 253
『エルサレムにおける聖ステパノの説教』（カルパッチョ・ヴィットーレ） *La Prédication de saint Etienne à Jérusalem* 101,102
『オラース』（ピエール・コルネイユ） *Horace* 26
『オルガス伯の埋葬』（エル・グレコ） *L'Enterrement du comte d'Orgaz* 47, 72

カ行

『回想録』（サン゠シモン） *Mémoires* 229
『画家の発言』（ジャック゠エミール・ブランシュ） *Propos de peintre* 24
『消え去ったアルベルチーヌ』（マルセル・プルースト） *Albertine disparue* 80, 82, 235
『傷ついた供物』（ロベール・ド・モンテスキウ） *Les Offrandes blessées* 26
『木の十字架』（ロラン・ドルジュレス） *Les Croix de bois* 158, 232
『喜望峰』（ジャン・コクトー） *Le Cap de Bonne-Espérance* 49, 51, 72–74, 79
『キリスト教精神と愛国心』（レフ・トルストイ） *L'Esprit chrétien et le patriotisme* 206, 212, 262
『ゲルマントのほう』（マルセル・プルースト） *Le Côté de Guermantes* 36, 196, 218, 235, 260
『ゴータに襲われるパリ』（マキシム・ヴィヨーム） *Paris sous les Gothas* 64, 65
『胡麻と百合』（ジョン・ラスキン） *Sésames et les lys* 116, 128

サ行

『サント゠ブーヴに反論する』 *Contre Sainte-Beuve* 208
「三本の十字架」（ダニエル・アレヴィ） « Les Trois Croix » 13, 14, 26

『ジャン・クリストフ』(ロマン・ロラン) *Jean-Christophe* 39, 171
『ジュ・セ・トゥー』(雑誌) *Je sais tout* 65
「ジュルナル・デ・デバ」(新聞) *Le Journal des débats* 14, 77, 185, 192, 21, 257
「ジュルナル・ド・ジュネーヴ」(新聞) *Journal de Genève* 38
『新フランス評論』(NRF) *La Nouvelle Revue Française* 5, 6, 27, 35, 36, 159, 252, 258, 263
『すばらしきクリオ』(ジャン・ジロドゥー) *Adorable Clio* 159
『スワン家のほうへ』(マルセル・プルースト) *Du côté de chez Swann* 5, 18, 30, 33, 114
『聖セバスティアヌス』(アンドレア・マンテーニャ) *Saint Sébastien* 97
『世界間戦争(宇宙戦争)』(H・G・ウェルズ) *La Guerre des mondes* 7, 72
『戦争と平和』(レフ・トルストイ) *La Guerre et la Paix* 34, 203–206, 209, 211, 212, 214, 217–222, 224, 226, 228, 229, 264,
『千夜一夜物語』 *Les Mille et Une Nuits* 88, 94, 95, 108, 109, 111, 112, 127, 228, 229
『ソドムとゴモラ』(マルセル・プルースト) *Sodome et Gomorrhe* 35, 103, 109, 235, 236

タ行

『第三身分とは何か』(エマニュエル=ジョゼフ・シェイエス) *Qu'est-ce que le Tiers-État ?* 16
『楽しみと日々』(マルセル・プルースト) *Les Plaisirs et les Jours* 205
「タン」(新聞) *Le Temps* 12, 251
『ドイツの支配を逃れて』(レオン・ドーデ) *Hors du joug allemand* 26
『透明人間』(H・G・ウェルズ) *L'Homme invisible* 72
『独身者の暮らし(ラブイユーズ)』(オノレ・ド・バルザック) *Un ménage de garçon (La Rabouilleuse)* 210
『囚われの女』(マルセル・プルースト) *La Prisonnière* 136, 235, 264
『トリスタンとイゾルデ』(リヒャルト・ワーグナー) *Tristan et Isolde* 172
『奴隷のいるオダリスク』(ドミニク・アングル) *L'Odalisque à l'esclave* 106
『ドレフュス事件の歴史』(ジョゼフ・レナック) *Histoire de l'affaire Dreyfus* 111

ナ行

『肉体の悪魔』(レーモン・ラディゲ) *Le Diable au corps* 159, 166
『贋金づくり』(アンドレ・ジッド) *Les Faux-monnayeurs* i
『日記』(ゴンクール) *Journal des Goncourt* 28
『ニーベルングの指環』(リヒャルト・ワーグナー) *L'Anneau du Nibelung* 78

ハ行

『花咲く乙女たちのかげに』(マルセル・プルースト) *À l'ombre des jeunes filles en fleurs* 37, 38, 125, 178,

190, 232, 235, 243, 249
『パラード』（バレエ） *Parade* 49, 50
「パリ空襲」（カミーユ・メーラン） « Raid sur Paris » 65, 66
『パリ評論』（雑誌） *La Revue de Paris* 27, 78, 172, 173
『ピエールとリュース』（ロマン・ロラン） *Pierre et Luce* 55, 66, 67, 245
「フィガロ」（新聞） *Le Figaro* 18, 43, 45, 48, 111, 123, 217, 251, 260
『ブランブル大尉の沈黙』（アンドレ・モーロワ） *Les Silences du colonel Bramble* 159
『砲火』（アンリ・バルビュス） *Le Feu* 38, 39, 49, 158, 170, 197, 258

マ行

『見出された時』（マルセル・プルースト） *Le Temps retrouvé* 19, 22, 26, 28, 32, 33, 42, 46, 50, 52, 57, 60, 63, 67, 72, 73, 76, 79, 83, 86–89, 92, 93, 97, 103, 104, 118, 121, 123, 126, 149, 156, 159–161, 168, 177, 180, 184, 186, 189, 191, 196, 197, 199, 204, 208, 212–215, 217, 218, 220–223, 225, 228, 232, 233, 235
「モ」（新聞） *Le Mot* 12, 24, 74, 75, 164, 243

ヤ行

『山師トマ』（ジャン・コクトー） *Thomas l'imposteur* 159

ラ行

『ラインの黄金』（リヒャルト・ワーグナー） *L'Or du Rhin* 174
『両世界評論』（雑誌） *Revue des deux Mondes* 150, 171, 186
『ローエングリン』（リヒャルト・ワーグナー） *Lohengrin* 12, 13
『ロシア小説』（メルキュール・ド・ヴォギュエ） *Le Roman russe* 211

ワ行

『ワルキューレ』（リヒャルト・ワーグナー） *La Walkyrie* 71–76, 79–81, 186, 246

参考文献一覧

・プルーストと第一次世界大戦に関連する書誌目録が、2014年刊行の論文集に掲載された（Pyra Wise, « Bibliographie », Philippe Chardin et Nathalie Mauriac Dyer (dir.), *Proust écrivain de la Première Guerre mondiale,* avec la collaboration de Yuji Murakami, Dijon, Éditions Universitaires de Dijon, 2014, p. 177–185）。そのため、ここでは、本書で具体的に引用した文献と、本書でおこなった議論との関連性が高い研究に限定した。なお、重複を減らすため、共著の書誌情報を一部省略した。

Ⅰ　マルセル・プルーストの著作（小説、草稿、書簡、評論）

Marcel Proust, *À la recherche du temps perdu,* éd. Jean-Yves Tadié *et al.,* Gallimard, « Bibliothèque de la Pléiade », 1987–1989, 4 vol. (*RTP*)

—, *Carnets,* édition établie et présentée par Florence Callu et Antoine Compagnon, Gallimard, 2002.

—, *Contre Sainte-Beuve,* précédé de *Pastiches et mélanges* et suivi de *Essais et articles,* édition établie par Pierre Clarac avec la collaboration d'Yves Sandre, « Bibliothèque de la Pléiade », Gallimard, 1971. (*CSB*)

—, *Correspondance,* éd. Philip Kolb, Plon, 1970–1993, 21 vol. (*Corr.*)

—, *Lettres (1879–1922),* sélection et annotation revue par Françoise Leriche, avec le concours de Caroline Szylowicz à partir de l'édition de la *Correspondance de Marcel Proust* établie par Philip Kolb. Lettres inédites, sélection et annotation par Françoise Leriche. Préface et postface de Katherine Kolb. Notices biographiques des correspondants par Virginie Greene, Plon, 2004.

—, *Matinée chez la princesse de Guermantes. Cahiers du* Temps retrouvé, édition critique établie par Henri Bonnet en collaboration avec Bernard Brun, Gallimard, 1982.

『失われた時を求めて』吉川一義訳、岩波文庫、全14巻、2010年～現在（第7巻まで刊行済み）。

『失われた時を求めて 10 第七篇 見出された時』井上究一郎訳、ちくま文庫、1993年。

『失われた時を求めて 12 第七篇 見出された時 I』鈴木道彦訳、集英社文庫ヘリテージシリーズ、2007年。

『失われた時を求めて 13 第七篇 見出された時 II』鈴木道彦訳、集英社文庫ヘリテージシリーズ、2007年。

『プルースト全集 18 書簡 III』岩崎力ほか訳、筑摩書房、1997年。

『プルースト評論選 I 文学篇』保苅瑞穂編、ちくま文庫、2002年。

Ⅱ　プルースト論

BARDÈCHE, Maurice, *Marcel Proust romancier,* Les Sept Couleurs, 1971, t. 2.

BENHAÏM, André, « From Baalbek to Baghdad and beyond : Marcel Proust's foreign memories of France », *Journal of European Studies,* vol. 35, n° 1, 2005, p. 87–101.

BOUILLAGUET, Annick, « Entre Proust et Carpaccio, l'intertextualité des livres d'art », *Proust*

et ses peintres, CRIN, 2000, p. 95–101.
—, « Combray entre mythe et réalités », *Marcel Proust 3: Nouvelles directions de la recherche proustienne 2,* Minard, 2001, p. 27–44.
—, « L'écriture infinie », *Marcel Proust 4 : Proust au tournant des siècles. 1,* Minard, 2004, p. 201–210.
BOUILLAGUET, Annick et ROGERS, Brian G. (dir.), *Dictionnaire Marcel Proust,* Honoré Champion, 2004.
BUISINE, Alain, « Marcel Proust : Le côté de l'Orient », *Revue des sciences humaines,* n° 214, avril-juin 1989, p. 121–144.
CHARDIN, Philippe, « "*[Esprit chrétien et le patriotisme] (L'),* de Tolstoï]" », « Tolstoï (Léon) [1828–1910] », *Dictionnaire Marcel Proust,* p. 348–349, 1004–1005.
—, « De la contemplation du "grand ciel" tolstoïen au dialogue critique : Proust lecteur de Tolstoï », *L'Ours et le Coq : trois siècles de relations franco-russes : essais en l'honneur de Michel Cadot,* textes présentés par Francine-Dominique Liechtenhan, Presses de la Sorbonne Nouvelle, 2000, p. 127–138.
CHARDIN, Philippe et MAURIAC DYER, Nathalie (dir.), *Proust écrivain de la Première Guerre mondiale,* avec la collaboration de Yuji Murakami, Dijon, Éditions Universitaires de Dijon, 2014.
COCHET, Annick, « L'amour de la patrie dans *Le Temps retrouvé* de Marcel Proust », *Vingtième Siècle. Revue d'histoire,* n° 20, 1988, p. 35–48.
COGEZ, Gérard, *« Le Temps retrouvé » de Marcel Proust,* Gallimard, « Foliothèque », 2005.
COMPAGNON, Antoine, *Proust entre deux siècles,* Seuil, 1989.
—, « L'allusion et le fait littéraire », *L'allusion dans la littérature,* Actes du XXIVe Congrès de la Società Universitaria per gli Studi di Lingua e Letteratura Francese (SUSLLF) en Sorbonne, novembre 1998, textes réunis par Michel Murat, Presses de l'Université de Paris-Sorbonne, 2000, p. 237–249.
DUBOIS, Jacques, « Proust et le temps des embusqués », Pierre Schoentjes (dir.), *La Grande Guerre : un siècle de fictions romanesques,* Genève, Droz, p. 205–221.
EELLS, Emily, « Proust pasticheur de Cocteau : présentation d'un pastiche inédit », *Bulletin d'informations proustiennes,* n° 12, 1981, p. 75–85.
—, « Proust et le sérail », *Cahiers Marcel Proust,* n° 12, Études proustiennes, V, 1984, p. 127–181.
FERNANDEZ, Ramon, *Proust* [1943], Grasset, 2009.
FRAISSE, Luc, *Proust au miroir de sa correspondance,* SEDES, 1996.
GOUJON, Francine, *« Mille et Une Nuits (Les) », Dictionnaire Marcel Proust,* p. 628–630.
HUGHES, Edward J., « Patriotisme », « Propagande », « Xénophobie », *Dictionnaire Marcel Proust,* p. 749–750, 804–805, 1079–1080.
—, *Proust, Class, and Nation,* Oxford, Oxford University Press, 2011.
IFRI, Pascal A., « Les deux côtés des "rivages de la mort" : la guerre vue par Céline et Proust », *Bulletin Marcel Proust,* n° 37, 1987, p. 33–40.
JULIEN, Dominique, *Proust et ses modèles, les « Milles et Une Nuits » et les « Mémoires » de Saint-*

Simon, José Corti, 1989.

KITTREDGE, Annette, « Des théodolithes et des arbres. L'arrêt du train, les arbres d'Hudimesnil (Couliville) », *Bulletin d'informations proustiennes,* n° 24, 1993, p. 39–65.

LANDY, Joshua, « "Un égoïsme utilisable pour autrui" : le statut normatif de l'auto-description chez Proust », Mariolina Bertini et Antoine Compagnon (dir.), *Morales de Proust, Cahiers de littérature française,* IX-X, Bergamo University Press / L'Harmattan, novembre 2010, p. 83–99.

LERICHE, Françoise, « Pour en finir avec "Marcel" et "le narrateur". Questions de narratologie proustienne », *Marcel Proust 2 : Nouvelles directions de la recherche proustienne 1,* Minard, 2000, p. 13–42.

MAHUZIER, Brigitte, « Proust, écrivain de la Grande Guerre. Le front, l'arrière et la question de la distance », *Bulletin Marcel Proust,* n° 52, 2002, p. 85–100.

— , *Proust et la guerre,* Honoré Champion, 2014.

MARANTZ, Enid G., « Proust et Romain Rolland », *Bulletin d'informations proustiennes,* n° 20, 1989, p. 7–46

MAURIAC DYER, Nathalie, « *À la recherche du temps perdu,* une autofiction ? », Jean-Louis Jeannelle et Catherine Viollet (dir.), *Genèse et autofiction,* Louvain-la-Neuve, Bruylant-Academia, 2007, p. 69–87.

— , « Entre apocalypse et farce : la guerre, épilogue du cycle de *Sodome et Gomorrhe* », *Proust écrivain de la Première Guerre mondiale,* p. 161–175.

MECCHIA, Giuseppina, « "Un coup de pistolet au milieu d'un concert" : La Grande Guerre et l'irruption du Présent dans le Temps de la *Recherche* », *Marcel Proust Aujourd'hui,* n° 3, 2005, p. 161–177.

MIGUET, Marie, « Proust et Barrès », *Barrès. Une tradition dans la modernité,* Actes du colloque de Mulhouse, Bâle et Fribourg-en-Brisgau des 10,11 et 12 avril 1989, organisé par André Guyaux, Joseph Jurt et Robert Kopp, Honoré Champion, 1991, p. 287–306.

MULLER, Marcel, « Charlus dans le métro ou pastiche et cruauté chez Proust », *Cahier Marcel Proust,* n° 9, Études proustiennes, III, 1979, p. 9–25.

MURAKAMI, Yuji, « Proust et l'antisémitisme en 1898 », communication présentée au colloque « *Du côté de chez Swann* ou le cosmopolitisme d'un roman français », Collège de France, 13 juin 2013.

NATUREL, Mireille, *Proust et le fait littéraire : réception et création,* Honoré Champion, 2011, « L'"orientalisation" de la guerre », p. 105–110.

NEEF, Jacques, « La Guerre dans *Le Temps retrouvé* », *Beiträge zur Romanischen Philologie,* XXVIII, 1989, Heft 1, p. 41–44.

NETTELBECK, Colin, « History, Art and Madame Verdurin's Croissants : The War Episode in *Le Temps retrouvé* », *Australian Journal of French Studies,* Vol. 19, 1982, p. 288–294.

PAINTER, George, *Marcel Proust,* trad. G. Cattaui et R.-P. Vial, éd. revue, corrigée et augmentée d'une nouvelle préface de l'auteur, Mercure de France, 1992.

PEDUTO, Liliane, « De la "germanophilie" de Charlus : un aspect particulier du rapport de Proust avec la politique », *Annali del'Istituto Universitario Orientale di Napoli, Sezione*

Romanza, XLIII-2, 2001, p. 363–393.

PICHERIT, Hervé G., « Les parents millionnaires de Françoise », *Poétique,* n° 165, février 2011, p. 91–106.

PISTORIUS, George, *L'Image de l'Allemagne dans le roman français entre les deux guerres (1918–1939),* Nouvelles Éditions Debresse, 1964, chapitre VI, L'Allemagne de Proust, p. 113–135.

QUARANTA, Jean-Marc, « Allemagne », *Dictionnaire Marcel Proust,* p. 55.

RANCIÈRE, Jacques, « Proust : la guerre, la vérité, le livre », *La Chair des mots. Politiques de l'écriture,* Galilée, 1998, p. 137–153.

ROBERT, Pierre-Edmond, « Guerre de 1914–1918 », « Stratégie militaire », *Dictionnaire Marcel Proust,* p. 453–455, 963–965.

ROSEN, Elisheva, « Littérature, autofiction, histoire : l'affaire Dreyfus dans *La Recherche du temps perdu* », *Littérature,* n° 100, décembre 1995, p. 64–80.

—, « Sur l'art de prendre position dans la *Recherche* », *Proust écrivain de la Première Guerre mondiale,* p. 87–99.

SAKAMOTO, Hiroya, « Les inventions techniques dans l'œuvre de Marcel Proust », thèse de doctorat soutenue à l'université Paris IV, 2008, « Raid aérien entre poétique et politique », p. 355–406.

—, « La guerre et l'allusion littéraire dans *Le Temps retrouvé* », Antoine Compagnon (dir.), *Proust, la mémoire et la littérature. Séminaire 2006–2007 au Collège de France,* textes réunis par Jean-Baptiste Amadieu, Odile Jacob, « Collège de France », 2009, p. 199–218 ; *Les Cahiers de l'Association internationale des études françaises,* n° 63, 2011, p. 383–402.

—, « La guerre, l'art et le patriotisme », Adam Watt (ed.), *Le Temps retrouvé. Eighty Years After / 80 ans après : Critical Essays/essais critiques,* Peter Lang, « Modern French Identities », 2009, p. 141–153.

—, « Artistes face à la violence : la Grande Guerre selon Proust », Nathalie Mauriac Dyer et Kazuyoshi Yoshikawa (dir.), *Proust aux brouillons,* Turnhout, Brepols, 2011, p. 151–162.

—, « Des campagnes napoléoniennes à la Première Guerre mondiale : Résonances de *La Guerre et la Paix* dans *Le Temps retrouvé* », Nathalie Mauriac Dyer, Kazuyoshi Yoshikawa et Pierre-Edmond Robert (dir.), *Proust face à l'héritage du XIXe siècle,* Presses de la Sorbonne Nouvelle, 2012, p. 155–165.

—, « Quelques allusions à la presse dans les cahiers de la guerre », *Bulletin d'informations proustiennes,* n° 42, 2012, p. 53–60.

—, « Mobilität und Mobilisation : Der Erste Weltkrieg aus Prousts Sicht », Matei Chihaia et Katharina Münchberg (dir.), *Marcel Proust : Bewegendes und Bewegtes,* Paderborn, Wilhelm Fink Verlag, 2013, p. 269–279, trad. Matei Chihaia et Birte Heimann.

—, « Mobilisé malgré lui », *Le Magazine littéraire,* n° 535, septembre 2013, p. 72–73.

—, « Paris, une "imaginaire cité exotique" en temps de guerre : le "signe oriental" et la situation militaire », *Proust écrivain de la Première Guerre mondiale,* p. 139–150.

SCHMID, Marion, « Ideology and Discourse in Proust : The Making of "M. de Charlus pendant la guerre" », *The Modern Language Review,* n° 94–4, 1999, p. 961–977.

—, « Idéologie et discours : le témoignage des manuscrits », Nathalie Mauriac Dyer et

Kazuyoshi Yoshikawa (dir.), *Proust aux brouillons,* Turnhout, Brepols, 2011, p.137–149.
SIMON, Anne, *Proust ou le réel retrouvé,* PUF, 2000.
—, « D'un engouement Belle Epoque à un motif littéraire structurant : l'Orient chez Proust », conférence prononcée le 11 mai 2008, publiée sur le site internet du Centre de recherches proustiennes, dernière mise à jour le 22 janvier 2009.
SMIRNOFF, Renée de, « Entre rêve apocalyptique et mirage poétique : la vision proustienne de la guerre dans *Le Temps retrouvé* », Pierre Glaudes et Helmut Meter (dir.), *L'Expérience des limites dans les récits de guerre (1914–1945),* Genève, Slatkine, 2001, p. 33–45.
SPRINKER, Michael, *History and Ideology in Proust, "A la recherche du temps perdu" and the Third French Republic* [1994], London - New York, Verso, 1998.
TADIÉ, Jean-Yves, *Marcel Proust. Biographie* [1996], Gallimard, « Folio », 1999, 2 vol.（ジャン＝イヴ・タディエ『評伝プルースト』吉川一義訳、筑摩書房、上下巻、2001年）
TEYSSANDIER, Laurence, *De Guercy à Charlus. Transformations d'un personnage de* À la recherche du temps perdu, Honoré Champion, 2013.
TON-THAT, Thanh-Vân « Points de vue proustiens sur la guerre : fin d'un monde et monde à l'envers », Catherine Milkovitch-Rioux et Robert Pickering (dir.), *Écrire la guerre,* Clermont-Ferrand, Presses Universitaires Blaise-Pascal, 2000, p. 167–178.
TOPPING, Margaret, « Les Milles et Une Nuits proustiennes », *Essays in French Literature,* n° 35–36, 1998–1999, p. 113–130.
—, « The Proustian Harem », *The Modern Language Review,* vol. 97, n° 2, avril 2002, p. 300–311.
TROUBETZKOY, Wladimir, « La relation complexe de Marcel Proust à Lev Tolstoï », *Cahiers Léon Tolstoï,* n° 9, 1995, p. 11–18.
TSUMORI, Keiichi, *Proust et le paysage. Des écrits de jeunesse à* la Recherche du temps perdu, Honoré Champion, 2014.
YOSHIKAWA, Kazuyoshi, « Genèse du leitmotiv "Fortuny" dans *À la recherche du temps perdu* », *Études de langue et littérature françaises,* nº 32, mars 1978, p. 99–119.
—, *Proust et l'art pictural,* Honoré Champion, 2010.
WYSE, Pyra, « Proust et la "langue poilue" », *Proust écrivain de la Première Guerre mondiale,* p. 51–76.
小倉孝誠『歴史と表象――近代フランスの歴史小説を読む』新曜社、1997年（第8章）。
小黒昌文『プルースト　芸術と土地』名古屋大学出版会、2009年（第7章）。
加藤周一「戦争とプルースト」、『失われた時を求めて 13 第七篇 見出された時 II』鈴木道彦訳、集英社文庫ヘリテージシリーズ、2007年、320–328頁。
工藤庸子『プルーストからコレットへ――いかにして風俗小説を読むか』中公新書、1991年。
坂本浩也「表象と言説としての文学――戦争文化史の観点からプルーストを再読するために」、『Résonances』第4号、2006年、180–181頁。
――「パリ空襲の表象（1914–1918）――プルーストと『戦争文化』」、『フランス語

フランス文学』第91号、2007年、155–167頁。

——「賛同と超脱のあいだで——『見出された時』における戦争、芸術、愛国心」、『立教大学フランス文学』第38号、2009年、87–105頁。

——「文通への抵抗、手紙のなかの隠喩——プルーストの書簡集における動物としての芸術家の肖像」、桑瀬章二郎編『書簡を読む』春風社、2009年所収、57–87頁。

——「ナポレオン戦役から第一次世界大戦へ——トルストイの読者プルースト」、『立教大学フランス文学』第41号、2012年、65–83頁。

——「前線からの手紙、銃後の夜空——プルーストと『復員文学』における暴力」、『立教大学フランス文学』第42号、2013年、59–74頁。

——「プルーストと第一次世界大戦——『見出された時』における戦略と動員」、『思想』2013年11月号（特集 時代の中のプルースト、『失われた時を求めて』発刊一〇〇年）、49–66頁。

鈴木隆美「無意志的記憶の思想的背景——プルーストのイデアリスム」、『思想』2013年11月号、67–89頁。

湯沢英彦『プルースト的冒険』水声社、2001年（第2章）。

吉川一義『プルースト美術館——『失われた時を求めて』の画家たち』筑摩書房、1998年。

——『プルーストと絵画——レンブラント受容からエルスチール創造へ』岩波書店、2008年。

吉田城『『失われた時を求めて』草稿研究』平凡社、1993年。

——「プルーストとコクトー：飛行の詩学」、『仏文研究』30号、京都大学フランス語学フランス文学研究会、1999年、145–164頁。

Ⅲ　文学研究

ARNAUD, Claude, *Jean Cocteau,* Gallimard, 2003.
AUCOUTURIER, Michel, « La découverte de *Guerre et Paix* par la critique française », *L'Ours et le Coq : trois siècles de relations franco-russes : essais en l'honneur de Michel Cadot,* textes présentés par Francine-Dominique Liechtenhan, Presses de la Sorbonne Nouvelle, 2000, p. 115–126.
CHKLOVSKI, Viktor, « L'art comme procédé » [1917], *Théorie de la littérature,* textes des Formalistes russes réunis, présentés et traduits par Tzvetan Todorov, Préface de Roman Jakobson, éd. revue et corrigée, Seuil, « Points essais », 2001, p. 75–97.
COLLET, Georges-Paul, *Jacques-Émile Blanche. Biographie,* Bartillat, 2006.
FERNANDEZ, Ramon, *Itinéraire français,* Éditions du Pavois, 1943.
LINDSTROM, Thaïs S., *Tolstoï en France (1886–1910),* Institut d'études slaves de l'Université de Paris, 1952.
POUPARD, Paul (dir.), *Dictionnaire des religions,* 3e éd. revue et augmentée, PUF, 1993, entrée « Valkyrie » par Jules Ries, p. 2099–2100.
RAIMOND, Michel, *La Crise du roman, des lendemains du Naturalisme aux années vingt,* José Corti, 1966.
RASSON, Luc, *Écrire contre la guerre : littérature et pacifisme (1916–1938),* L'Harmattan, 1997.

RIEUNEAU, Maurice, *Guerre et révolution dans le roman français de 1919–1939* [1974], Genève, Slatkine Reprints, 2000.

SILVER, Kenneth E., *Vers le retour à l'ordre. L'Avant-garde parisienne et la Première Guerre mondiale, 1914–1925,* trad. Dennis Collins, Flammarion, 1991.

久保昭博『表象の傷――第一次世界大戦からみるフランス文学史』人文書院、2011年。

坂本さやか「『ウェルギリウスの蜜蜂』 ミシュレの『虫』における復活」、中里まき子編『トラウマと喪を語る文学』朝日出版社、2013年、149–158頁。

Ⅳ 歴史研究

ANTIER-RENAUD, Chantal, *Les Soldats des colonies dans la Première Guerre mondiale,* Rennes, Ouest-France, 2008.

AUDOIN-ROUZEAU, Stéphane, *L'Enfant de l'ennemi, 1914–1918,* Aubier, 1995.

AUDOIN-ROUZEAU, Stéphane et BECKER, Annette, « Violence et consentement : la "culture de guerre" du premier conflit mondial », Jean-Pierre Rioux et Jean-François Sirinelli (dir.), *Pour une histoire culturelle,* Seuil, 1997, p. 251–271.

AUDOIN-ROUZEAU, Stéphane et BECKER, Jean-Jacques (dir.), *Encyclopédie de la Grande Guerre 1914–1918 : Histoire et culture,* Bayard, 2004 ; Perrin, « Tempus », 2012, 2 vol.

BEAUPRÉ, Nicolas, « Témoigner, combattre, interpréter : les fonctions sociales et culturelles de la littérature de guerre des écrivains combattants de 1914 à 1918 (France, Allemagne) », *1914–1945. L'Ère de la guerre : Violence, mobilisations, deuil, t. 1, 1914–1918,* p. 169–182.

—, *Écrire en guerre, écrire la guerre. France, Allemagne, 1914–1920,* CNRS Éditions, 2006.

BECKER, Annette, *Oubliés de la Grande Guerre,* [1995] Hachette, « Pluriel », 2003.

—, « Créer pour oublier ? Les dadaïstes et la mémoire de la guerre », *14-18 Aujourd'hui-Today-Heute,* n° 5 (Démobilisations culturelles après la Grande Guerre), 2002, p. 129–143.

BECKER, Jean-Jacques et KRUMEICH, Gert, *La Grande Guerre : une histoire franco-allemande* [2008], Tallandier, « Texto », 2012.（ジャン＝ジャック・ベッケール、ゲルト・クルマイヒ『仏独共同通史　第一次世界大戦』剣持久木・西山暁義訳、岩波書店、全2巻、2012年）

BUCH, Esteban, « "Les Allemands et les Boches" : la musique allemande à Paris pendant la Première Guerre mondiale », *Le Mouvement Social,* 2004/3, n° 208, p. 45–69.

CABANES, Bruno et DUMÉNIL, Anne (dir.), *Larousse de la Grande Guerre,* Larousse, 2007.

CAZALS, Rémy, PICARD, Emmanuelle, ROLLAND, Denis (dir.), *La Grande Guerre. Pratiques et expériences,* Toulouse, Privat, 2005.

DAGAN, Yaël, « "Justifier philosophiquement notre cause". *La Revue de métaphysique et de morale,* 1914–1918 », *Mille neuf cent,* n° 23 : "La guerre du droit", 1914–1918, 2005, p. 49–74.

—, « La *NRF* et la Grande Guerre : le sens d'un silence », *La Grande Guerre. Pratiques et expériences,* p. 169–177.

—, *La* Nouvelle Revue française *entre guerre et paix 1914–1925,* Tallandier, 2008.

DARMON, Pierre, *Vivre à Paris pendant la Grande Guerre* [2002], Hachette, « Pluriel », 2004.

DUMÉNIL, Anne, BAUPRÉ, Nicolas, INGRAO, Christian (dir.), *1914–1945. L'Ère de la guerre : Violence, mobilisations, deuil, t. 1, 1914–1918,* Agnès Viénot Éditions, 2004.

FRÉMEAUX, Jacques, *Les Colonies dans la Grande Guerre : combats et épreuves des peuples d'Outre-mer,* Verdun, 14-18 éditions, 2006.

GINZBURG, Carlo, « L'estrangement. Préhistoire d'un procédé littéraire », *À distance. Neuf essais sur le point de vue en histoire,* trad. Pierre-Antoine Fabre, Gallimard, 2001, p. 15–36. (カルロ・ギンズブルグ『ピノッキオの眼――距離についての九つの考察』竹山博英訳、せりか書房、2001 年)

GOLD, Arthur et FIZDALE, Robert, *Misia. La Vie de Misia Sert* [1980], trad. Janine Hérisson, Gallimard, « Folio », 1984.

HORNE, John N., « Mobilizing for "Total War", 1914–1918 », John N. Horne (dir.), *State, Society, and Mobilization in Europe during the First World War,* Cambridge, Cambridge University Press, 1997, p. 1–17.

—, « "Propagande" et "vérité" dans la Grande Guerre », *Vrai et faux dans la Grande Guerre,* p. 76–95.

JOLY, Vincent, « Sexe, guerres et désir colonial », François Rouquet, Fabrice Virgili, Danièle Voldman (dir.), *Amours, guerres et sexualité 1914–1945,* Gallimard / BDIC / Musée de l'Armée, 2007, p. 62–69.

LOEZ, André, *La Grande Guerre,* La Découverte, 2010.

—, « "Lumières suspectes" sur ciel obscur. La recherche des espions et le spectacle de la guerre dans Paris bombardé en 1914–1918 », *Vrai et faux dans la Grande Guerre,* p. 166–188.

LOEZ, André, OFFENSTADT, Nicolas, *La Grande Guerre, Carnet du centenaire,* Albin Michel, 2013.

MURAT, Laure, *La loi du genre, Une histoire culturelle du « troisième sexe »,* Fayard, 2006.

ORY, Pascal, *Le Palais de Chaillot,* Arles, Actes Sud, Paris, Cité de l'architecture et du patrimoine, 2006.

PAPPOLA, Fabrice et LAFON, Alexandre, « "Bourrage de crânes" et expériences combattantes », *La Grande Guerre. Pratiques et expériences,* p. 311–320.

POIRIER, Jules, *Les Bombardements de Paris (1914–1918), Avions - Gothas - Zeppelins - Berthas,* préface du général Niessel, Payot, 1930.

PROCHASSON, Christophe, « La guerre en ses cultures », Jean-Jacques Becker (éd.), *Histoire culturelle de la Grande Guerre,* Armand Colin, 2005, p. 255–271.

PROCHASSON Christophe et RASMUSSEN, Anne, *Au nom de la Patrie. Les intellectuels et la Première Guerre mondiale, 1910–1919,* La Découverte, 1996.

—, *Vrai et faux dans la Grande Guerre,* La Découverte, 2004.

PROST, Antoine, Winter, Jay, *Penser la Grande Guerre. Un essai d'historiographie,* Seuil, « Points Histoire », 2004.

PURSEIGLE, Pierre, « Mirroring Societies at war: pictorial humour in the British and French popular press during the First World War », *Journal of European Studies,* vol. 31, 2001, p. 289–328.

—, « 1914–1918 : les combats de l'arrière. Les mobilisations sociales en Angleterre et en

France », *1914–1945. L'Ère de la guerre. Violence, mobilisations, deuil, tome 1 : 1914–1918,* p. 131–151.

REVENIN, Régis, *Homosexualité et prostitution masculine à Paris 1870–1918,* L'Harmattan, 2005.

ROUSSEAU, Frédéric, *La Guerre censurée. Une histoire des combattants européens de 14–18* [1999], Seuil, « Points Histoire », 2003, p. 7–23.

STERNHELL, Zeev, *La droite révolutionnaire 1885–1914. Les origines françaises du fascisme,* Gallimard, « Folio histoire », 1997.

WINTER, Jay, *Entre deuil et mémoire. La Grande Guerre dans l'histoire culturelle de l'Europe,* trad. Christophe Jaquet, Armand Colin, 2008.

—, « Victimes de la guerre : morts, blessés et invalides », Stéphane Audoin-Rouzeau et Jean-Jacques Becker (dir.), *Encyclopédie de la Grande Guerre,* t. II, Perrin, « Tempus », 2012, p. 715–728.

エクスタインズ、モードリス『春の祭典——第一次世界大戦とモダン・エイジの誕生』金利光訳、みすず書房、新版、2009年。

平野千果子「フランスにおける第一次世界大戦研究の現在——国民史の再考から植民地へ」、『思想』2012年9月号、7–27頁。

松沼美穂「兵士はなぜ耐えたのか——フランスの第一次世界大戦研究」、『歴史評論』728号、2010年12月、74–84頁。

V　プルーストと同時代の文献

ALAIN, *Mars ou La guerre jugée (1921)* suivi de *De quelques-unes des causes réelles de la guerre entre nations civilisées (1916),* Gallimard, « Folio essais », 1995.（アラン『裁かれた戦争』白井成雄訳、小沢書店、1986年）

ALBERT-PETIT, A., « La Visite des Zeppelins », *Le Journal des débats politiques et littéraires,* 22 mars 1915.

ANONYME, « Lettres d'un soldat », *La Revue de Paris,* 1er août 1915, p. 480–495 ; 15 août 1915, p. 797–824.

ANONYME, « Incursion de Paris », *Le Journal des débats politiques et littéraires,* 31 janvier 1916.

BARBUSSE, Henri, *Le Feu (Journal d'une escouade),* Flammarion, 1916.（アンリ・バルビュス『砲火』田辺真之助訳、岩波文庫、1956年、上下巻）

BARRÈS, Maurice, « La cathédrale en flammes », *L'Écho de Paris,* 20 septembre 1914.

—, « Les ivrognes sur le charnier », *L'Écho de Paris,* 15 octobre 1914.

—, « Les Walkyries et nos jeunes héros. (Une messe pour le repos de l'âme d'Ernest Psichari.) », *L'Écho de Paris,* 30 novembre 1914.

—, « Une décision de l'Académie », *L'Écho de Paris,* 18 mars 1915.

—, « L'Échec du Pirate des Airs », *L'Écho de Paris,* 22 mars 1915.

—, « Nous élargirons notre nationalisme. (Ce qu'il en sera de notre littérature après la guerre) », *L'Écho de Paris,* 19 avril 1915.

—, « Lettre à Gabriele d'Annunzio », *L'Écho de Paris,* 20 mai 1915.

—, « Que la mort au champ de bataille fait d'un simple écrivain un maître. La foire de Lyon », *L'Écho de Paris,* 25 avril 1916.

—, « L'Angleterre pendant la guerre (cinquième article). Une visite à l'arsenal de Woolwich. Conversations avec des intellectuels anglais », *L'Écho de Paris,* 5 août 1916.

—, *Chronique de la Grande Guerre,* Plon, 1920–1924, 14 vol.

BIDOU, Henry, « Où en est l'Offensive allemande », *Le Journal des débats politiques et littéraires,* 19 avril 1918.

BLANCHE, Jacques-Émile, « Lettres d'un artiste (1914–1915). III », *La Revue de Paris,* 15 avril 1915, p. 861–894.

—, « Cahiers d'un Artiste. I », *La Revue de Paris,* 15 août 1915, p. 721–765.

BLANCHON, Georges, « La guerre qui se transforme sous nos yeux », *Revue des Deux Mondes,* 15 avril 1916, p. 845–864.

BOIS, Élie-Joseph, « Variétés littéraires : "À la recherche du temps perdu" », *Le Temps,* 13 novemebre 1913.（「プルーストによる『スワン』解説」鈴木道彦訳、『プルースト評論選 I 文学篇』保苅瑞穂編、ちくま文庫、2002年、353–357頁）

BONNAUD, Dominique, « La Visite d'un Zeppelin sur Nancy », *Les Annales politiques et littéraires,* n° 1648, 24 janvier 1915, p. 130.

BOURGET, Paul, « Tolstoï », *L'Écho de Paris,* 21 novembre 1910.

COCTEAU, Jean, *Œuvres poétiques complètes,* éd. Michel Décaudin *et al.,* Gallimard, « Bibliothèque de la Pléiade », 1999 (*Discours du grand sommeil,* 1916–1918 ; *Le Cap de Bonne-Espérance,* 1919).

—, « Surhommes », *Le Mot,* n° 2, 7 décembre 1914.

—, « La fin de la Grande Guerre », *Le Mot,* n° 13, 6 mars 1915.

—, *Dans le Ciel de la Patrie,* illustrations de Benito, croquis d'appareils de Capelle, suivi de « Du Sport à la Guerre, grâce à la Vitesse » par Jean Mortane, Société Spad, 1918.

COMBARIEU, Jules, « Musiciens allemands et Musiciens français », *La Revue de Paris,* 1er mars 1915, p. 174–193.

CRU, Jean Norton, *Témoins* [1929], Nancy, Presses universitaires de Nancy, 1993.

DUGUET, Camille, « Propos féminins », *Le Figaro,* 15 janvier 1917.

GÉRARD, A[uguste], « L'Allemagne et la psychologie des peuples », *Revue des Deux Mondes,* 15 mars 1916, p. 366–389.

GIDE, André, *Journal, 1887–1925,* éd. Éric Marty, Gallimard, « Bibliothèque de la Pléiade », t. I, 1996.

GIRAUD, Victor, « La littérature de demain et la guerre européenne », *Revue des Deux Mondes,* 15 mai 1915, p. 369–394.

GIRAUDOUX, Jean, *Lectures pour une ombre* [1917], Grasset, « Les Cahiers rouges », 2005.

—, *Adorable Clio* [1920], Grasset, « Les Cahiers rouges », 2005.

GLASER, Ph.-Emmanuel, « La littérature française et le sentiment national », *Le Figaro,* 22 et 25 septembre, 1er, 2, 10 et 14 octobre 1911.

HALÉVY, Daniel, « Les Trois Croix (d'après le récit d'un soldat anglais) », *Le Journal des débats politiques et littéraires,* 17 novembre 1914.

LA SIZERANNE, Robert de, « Ce que la guerre enseigne aux peintres : à propos du salon de 1918 », *Revue des Deux Mondes,* 1er juin 1918, p. 610–634.

LOTI, Pierre, *Aziyadé* [1879], Calmann Lévy, 1895.（ピエール・ロティ『アジヤデ』工藤庸子訳、新書館、2000 年）

MÂLE, Émile, « Études sur l'art allemand. III. L'architecture gothique », *La Revue de Paris,* 1er septembre 1916, p. 5–38.

MAURRAS, Charles, « La Grosse Bertha », *L'Action française,* 24 mars 1918.

— , *Les Nuits d'épreuve et la mémoire de l'État. Chronique du bombardement de Paris,* Nouvelle Librairie Nationale, 1923.

MAYRAN, Camille, « Raid sur Paris », *Je sais tout,* n° 152, 15 juillet 1918, p. 65–72.

MORAND, Paul, *Journal d'un attaché d'ambassade, 1916–1917,* nouvelle édition avec un complément établi, présenté et annoté par Michel Collomb, Gallimard, 1996.

QUINTON, René, *L'Eau de mer, milieu organique : constance du milieu marin originel, comme milieu vital des cellules, à travers la série animale,* Masson et Cie, 1904.

REINACH, Joseph (Polybe), « La leçon de Ctésiphon », *Le Figaro,* 8 décembre 1915.

— , « Esquisse d'un diagnostic », *Le Figaro,* 1er janvier 1916.

— , « La bataille du Tigre », *Le Figaro,* 27 avril 1916.

— , « Hindenburg devant le sphinx », *Le Figaro,* 3 avril 1917.

— , *Les Commentaires de Polybe,* Fasquelle, 1915–1919, 19 vol.

ROLLAND, Romain, « Tolstoï », *La Revue de Paris,* 1er mars 1911, p. 75–105.

— , *Au-dessus de la mêlée* [1915], préface de Christophe Prochasson, note de Bernard Duchatelet, Payot & Rivages, 2013.（ロマン・ロラン『戦いを超えて』宮本正清訳、『ロマン・ロラン全集 18 エセー Ⅰ』みすず書房、1982 年所収）

— , *Pierre et Luce* [1920], Albin Michel, 1958.（ロマン・ロラン『ピエールとリュース』宮本正清訳、みすず書房、新装版、2006 年）

SAINT-SAËN, Camille, *Germanophilie,* Dorbon-Ainé, 1916.

THIBAUDET, Albert, « Réflexions sur le roman. À propos d'un livre récent de M. Paul Bourget », *Nouvelle Revue française,* 1er août 1912 ; *Réflexions sur la littérature,* éd. Antoine Compagnon et Christophe Pradeau, Gallimard, « Quarto », 2007, p. 102–127.

— , « Romans pendant la guerre », *Nouvelle Revue française,* 1er juin 1919 ; *Réflexions sur la littérature,* p. 273–286.

TOLSTOÏ, Léon, *La Guerre et la Paix* : roman historique, traduit avec l'autorisation de l'auteur par une Russe [princesse Irène Ivanovna Paskevitch], Hachette, 1884 [1ère publication : 1879], 3 vol.（トルストイ『戦争と平和』藤沼貴訳、岩波文庫、全 6 巻、2006 年）

— , *L'Esprit chrétien et le patriotisme,* Perrin, 1894.

VOGUË, Melchior de, *Le Roman russe* [1886], Lausanne, L'Âge d'homme, 1971.

VUILLAUME, Maxime, *Paris sous les Gothas,* F. Rouff, « Patrie », 1918.

WELLS, H. G., *La Guerre dans les Airs,* trad. Henry-D. Davray et B. Kozakiewicz [Mercure de France, 1910], Gallimard, « Folio », 1984.

— , *The War in the Air* [1908], ed. Patrick Parrinder, London, Penguin Books, 2005.

初出一覧

本書に収録した論考の多くは、まずフランス語で口頭発表し、ついで日本語版を発表したものだが、大幅に書き改めた章もある。章ごとに、核となった論考の由来をあげておく。シンポジウムで発表の機会を与えてくださった主催者の方々にあらためて感謝したい。

はじめに

「表象と言説としての文学——戦争文化史の観点からプルーストを再読するために」、『Résonances』第4号、2006年、180–181頁。

序章　戦時中のプルースト氏

書き下ろし

第一章　パリ空襲と「ワルキューレ」

「パリ空襲の表象（1914–1918）——プルーストと『戦争文化』」、『フランス語フランス文学』第91号、2007年、155–167頁（日本フランス語フランス文学会・秋季大会、岡山大学にて2006年10月に口頭発表）。

« Les inventions techniques dans l'œuvre de Marcel Proust », thèse de doctorat soutenue à l'université Paris IV, 2008, « Raid aérien entre poétique et politique », p. 355–406.（パリ第4大学にて2008年1月に審査された博士論文の最終章）

« La guerre et l'allusion littéraire dans *Le Temps retrouvé* », Antoine Compagnon (dir.), *Proust, la mémoire et la littérature. Séminaire 2006–2007 au Collège de France,* textes réunis par Jean-Baptiste Amadieu, Odile Jacob, « Collège de France », 2009, p. 199–218 ; *Les Cahiers de l'Association internationale des études françaises,* n° 63, 2011, p. 383–402.（コレージュ・ド・フランス、アントワーヌ・コンパニョン教授のセミナー「プルースト、文学の記憶」にて2007年3月に口頭発表、国際フランス研究協会賞受賞により同協会の機関誌に再録）

第二章　オリエント化するパリ

« Paris, une "imaginaire cité exotique" en temps de guerre : le "signe oriental" et la situation militaire », Philippe Chardin et Nathalie Mauriac Dyer (dir.), *Proust écrivain de la Première Guerre mondiale,* avec la collaboration de Yuji Murakami, Dijon, Éditions Universitaires de Dijon, 2014, p. 139–150.（近代テクスト草稿研究所プルースト班主催のシンポジウム「『失われた時を求めて』、戦争小説」にて2011年5月に口頭発表）

第三章　「私」の愛国心と芸術観

« La guerre, l'art et le patriotisme », Adam Watt (ed.), *Le Temps retrouvé. Eighty Years After / 80 ans après : Critical Essays/essais critiques,* Peter Lang, « Modern French Identities », 2009, p. 141–153.（『見出された時』刊行80周年記念シンポジウム、ロンドン大学ロイ

ヤル・ホロウェイ校にて2007年12月に口頭発表）
「賛同と超脱のあいだで——『見出された時』における戦争、芸術、愛国心」、『立教大学フランス文学』第38号、2009年、87–105頁。

第四章　「復員文学」における暴力

« Artistes face à la violence : la Grande Guerre selon Proust », Nathalie Mauriac Dyer et Kazuyoshi Yoshikawa (dir.), *Proust aux brouillons,* Brepols, 2011, p. 151–162.（シンポジウム「プルーストとその時代、小説の生成の文化的コンテクスト」にて口頭発表、東京日仏会館、2009年4月）
「前線からの手紙、銃後の夜空——プルーストと『復員文学』における暴力」、『立教大学フランス文学』第42号、2013年、59–74頁。

第五章　軍事戦略と動員の力学

« Mobilität und Mobilisation : Der Erste Weltkrieg aus Prousts Sicht », Matei Chihaia et Katharina Münchberg (dir.), *Marcel Proust : Bewegendes und Bewegtes,* Paderborn, Wilhelm Fink Verlag, 2013, p. 269–279, trad. Matei Chihaia et Birte Heimann.（ケルン・プルースト協会主催のシンポジウム「マルセル・プルースト、動くものと動かされるもの、新たなアプローチ」にて2010年10月におこなった口頭発表のドイツ語訳）
「プルーストと第一次世界大戦——『見出された時』における戦略と動員」、『思想』2013年11月号（特集 時代の中のプルースト、『失われた時を求めて』発刊一〇〇年）、49–66頁。

第六章　二十世紀の『戦争と平和』

« Des campagnes napoléoniennes à la Première Guerre mondiale : Résonances de *La Guerre et la Paix* dans *Le Temps retrouvé* », Nathalie Mauriac Dyer, Kazuyoshi Yoshikawa et Pierre-Edmond Robert (dir.), *Proust face à l'héritage du XIXe siècle,* Presses de la Sorbonne Nouvelle, 2012, p. 155–165.（シンポジウム「プルーストと十九世紀の遺産、継承と断絶」にて口頭発表、2010年11月、関西日仏学館）
「ナポレオン戦役から第一次世界大戦へ——トルストイの読者プルースト」、『立教大学フランス文学』第41号、2012年、65–83頁。

おわりに

« Mobilisé malgré lui », *Le Magazine littéraire,* n° 535, septembre 2013, p. 72–73.